GUY CAILLENS

LE TEMPLIER DE CORDES

Poche

Notes de l'auteur sur le roman

Les noms des personnages du roman ont pour la plupart réellement existé. En particulier les Montfort, les Vendôme, les personnages illustres et tous les membres des communautés templières. Ils sont historiquement placés dans leurs fonctions respectives.

L'ordre d'arrestation des Templiers est la traduction exacte de celui de l'époque. Tout comme la malédiction de Jacques de Molay contre ses détracteurs. L'histoire de Bertrand Fort n'est que légèrement modifiée.

Il est tout aussi vrai que Cordes avait un passé sulfureux et une réputation certaine chez les Dominicains de l'Inquisition. La maison aux dragons a, semble-t-il, appartenu à la famille du pape Jean XXII. Certaines de ces *mal bestes* sur les façades des maisons de la ville, contrairement aux autres sculptures, sont étrangement décapitées.

Le parchemin du Sort des apôtres existe bel et bien, il a été retrouvé au siècle dernier dans une cache de la maison Prunet, face à la Bride. Il est actuellement gardé précieusement à la Bibliothèque Nationale de France à Paris. La frise de Saint-Laurent existe elle aussi, et reste, à mon sens, une énigme singulière !

Quant à la mine secrète et aux archives du Temple, qui sait…

Le Rouzeau n'est le fruit que de mon imagination, mais à cette époque un sire de Saïxa existait bel et bien, tout comme très certainement un seigneur à Sournia.

Le père de Llupia a vraiment été précepteur à Courbous, mais c'était entre 1261 et 1264.

Pierre de Camprodon a lui aussi été précepteur de Centernach, mais ce fut entre 1263 et 1265.

Azmet, l'esclave, a été acheté comme il est dit… était-il prince et instruit ?

Raymond de Corbos a lui aussi vraiment existé. Dépendant du Mas Déu en pays de Majorque, il a été à Paris comme étranger au royaume de France laissé libre au lendemain du vendredi 13. Incarcéré après l'édit papal d'arrestation de tous les templiers, il fut une première fois interrogé, puis incompréhensiblement libéré. Quelque temps plus tard, pour être trop voyant, il sera définitivement arrêté, avant semble-t-il de finir héroïquement sur le bûcher. On le disait « ami du roi de France ». S'il est cité sur le rouleau du procès des Templiers, il ne figure pas sur la liste des frères du Mas Déu qui furent plus tard libérés et pensionnés.

Vingt-trois maîtres de l'ordre du Temple se sont succédé entre 1129 et 1312 et plus de quatre-vingt mille templiers sont morts… pour la plus grande gloire de Dieu !

À la lumière déclinante de ma vie,
les ombres sombres du passé
enveloppent mon âme d'un linceul glacé.
Éclairant la nuit, la cloche morose sonne l'heure du lever,
pour le dernier des jours à fêter et sans doute,
pour le dernier des rêves à réaliser.

Prologue

Cordes, avril 1348

En cette année 1348, à l'aube d'une journée que je devinais triste, assis confortablement devant la cheminée, je suivais des yeux le ballet incessant des flammes. Perdu dans mes pensées, je songeais avec résignation que ma vie sur cette terre touchait à sa fin. La mort approchait. Plus son entité se faisait présente à mon esprit et plus je réalisais qu'il était grand temps de faire enfin ce que, par indolence, je repoussais sans cesse. À la veille d'un cataclysme qui s'annonçait imminent, comme le temps de la justice ne meurt jamais, j'avais un devoir à remplir, un secret à dévoiler, un message à laisser et c'était maintenant… ou jamais !

Petit-Jean, comme tous les matins, frappa à la porte et fut surpris de me voir réveillé. C'était un rituel établi depuis plusieurs semaines. Au lever du jour, l'enfant venait ouvrir en grand les rideaux de la courtine du lit et me saluait. De sa petite voix fluette, il m'invitait à me lever et m'aidait à m'habiller avant de ranimer le feu.

Alors qu'indécis, il refermait la porte, je lui fis signe :

— Jeannot... Viens, approche... Ouvre donc les volets sur la cour, éteins le calel[1] et va de ce pas dire aux tiens de me retrouver au plus tôt dans la salle. Va. Tu reviendras plus tard finir ta besogne.

Maître Robert, son père, était mon intendant ; son épouse, la gouvernante de ma maison, et leurs enfants, deux filles et trois fils, complétaient ma mesnie*. Chez les Marty, chacun avait son travail. Les femmes œuvraient à la cuisine et à l'entretien de la maison, les hommes m'aidaient au négoce du bois. Matthieu, l'aîné, qui s'y connaissait en charpente, s'occupait du sciage et de l'équarrissage des madriers de construction. Son père se chargeait de l'achat des coupes en forêt et aussi de l'organisation générale du personnel. Il encadrait les bûcherons, organisait le transport et veillait personnellement au négoce. Le cadet, Jacquou, s'occupait de l'écurie, des bêtes et du matériel. Du plus petit au plus grand, chacun chez moi s'activait de bon cœur.

À la mort de ma sœur, dame de Castres, en octobre 1338, j'étais le dernier des Montfort à

1. Pour tous les mots marqués d'un *, se référer au glossaire en fin d'ouvrage page 416.

porter l'écu de gueules* au lion d'argent, le dernier de cette prestigieuse lignée à quitter le val d'Agout. Lieutenant et prévôt de la ville, j'avais exercé pendant plus de trente ans à Castres. L'âge venant et l'armure devenant trop lourde pour mes vieilles épaules, sur les recommandations et l'insistance de ma chère femme, nous nous installâmes définitivement à Cordes.

Édifiée à l'orée d'un vignoble ancestral, la ville nous avait séduits. Ceinturée de murailles et habillée d'un calcaire jaune safran, il faut la voir au petit matin, émerger comme dans un conte fabuleux sur une mer de nuages, et magiquement, certains jours se dévoiler. Accéder à ce mirage, à cette sublime apparition, c'est, croyez-moi, comme vivre un rêve. C'est, dit-on chez nous avec orgueil... comme monter au ciel !

Le lion peint sur mes armes, ma notoriété et mes aptitudes à la chevalerie m'ouvrirent en grand les portes de la ville. Au printemps 1339, nous achetâmes avec nos économies – et surtout ma part d'héritage – notre première maison dans le bas-quartier du Barri.

De plus, j'avais, à mon arrivée, acheté de belles parcelles dans la grande Grésigne*. Proche de cette immense forêt, une ferme était à vendre ; j'en fis l'acquisition. Cette maison forestière permettait à mes gens, essarteurs*, bûcherons, charbonniers et rouliers, qui vivaient à proximité, de se retrouver au plus proche de leur travail. Et comme la bastide de Cordes ne cessait de grandir et de dévorer mon bois, mon commerce était devenu florissant.

Ma charge à Castres reprise par mon fils et nos ressources résolument prospères, je me fis bientôt construire une résidence neuve dans une rue entre les deux premiers remparts. Bien que plus conforme à mon rang social, ma maison n'avait rien d'ostentatoire. Sobre et pratique, chacun y trouvait sa place et notre installation allait bon train depuis le tout début du printemps.

Hélas, trois fois hélas, la perte de mon admirable femme, après quarante ans d'une relation sans nuages, m'affecta fortement. Triste et déprimé, depuis sa récente disparition, je n'avais plus le même goût de vivre.

À cause des aléas et vicissitudes de la vie, même si notre ville, avec ses cinq mille âmes et ses nombreux remparts, était belle, nous nous étions laissé, pendant tout ce printemps maussade et froid, envahir par une morosité extrême. Il faut dire que la funeste bataille de Crécy et la guerre larvée que nous livrait l'Anglois, suivies de trois années de disette consécutives, avaient tempéré les esprits. Et voilà que, pour dramatiser encore, après avoir ravagé Marseille et Avignon, la malemort s'en arrivait chez nous. Il était temps de réagir et de prendre de grandes décisions !

Dans la salle, dame Alicia et mon bon Robert se levèrent des coussièges* où ils devisaient en m'attendant.

— Mes bons amis, dis-je en m'approchant d'eux, les nouvelles ne sont pas bonnes. Hier soir, alors que je flânais à surveiller les bâtisseurs finir le mur sur la cour, Guy de Tonnac, consul de ville, m'est venu voir discrètement. La *bossa* est proche d'Albi, m'a-t-il confié, et sera tantôt ici…

Robert, stupéfait de l'annonce, le visage subitement blanc, dut s'asseoir tant la nouvelle lui coupait les jambes. Pendant un long moment, personne ne parla.

— Qu'allons-nous devenir ? s'hasarda à dire Alicia, en me prenant les mains. Que faut-il faire ? Mon Dieu, nous allons tous mourir !

— Allons, allons, mes amis, reprenez-vous, dis-je à les voir affligés. Rien encore n'est advenu. Avec l'aide de Dieu et les prières de tous, la cité échappera peut-être à ce terrible fléau. Nos consuls, qui se réunissent demain, trouveront sans doute des solutions. Pour ma part, j'ai eu le temps de réfléchir à ce qui nous arrive. Je crois, dis-je en pesant mes mots, qu'il va falloir pendant les prochains jours modifier le cours de notre vie, et tout d'abord… préparer votre départ.

— Comment, notre départ ! s'exclama Robert.

— Oui, mon ami ! La peste, ou la *bossa*, la bien nommée à cause des bubons qui apparaissent sous la peau, est très contagieuse. Pour l'avoir côtoyée en Terre sainte, j'en connais les effets. Elle fera des ravages dans une population aussi dense que la nôtre. Quitter la ville surpeuplée ne peut qu'être bénéfique. De plus… les médecins, impuissants si j'en crois le consul, ne proposent que la fuite ! La corruption de l'air remplira de miasmes nos rues et nos places, les grands espaces sont donc fortement conseillés pour éviter la maladie. Aussi, je vous envoie tous dans notre maison forestière de la Grésigne, où l'air pur ne manque pas.

— Mais vous, messire ?

— Je dois, mon bon Robert, rester ici et donner l'exemple. Convoyer le bois est une obligation pour la survie de tous. D'autant que les prochaines semaines, les portes seront fermées et la ville close.

— Cette quarantaine sera une vraie folie, messire !

— Elle sera douloureuse, c'est vrai, mais comme le consul, je la crois nécessaire.

— Sans doute limitera-t-elle la diffusion du mal, mais tout ne peut s'arrêter ainsi !

— Personne, m'a-t-on dit, n'entrera ou ne sortira sans autorisation, ni nous, ni les étrangers, pas même les bêtes. Les accès seront sévèrement gardés.

Robert, atterré, s'indigna de ma décision :

— À votre âge, messire, vous ne pourrez faire cela tout seul. Les fardiers sont difficiles à manier dans nos rues en forte pente, et nos bœufs plus rétifs que votre cheval. Je vous vois mal conduire l'attelage. M'est avis que vous serez mort avant que d'être malade de cette engeance.

— Sans doute Robert, sans doute ! Mais votre vie à tous est plus précieuse que la mienne. J'ai fait mes soixante-dix-huit ans et la mort rôde déjà au pied de mon lit. Vous ne pouvez rester… J'ai votre vie en charge, il y va de mon salut !

Avec douceur et compassion, dame Alicia ajouta calmement :

— Guillaume, votre souci pour nous émane d'une âme généreuse et comme toujours empreinte de sagesse, mais pour l'heure, dans un moment qui s'annonce particulièrement dramatique, nous n'accepterons la proposition que vous sachant en bonne compagnie. C'est impensable de vous laisser seul dans cette maison sans protection ni humanité.

Robert inclina plusieurs fois la tête et donna raison à son épouse, qui insista :

— Jacquou, mon cadet, n'a point d'attache encore. Il mène les bœufs comme pas deux. De plus, s'il déchiffre avec lenteur les écritures, il sait parfaitement compter. Il sait aussi se battre et sa force est terrible. Il vous sera utile. Je ne doute pas de sa réponse à rester près de vous.

— Votre bonté vaut bien ma sagesse, ma bonne Alicia, et je me rallie à vos arguments. Faisons ainsi et voyons nos préparatifs. Maître Robert, vous superviserez depuis la Grésigne les envois périodiques du bois, principalement celui de chauffe, non sans oublier des planches pour les cercueils, les riches mourront autant que les pauvres.

J'ordonnai à l'intention de ma gouvernante :

— Alicia, votre départ se fera au plus tôt. Voyez à prendre tout ce qui vous semble de première nécessité. Tout ce qui peut ajouter à votre bien-être et à votre survie, et cela pour plusieurs semaines. Bien sûr, il va sans dire que vous veillerez à nous laisser le nécessaire.

— Plus que le nécessaire, le superflu aussi. Comptez sur moi !

— Robert, vous monterez mon cheval. C'est un vieillard comme moi, mais je le veux hors d'ici. Autre chose, il me faut au plus vite les comptes du jour, je veux payer mes dettes et satisfaire mes créanciers avant qu'ils ne trépassent... Allez, tous au travail ! Je vais, pour ma part, réfléchir à la rédaction d'une missive à mon fils. Le rassurer sur notre sort et lui faire savoir le courage qui nous anime en un pareil moment.

Le lendemain, je fus mandé à la maison commune. Un chapitre extraordinaire s'y tenait en présence des autorités, des notables, du clergé et de nombreux artisans et négociants de la cité. La grande salle était trop petite pour tous et chacun s'y pressait debout. Par égard pour mon grand âge, on m'y trouva au premier rang un faudesteuil*. La rumeur ayant fait son lit, l'ambiance y était morose. Tous traînaient leur mine des mauvais jours.

La *bossa* fut officiellement annoncée dans nos murs. Des mesures s'imposaient pour éviter le pire. Tous écoutèrent le premier consul dans un silence religieux. Mais, lorsqu'il fut question de fermer les portes toute la journée en imposant un couvre-feu, protestations et lamentations furent de mise. Dans un chahut indescriptible et assourdissant, les cris redoublèrent. Chacun, à titre personnel ou au nom de sa corporation, trouvait la mesure trop stricte. Avec de la haine dans les yeux, un négociant, près de moi, lança un : « C'est idiot, et commercialement suicidaire ! », qui fut repris en chœur par ses condisciples indignés. Dans la salle, chacun y allait de sa vérité.

Malgré les récriminations et les insultes, qui durèrent longtemps, les consuls firent bloc, arguant cette quarantaine nécessaire pour limiter le fléau : la mort ne pouvait en aucun cas librement se propager. À peine accepteraient-ils, au fil des jours et suivant les effets de la maladie, d'assouplir le carcan décrété. Clameurs et vociférations fusèrent à nouveau.

À la fin, Guy de Tonnac ordonna le silence. Parlant du plus vieux – et sans doute du plus sage – il demanda mon conseil.

— Messeigneurs, mes amis, dis-je en scrutant la salle, je ne sais si la ville va être préservée de cette abomination. À la vérité, j'en doute fort ! Aussi, ce que je crois plus sûrement, c'est qu'il faut se préparer au pire… L'ordre qui doit régner impose de se soumettre aux règles des consuls. Nous devons tous faire bloc ! Car c'est une véritable guerre, plus dramatique encore que s'il s'agissait d'un siège, que nous allons subir.

Dans un silence glacé, je rajoutai :

— Un ennemi sournois est à nos portes, et s'entraider est capital. Que chacun y mette du sien et, j'en suis sûr, Dieu dans sa bonté pourvoira à notre survie.

Mon intervention, ce soir-là, fut écoutée en silence, mais elle ne fut pas de nature à calmer les esprits. Si mes paroles se voulaient fraternelles et pragmatiques, elles rejoignaient celles des consuls. Bien vite, les murmures reprirent et les cris aussi. Les discours de précautions et de sagesse étaient dépassés par l'ampleur du refus. À l'évidence, la peur tenaillait les âmes et paralysait déjà les cœurs.

Nous étions loin, moi le premier, d'imaginer l'étendue du désastre qui allait s'abattre sur nous.

Comme mon intention première était de faire savoir à mon fils adoptif et à sa petite famille que tout allait bien de par chez nous, le lendemain, tandis que mes gens prenaient la route de la forêt, j'entrepris de lui écrire.

Suite à la perte de mes filles, trop malingres pour

survivre, mon fils Amaury, ou plutôt devrais-je dire mon beau-fils, qui avait hérité de ma charge à Castres, avait par sa naissance le droit de porter mon nom et celui de seigneur de Sorhnia*. Malheureusement, spolié de ses terres et sans apanage, en me succédant, il devint à son tour le bras droit de mon neveu Vendôme.

Hélas, malgré toute mon application, je dus constater bien vite qu'écrire m'était devenu impossible. Dépité par mes faiblesses et le mauvais état de mon attirail, je mis un long moment à comprendre que la seule solution serait de demander à l'écrivain public d'officier sous ma dictée. Le fléau qui s'annonçait me fit songer qu'au-delà d'une simple missive, ô combien nécessaire, je devrais aussi laisser certains témoignages sur ma longue vie. Il n'était que temps de m'y consacrer sérieusement.

Ma plume désormais inutile, alors que la pénombre envahissait la pièce, je vis par la fenêtre que le ciel se chargeait de gros nuages sombres. Une bourrasque de vent annonça l'orage, et quelques grosses gouttes de pluie s'écrasèrent bruyamment sur le vitrage.

Il y avait longtemps que l'idée d'écrire me trottait dans la tête, longtemps que je voulais le faire. Mon fils et surtout ses fils après lui devaient savoir comment j'avais conjuré le sort et comment je m'étais trouvé mêlé, malgré moi, à la chute du Temple. Je devais, avant qu'il ne soit trop tard, dénoncer les mensonges et rendre l'honneur perdu à mes frères meurtris. L'injustice et le manque d'équité envers eux – et surtout le secret qu'avec Amaury j'étais seul à connaître – devaient être sus et expliqués. Il fallait que l'on sache dans quelles circonstances mes compagnons d'infortune avaient été trahis. Ignominieusement salis, avant d'être emprisonnés, torturés et condamnés, certains même avaient été brûlés. Pourchassé par le roi Philippe, l'ordre du Temple* avait été sacrifié par le pape Clément et son église. Écrasé, après avoir sombré, il avait disparu. Ses biens avaient été pillés, volés, et en grand nombre redistribués.

Mon ultime mission sur cette terre serait de rétablir ma version de la vérité. L'annoncer à tous les miens, à tous ceux qui survivraient demain à cette épidémie, à ce chaos en attente, était à mes yeux un devoir de justice. Même si cela n'était plus d'actualité et qu'un pareil récit me coûterait un bon paquet d'écus*, il me fallait l'écrire. Si ma main ne le pouvait, ma mémoire, elle, y pourvoyait sans faiblesse.

La pluie redoublait maintenant de violence et frappait avec force la croisée. L'eau, en s'accrochant aux résilles de plomb qui assemblaient les carreaux de verre, déformait l'image de la ruelle et de la cour. Tout en réfléchissant à la manière de m'y prendre, mon regard se fixa par-delà le vitrage sur l'échafaudage qui surplombait, sur la rue, le mur encore en construction. Dans un concert de grondements et d'éclairs, je vis une silhouette se glisser furtivement dans mon jardin. Il me fallut un moment pour discerner la chose et croire à sa réalité. Un homme s'introduisait chez moi !

En y regardant de plus près et à la lueur d'un autre éclair, je vis qu'il s'était, à cause de l'orage, abrité sous l'auvent de la soue. Il semblait jeune et portait en bandoulière une espèce de boîte assez grande qu'il tentait visiblement de protéger de la pluie.

Un sourire apparut sur mon visage, et alors que ma main cherchait instinctivement la dague à ma ceinture, je criai à Jacquou de venir au plus vite. Celui-ci préparait le repas et disposait le couvert sur la table. Averti d'une présence étrangère, il décrocha pour moi une arbalète, qu'il arma prestement, et pour lui une guisarme*. Nous descendîmes les deux niveaux qui nous séparaient du jardin, et à la lueur des éclairs, sous un déluge digne des saintes Écritures, nous eûmes tôt fait de coincer l'intrus.

*

— Malheur à moi ! Misère de misère !

Je suis certainement né sous une mauvaise étoile. Quoi que je fasse, ça tourne au vinaigre. Alors que sous la pluie battante et après une course effrénée dans la ville j'échappe enfin à mes poursuivants, voilà que, tout exprès posé pour moi, s'invite providentiellement un échafaudage, que je franchis allègrement et qui me sauve du guet. Tout cela avant qu'inopinément surpris, je glisse et ne m'étale, cocasse et pitoyable, dans l'enclos à cochons, devant les yeux d'un bourgeois qui s'ébaudit en me regardant dégouliner de merde.

— Aïe, ouille ! Cela pique, arrêtez !

Ce type est fou ! Plus il me fixe, plus il se marre. La situation, pourtant, n'a rien de plaisant. Et pour parfaire, voilà que l'autre me tâte le gras des côtes avec son manche à découper.

— J'appelle le guet, messire ?

— Euh... non, Jacquou, non, surtout pas ! Nous allons régler cela nous-mêmes. Cessons de nous mouiller. Rentrons.

Précédé du « messire », la guisarme pointée dans mon dos, c'est sous les gloussements du vieil homme et la poigne de son compère que je me retrouvai projeté au sol d'une vaste cheminée, à deux doigts d'une marmite qui laissait échapper des odeurs à faire saliver. Le vieil ahuri riait encore en raccrochant son arme au râtelier, mais le jeune, avec son cou de taureau et ses petits yeux de fouine, continuait de me menacer de la sienne.

— Déshabille-toi, c'est un ordre. Ôte la fripe qui te sert de manteau, elle est sale et elle pue.

Inquiet, comme j'hésitais, le vieil homme insista et ordonna à l'autre de reposer son arme. Posant mon escritoire* et mon sac, je m'exécutai. J'étais trempé de la tête aux pieds et j'eus du mal à défaire les lacets qui fermaient ma cape. On m'accorda enfin le droit de m'asseoir sur le banc qui se trouvait proche de l'âtre. Là, je pus me décrotter et me sécher avec un bord préservé de ma couverture. Mon cœur, qui après toutes ces émotions battait à s'entendre, s'était calmé et avec lui mes premières inquiétudes.

La boîte en bois que je porte généralement en bandoulière s'était renversée. Évitant les regards trop curieux, j'eus soin d'en rétablir l'ordonnancement. Comme je m'affairais à réparer les dégâts, le serviteur entreprit de découper dans une grosse miche de belles tranches de pain qu'il déposa sur la table près d'un pichet de vin. Sans plus tergiverser, le maître des lieux m'invita à m'asseoir face à lui.

— Tu es mon hôte, même si tu n'as point été invité. J'ai pour nom Guillaume de Montfort. Mangeons sans façon, veux-tu ! Nous parlerons ensuite.

La table ordonnée, les tranchoirs* disposés et la toupine sur la table, le repas fut mangé en silence. Étonné de la tournure des évènements et surpris de l'invitation, alors qu'au-dehors la pluie continuait avec moins de virulence, j'eus le loisir de regarder autour de moi. La pièce éclairée d'une lampe à huile était silencieuse et rassurante. Le sol dallé était recouvert d'une fine jonchée*. Si deux des murs laissaient voir la pierre finement appareillée de chaux, plusieurs dorsaux* aux motifs champêtres égayaient les deux autres. Outre les meubles de prix, disposés çà et là, ce qui frappait de prime abord c'était, sur le linteau de la cheminée, une épée surmontée d'un blason qui montrait les armes du maître des lieux. Personne par ici ne pouvait ne point les reconnaître : c'était celle des Montfort de Castres. Même barrées, signe de bâtardise, elles restaient impressionnantes de majesté.

Repu, la tête vaporeuse, j'étais bien. Le fumet du repas, la senteur des bûches qui flambaient et l'arôme entêtant de la cire d'abeille des boiseries m'enivraient l'esprit, tout autant que le vin que ce Jacquou me servait en souriant. Ma raison et mes sens s'égarèrent bientôt vers un bien-être souverain, un état proche de la rêverie. Face à moi, le maître des lieux était très âgé. Sa bonne humeur de tout à l'heure avait fait place à un calme profond. Bien charpenté, quoique voûté, il était grand et portait beau. Ses cheveux et sa barbe étaient blancs et bien coupés. Son habit, serré à la taille par une ceinture de cuir où pendait, élégante, une dague, était sobre et taillé dans un riche tissu écarlate. À sa main, une bague reproduisait finement le lion des armoiries de la cheminée. S'il était bien celui auquel je pensais, ce personnage était riche et puissant ; donc, forcément, très respecté.

Pourtant… quelque chose clochait ! Dans la maison, tout respirait l'ordre et la propreté, mais nulle femme ne se montrait ; c'était bizarre. Il était étrange qu'un homme aussi important ne vive qu'avec un seul domestique. Mes réflexions furent interrompues quand messire Guillaume s'approcha du feu. Le dos tourné, circonspect, il m'interpella :

— Il est temps de s'expliquer, l'ami !… L'usure de tes bottes ainsi que ta méchante couverture portée en bandoulière me disent clairement que tu arpentes les routes. Tes doigts tachés d'encre et ton escritoire me laissent penser que tu vends tes services au plus offrant. Serais-tu scribe ? Écrivain public, sans doute !

— En effet, monseigneur… c'est mon état, je vais où l'on me cherche… où l'humeur me guide.

— « Messire » suffira, quand tu t'adresses à moi ! À voir ton équipement fatigué et ton accoutrement, j'aime à croire que tu portes sur toi toute ta fortune. Tu ne dois pas manger tous les jours à ta faim, n'est-ce pas ?

Comme je ne répondais pas et haussais les épaules, il ajouta, imperturbable :

— Quel est ton nom ? Ta venue chez moi est loin d'être fortuite. Explique-toi ! J'ai besoin de tout savoir, il y va de ton avenir. Allons, je t'écoute !

Le ton n'admettait pas d'échappatoire, je décidai donc de m'expliquer sans fard.

— Je me nomme Garin. Je suis né dans le faubourg de Carcassonne. Mon père pavait les rues de la Cité quand je suis parti de la maison. À l'époque, j'étais encore un enfant. Le septième sur les douze que je connaisse...

— Contente-toi de me parler de toi, et non de ta famille, veux-tu ! dit-il en se tournant.

— J'y viens, messire ! dis-je, un rien déstabilisé. Il m'arrivait donc... le plus souvent... de dormir dans une chapelle désaffectée de la cathédrale. Cette partie de l'édifice servait de remise, et le reste de la journée, un prêtre l'utilisait pour apprendre à des enfants à lire et à écrire. C'est ainsi que j'y vivais, et sous la coupe de ce saint homme, que j'y étudiais aussi. Au fil des mois, les rudiments de la lecture et de l'écriture s'imposèrent patiemment, et d'une façon naturelle, j'en eus la parfaite maîtrise. Averti, le chantre* de la cathédrale, devant ma propension au savoir, proposa à mon père stupéfait de me prendre avec lui. L'affaire fut vite conclue et pendant les quatre années qui suivirent, entièrement à son service et par la suite à celui du monastère proche, j'appris le métier de copiste. D'abord, à tailler les plumes, à gratter les palimpsestes* et à assouplir des parchemins pour nombre d'escholiers lubriques et méchants. Ensuite, au fil du temps, délaissant ces vicieux à leurs chères études, à apprendre auprès des clercs et des moines savants, à transcrire et parfois même à enluminer, avec des encres de couleur, le *catalogus* des saints et celui des vicaires.

— Copiste et enlumineur, voyez-vous ça !

Devant l'air étonné du maître des lieux, j'ajoutai, toujours précis :

— Si fait, messire ! Et quelquefois, aussi, à recopier ces beaux livres que l'on nomme codex*. À la remembrance de ce temps, et à vous en parler… j'en ai, ce soir, la nostalgie.

— Continue, et n'essaye pas de nous attendrir.

— Sur mon honneur, messire, je n'invente ni n'enjolive !

— Continue, Garin le scribe, continue.

— Le jour où, bien avant la tonsure, j'ai pu voler de mes propres ailes, j'ai quitté, avide de liberté, ce nid imposé pour découvrir enfin les couleurs de la vie. Je n'avais pas un denier en poche. Dix ans après, comme vous le soupçonniez justement, si ma tête est bien pleine et mes pieds bien crottés, ma bourse, hélas, est toujours aussi vide.

— La valeur d'un homme ne se mesure pas à la grosseur de sa bourse, dit Jacquou.

— Ni à ce qu'il dit, mais à ce qu'il fait, répliqua le vieil homme, comme pour m'interroger.

— Ce que j'ai fait ? J'ai vu du pays ! Quelques semaines ici, dans le *studium* d'un notaire, quelques mois là-bas, dans le *scriptorium* d'un couvent. Parfois à pérégriner d'un castel à un autre, mais le plus souvent à l'angle d'une rue, appuyé à une borne.

Maintes fois à la croisée d'une route, au pied d'un oratoire, ou bien… sur le parvis d'une église, ou comme ici, à l'abri sous la halle de votre cité. C'est mon métier, messire, c'est ma vie, c'est ma pratique.

— Ce n'est point vie facile que cela ?

— Il n'y a pas de vie facile pour vivre libre, messire… Il est vrai que mon estomac crie parfois famine et que je dors plus souvent dans l'herbe fraîche des fossés que dans un bon lit. Mais c'est ainsi, c'est mon choix et je suis mon maître. Je vais où l'on me cherche, je vais où mon humeur me guide.

— C'est elle qui t'a mené jusqu'ici ? s'exclama-t-il, en me toisant d'un air moqueur.

— Euh… Je n'irai pas jusque-là, messire. La Dame rouge est annoncée, alors, comme le guet poursuit sans pitié les étrangers pour les renvoyer, j'étais une proie toute trouvée. Ils m'ont arrêté il y a deux jours, soi-disant sur la plainte d'un confrère qui tenait le pavé avant moi et qui, puant du bec, laissa entendre que je trichais sur la leude* ; ce qui est faux ! Après une nuit en prison, ils m'ont cloué au pilori pendant deux heures pour le principe, et m'ont ensuite chassé hors les murs. « Tu peux rester si tu veux, m'ont-ils dit, ironiques, mais hors l'enceinte, et ne t'avise pas de repasser les portes, sinon… »

— Rien que ça !

— Hors les murs, il y a foule ; je dirais même que

mendiants, aveugles et pieds poudreux se bousculent, mais nul n'a d'écriture à me payer. Profitant de la pluie qui noyait tout et d'un moment d'inattention, j'ai trompé tout à l'heure la sentinelle de la Jane*. Bien sûr, je me suis fait trousser, mais je les ai semés dans les ruelles et votre échafaudage aidant… me voilà chez vous.

— Pourquoi prendre un tel risque ?

— La Dame rouge, messire, commençait à me rendre indispensable. Bien des bourgeois de la cité veulent faire suppliques, testaments ou simples missives avant qu'il ne soit trop tard. C'était une erreur que de m'ignorer et me renvoyer !

— J'ai peur, même si tu as certainement raison, que tu t'y sois mal pris. Tu es maintenant activement recherché pour avoir transgressé les lois et trompé le guet. Ils ne te lâcheront plus, et tu iras gratter du parchemin au fond d'un cul de basse-fosse. Si j'ajoute que tu as forcé ma porte, tu n'es pas près de faire les prochaines moissons, ni sans doute les prochaines vendanges.

— Misère ! Comme vous y allez, messire ! L'hiver a été long, et un peu de ciel bleu et de soleil me sont nécessaires… C'est vrai que je n'ai pas toujours été clair comme de l'eau, mais vivre n'est pas un jeu. Hors de la ville, sans abri, sans ressources, c'était pour moi la diète assurée ou tout du moins la déshérence. La geôle n'est pas mieux, mais je n'avais pas le choix, l'offre était trop tentante…

— J'aurais peut-être un travail pour toi, me dit le vieil homme, soucieux. Un travail à ta mesure et dûment rétribué. La table et le logis en sus… et même, la possibilité de te promener librement en ville avec mon habit. Mais… à une condition !

— S'il n'y a que ça pour vous satisfaire, je l'accepte d'avance.

— Je te veux tout entier à ma personne, jour et nuit s'il le faut. Et cela, jusqu'à la fin de ta mission chez moi. Ta réponse, je la veux demain au lever. Réfléchis bien, rester est peut-être plus dangereux que tu ne le crois, après il sera trop tard ! Écrire pour moi et renoncer à ta liberté pendant quelques semaines à l'intérieur de ma maison, ou bien les basses geôles de la prison. À toi de voir !

— C'est tout réfléchi, messire.

— Jacquou ! Veille au bien-être de notre hôte. D'abord, un tour à l'estuve : du savon et de l'eau chaude le rendront un peu plus présentable. Ensuite, s'il décide de rester, habille-le. Ton frère a la même taille que lui, vois si ses affaires lui vont. Allez. Et que ce qui est dit soit fait !

*

Le lendemain, le copiste avait fait son choix. Dans une tenue présentable, il m'assurait un genou à terre de son obéissance. De son côté, Jacquou, comme tous les matins, avait effectué le transfert du bois destiné à être revendu près de la halle par les commis de la maison consulaire. En revenant, hors d'haleine, il nous avait rapporté la funeste nouvelle. Une première victime était déclarée dans les basfonds de la ville. Nul n'avait encore trépassé, mais la mort rôdait dans nos murs.

Après quelques achats, nous nous étions installés, Garin et moi, près de la fenêtre de ma chambre. Confortablement assis devant le pupitre aux esplumoires*, nous devisâmes enfin.

— Comprends-moi bien, lui dis-je, nous n'allons pas écrire pour susciter l'admiration. Non, nous allons écrire pour les miens, pour mon fils et les fils de mon fils, pour ses futurs descendants. Ceux que Dieu, plus tard, dans sa bonté, me donnera. Pour que ceux-là, initiés par ce témoignage, sachent par les vérités dévoilées que l'injustice est par le monde et qu'elle avance souvent masquée.

J'avais fait acheter parchemins, vélins de peau et aussi de papier, plumes d'oie, pierre ponce, calames*, encre et sable à profusion. Nous étions prêts. La missive pour mon fils me permit de voir le scribe en action. Sa science rapide et élégante me séduisit. Je ne pouvais que me réjouir d'avoir eu, par une drôle de coïncidence, la chance de rencontrer ce bonhomme. Dieu, comme par miracle, m'envoyait un signe qui confirmait pleinement ma résolution.

La première difficulté fut de trouver un début à

mon histoire. Raconter une grande partie de sa vie, remonter dans ses souvenirs et surtout les mettre dans l'ordre n'est ni simple ni facile. Puis, même s'ils sont inscrits dans votre tête, les saisir, les capter avant qu'ils ne s'effacent, tels les contours de la ville dans la brume matinale, ajoute à la difficulté. Cela laissera au lecteur le sentiment d'un texte chaotique, mais Garin et moi ne sommes sans doute pas aussi savants ni aussi habiles que Guillaume de Rubrouck, ce père franciscain qui, envoyé par saint Louis, ramena de Tartari un récit fabuleux ; ni, comme à la fin du siècle dernier, le Pisan Rustichello, qui raconta dans son *Devisement du monde* le voyage de Marco Polo chez Kubilai Khan au Catai. Moi comme dicteur, Garin comme écrivain, nous nous sommes nommés avec humour « les escrivariens de Cordes ». Ce matin-là, nous avons, inconscients de la difficulté et imbus de nous-mêmes, commencé le récit que voici.

Première partie

Chronique d'un soldat du Temple

Écrite par Garin de Carcassonne,
sous la dictée du sire Guillaume de Montfort

Saint-Arnac, début février 1307

Mon histoire ne commence pas en l'an de grâce 1307 après notre Seigneur, mais c'est assurément cette année-là que ma vie, que je croyais à tout jamais tracée, a totalement basculé. Quarante et un ans plus tard, au-delà des louables inquiétudes dues aux changements imposés par mon retour en Occident, je me souviens très bien qu'à cette époque, l'état d'esprit qui m'animait n'était pas des plus fameux. Sans véritable motivation, j'étais, à plus de trente-sept ans, rempli de doutes et particulièrement de celui concernant mon engagement au service de l'ordre du Temple de Jérusalem* qui m'employait.

Il faut vous dire que l'ordre du Temple, c'était toute ma vie. Enfant adopté, écuyer à vingt ans, j'étais, comme soldat de sa milice, depuis toujours à son service. À vrai dire, assujetti à lui, pour n'en point connaître d'autre, l'Ordre restait le seul univers possible.

Mes maîtres successifs, qui tous au fil du temps voulaient me voir prendre l'habit, déçus de mon refus à le faire, s'étaient petit à petit désintéressés de moi. Après toutes ces longues années d'oubli, par un revirement inexplicable, voilà que soudain, on me courtisait à nouveau. Pressé de tous bords, alors que mon implication se faisait moins forte, je devais, en plein désarroi, me résoudre à faire un choix décisif.

Mon maître actuel, Raymond de Saguàrda, commandeur du Mas Déu* en royaume de Majorque, m'avait longuement expliqué que mes vœux actuels ne faisaient de moi qu'un simple homme lige, et que cela ne pouvait durer.

— À ton âge, m'avait-il dit, nous aimerions tous te voir porter l'habit. Ta naissance, ton expérience, ta parfaite maîtrise des armes et des langues, que j'associe au fait d'être un des rares survivants de Terre sainte, parlent pour toi ! avait-il insisté. Ton admission ne provoque plus aucune objection ; au contraire, elle est maintenant souhaitée par tous !

À voir mon visage de marbre, il avait ajouté, toujours aussi pressant :

— Ce sont ces capacités qui t'ouvrent aujourd'hui les portes d'un bel avenir et qui nous incitent, mon cher Guillaume, à revoir ton cas. Si tu veux bien... le manteau blanc sera prochainement sur tes épaules.

Réfléchis à la chose… En attendant, je t'envoie dans les collines du Fénolhèdes*, en mission. La dernière avant une réponse définitive et ton prochain départ pour Paris, chez sire Jacques.

Au petit matin et par grande froidure, après mon départ définitif de la forteresse templière édifiée près de Perpinya, j'avais donc pris la route de Centernach*, vers la maison plénière du Fénolhèdes en royaume de France. La plaine roussillonnaise était vaste et il me fallut une bonne partie de la journée pour arriver sur la frontière et sur les bords de la rivière de l'Aigle*. L'esprit libéré, insensible au vent froid et tenace qui soufflait très fort, je songeais que si, après seize longues années, mon retour en Occident arrivait à point nommé, une certaine désillusion, malgré le discours fraternel de sire Raymond et l'avenir que l'on me promettait, assombrissait toujours mon âme. En effet, depuis quatre mois que j'avais débarqué sur la côte, je découvrais, tout au long de mes chevauchées, les multiples possessions templières qui s'étalaient de la Narbonnaise aux Albères. Villages inféodés, propriétés, forêts, manses*, alleux*et honors* se succédaient en nombre. Les moines soldats, ces preux chevaliers que je savais riches, avaient définitivement fait place aux moines comptables, aux moines boutiquiers. Notre puissance, notre richesse par endroits immense s'opposaient à la pauvreté grandissante des petites gens. Personne ne nous aimait autant qu'avant. Personne ne nous regardait plus comme avant. La magnificence de nos maisons et de nos biens rivalisait largement avec celle des comtes et des riches barons. Ils allaient jusqu'à dépendre de nous et de l'usure de notre argent. Nos maîtres, souvent issus de la petite noblesse, commandaient aux grandes familles et même jusqu'aux rois. Dans ce contexte, les mentalités se montraient moins favorables, et des jalousies naissaient autour de nous. En vérité, et malgré toute ma bonne volonté, je n'arrivais plus à me reconnaître dans cet ordre qui, maintenant, me voulait tout entier.

L'outrance de la réflexion qui animait mon esprit – ou bien l'écart que fit ma monture – me ramena à la réalité de la route. La grande plaine avait fait place aux hautes collines. Le soleil pâle déclinait et le vent redoublait de violence sur ce chemin pierreux et parfois détrempé. Passé le dernier col, j'entrevis le hameau de Centernach. Il était niché autour de son église et situé au centre d'un cirque de montagnes aux rochers escarpés. Notre altière maison templière, blottie au bord de l'eau dans le creux de la vallée, était bien en dessous, et commandait un vaste coteau couvert d'oliviers. Il faisait presque nuit quand j'en aperçus l'enceinte. L'édifice principal était une bâtisse cossue faite dans un appareillage de lourdes pierres et affublée d'un bâtiment en retour qui faisait office de moulin. Depuis le haut de la colline où pointait le clocher, jusqu'au bas dans la combe où coulait la rivière, tout ici respirait l'ordre, la méthode, le respect de Dieu et de ses bienfaits.

Tandis que je descendais de mon cheval, un garçon d'écurie accourut me le prendre.

— Prends-en grand soin, lui criai-je fort, la voix couverte par le sinistre bruit d'une meule de pierre, qui à la fin s'arrêta.

Derrière moi, une porte s'ouvrit et une silhouette s'encadra dans la lumière blafarde d'un lumignon.

Vêtu d'une cotte noire, le sergent qui me salua m'invita prestement à entrer.

— Viens te réchauffer près du feu, le temps que j'avertisse de ton arrivée ! me dit-il.

Mon camail* retiré, après avoir détaillé la pièce où l'on m'accueillait, je vis, à la satisfaction pressante de mon estomac, que posé sur un bon lit de braise, un grand faitout tenait la soupe du soir au chaud.

L'attente ne fut pas longue. Le précepteur, qui était chapelain, vêtu d'une coule tachée d'huile, se présenta simplement.

Pierre de Camprodon était un homme âgé. Maître des lieux depuis longtemps, il était en charge des biens de l'Ordre dans le Fénolhèdes. Bien que celui-ci fut en royaume de France, il dépendait en fait du Mas Déu et, comme sire de Centernach, rendait des comptes à Raymond de Saguàrda. Le maître des lieux avait droit de justice et percevait des redevances dans les villages proches du Viviers, de Sorhnia et de Rabolhet. Il détenait des biens dont plusieurs maisons, des alleux, des mines de fer et même un moulin près du village de Pézilla. Depuis 1214, date de sa création, la commanderie s'était agrandie et fortement enrichie. L'éloignement des donations avait même nécessité, en 1261, la création d'une autre maison dans la montagne tout à l'ouest, au lieu-dit Corbos. Sire Raymond m'y envoyait.

Courbous, Corbos comme on disait ici, dépendait donc de sire Pierre et détenait elle aussi de nombreuses possessions. Ma venue n'était pas une surprise. Arnald de Rasiguères, le sergent bedonnant qui m'avait accueilli, et plusieurs serviteurs se joignirent à nous pour le repas et ensuite pour les prières du soir. Celles-ci terminées, on me souhaita une bonne nuit, et sire Pierre m'invita à le retrouver chez lui, le lendemain, pour faire connaissance.

Après un tour aux écuries, je rejoignis comme convenu le vieil homme dans sa cellule. Sec comme un sarment de vigne, il semblait fragile. Il avait le visage ridé comme une vieille pomme et sa tonsure clairsemée avait disparu depuis longtemps. Sale et négligé, parce que sans doute trop absorbé par son travail, il portait la même coule que la veille.

Souriant, d'un simple signe de la main, il m'invita à m'asseoir et me demanda :

— Guillaume... Qui donc es-tu ?

Désorienté par la question, il me fallut un certain temps pour la comprendre et y répondre.

— Je suis... votre homme lige, je suis soldat de la milice turcopole*. Je suis au Temple depuis toujours... par donnat*.

Comme il restait silencieux, j'ajoutai :

— J'aurais dû prendre l'habit, mais mon apprentissage terminé... je l'ai refusé !

— Étrange façon de nous remercier, releva-t-il.

— Ce ne fut pas, je vous l'accorde, ni de bon ton ni de bon goût. À l'époque, je l'ai payé chèrement. Mais ce fut ainsi ! J'avais vingt ans, et l'orgueil bien trop fort.

— Pourquoi avoir refusé l'habit ? Ta naissance te donnait droit tout de suite à la cotte noire, et plus tard à la croix. Pourquoi ces hésitations ? Parle. Dis-moi, qui es-tu véritablement, Guillaume ?

— Je suis Guillaume de Champeaubois, dis-je en relevant ma manche, et le lion tatoué sur mon bras est celui des Montfort de Castres... Certains, dans l'Ordre, connaissent mes origines et sans doute aussi, bien que discrète, la vérité sur ma naissance... et ma bâtardise.

Comme il acquiesçait de la tête, les yeux baissés, je continuai plus bas :

— Ce n'est pas chose facile que d'en parler… j'en suis venu à tirer un trait depuis longtemps sur cette période douloureuse de ma vie, et…

— Ton départ près du grand maître qui te veut chez lui dépend de moi, dit-il en me coupant. Je suis en charge de ta personne et en accord avec Raymond, il a été décidé que mon avis serait déterminant pour ton avenir chez nous. J'ai besoin de tout connaître, Guillaume, de tout savoir sur toi… Même si c'est difficile, il te faut tout me dire.

— À la vérité, mon père, je suis un sans-nom, un oublié, un répudié, un diffamé. Je suis un orphelin, ma famille m'a rejeté… elle m'a renié. Cela m'attriste et me fait mal… N'avoir aucun nom à poser en survivance me désole et me désespère, dis-je après un long silence. Lassé de ce maudit passé, de cette quête improbable, trahi par d'illusoires et chimériques espoirs, au fil des années, j'en ai fait mon parti, et à la fin, m'en accommode ainsi.

— J'ai bien peur au contraire que tu ne tergiverses, répliqua le vieil homme, et que tu ne triches avec toi-même !

— Qui vous permet de croire cela… jamais de ma vie, je n'ai triché !

— Si ta quête en survivance, comme tu l'affirmes, est devenue au fil du temps improbable, alors, tu accepterais notre offre sans rechigner au lieu de t'apitoyer sur ton sort. À l'évidence, dit-il méchamment, tu n'as pas encore fait le deuil de ton nom, tu restes prisonnier de ton passé… Si tu veux mon avis, je crois que le lion en toi n'est pas mort… Raymond de Saguàrda avait raison : « Pour exister, un homme doit être clairement nommé », et pour ne pas savoir qui tu es, tu crois n'être rien ! Et en cela, je comprends mieux ton mal-être !

— Non ! non… vous ne comprenez pas ! Vous ne savez pas ! dis-je, en me levant de colère. Personne ne sait, ni vous ni quiconque… ce que j'endure depuis toujours… Personne !

Surpris de mon attitude, le vieil homme, déconcerté, m'invita à nouveau à m'asseoir.

— Épanche-toi, mon fils… Parler fait parfois beaucoup de bien. Rien de ce que tu me diras ici ne sera divulgué. Ta confession me permettra de t'aider et, peut-être, de trouver des réponses à tes tourments.

Confus de voir notre conversation prendre une mauvaise tournure, mais conscient que mon avenir se jouait maintenant, j'entrepris de raconter, sans doute pour que le maître de Centernach en partage lui aussi le fardeau, le long récit de mon enfance.

Le comte Philippe, mon père, est mort quelques mois après ma naissance, et ma mère dans ma huitième année. Ce n'est pas facile d'être orphelin, ni d'être du jour au lendemain privé d'amour et de tendresse. Heureusement, l'insouciance de l'enfance occulte en partie la douleur, et l'imagination suffit, la plupart du temps, pour se bâtir naïvement un monde idyllique. Seulement voilà... Il y a toujours quelqu'un pour vous réveiller, et alors, voyez-vous, subitement, le rêve tourne au cauchemar. Quand, devant mes compagnons de jeu, pour m'arroger le titre de chef de bande, je citai mes quartiers de noblesse, l'un de ces hobereaux misérables, qui se voulait plus fier que moi, me cracha au visage :

— Pour qui te prends-tu, morveux ? Tu n'es rien, et jamais tu ne seras le seigneur de qui que ce soit ! Tu es un bâtard, un sans-nom, un rien qui vaille. L'héritier de personne. Tu n'as rien, ni manse, ni castel, rien ! Ni champs, ni eau, ni bois... Rien de rien. Tu n'es qu'un enfant perdu, tu n'es qu'une merde, une fiente de pigeon !

La honte qui me submergea en cet instant me laissa piteux et sans voix. Plus tranchantes qu'une lame, ses invectives me lacérèrent le cœur. Malheureux de l'évidence, les larmes qui ravagèrent en un instant mon visage me firent honteusement abandonner les lieux. Ivre de rage, j'étais comme fou, à la fois blessé, perdu et désespéré. Quand je repense, encore aujourd'hui, à ce funeste moment, cela navre et violente mon âme. C'était le jour anniversaire de mes dix ans. Je me souviens avoir crié et tempêté contre le monde entier et avoir couru et pleuré tout mon soûl, avant de m'écrouler de fatigue, l'esprit plein de rancœur et de vengeance. On ne m'a retrouvé que le lendemain, à moitié mort de froid. Quelques jours plus tard, remis de mes émotions, par dépit, par ironie ou dérision, j'ai relevé le défi. Moi, le rien qui vaille, moi, le sans-nom, moi, qui n'avais ni champs ni eau ni bois, je me nommerais désormais Guillaume de « Champeaubois » et serais à jamais connu ainsi.

Devant pareille confidence, le vieil homme, qui découvrait ma souffrance, demanda :

— Veux-tu que nous repoussions cette conversation à plus tard ?

— Non ! Non, vous avez raison, mon père... parler me fait du bien. Où en étais-je ? Ah oui !

Champeaubois. C'est le seul nom que je puisse officiellement vous donner. C'est le mien au sein de l'Ordre, mais mon vrai nom est Guillaume de Montfort. Je suis le fils du très haut et très estimé Philippe le deuxième, seigneur de Beynes, de la Ferté-Alais, de Bréthencourt et de Castres. Illustre parmi les illustres, il fut fait comte de Squillace en Calabre par Charles d'Anjou, roi de Sicile. Comme beaucoup, il est mort de dysenterie devant Tunis, quelques jours après notre saint roi Louis le neuvième. Je n'ai jamais connu mon père, mais comme je vous l'ai dit, j'ai toujours su qui il était.

— Ton père n'avait-il rien laissé pour attester ta filiation ?

— Bien sûr que si ! Comme il se doit chez les grands de ce monde...

J'ai plusieurs fois vu de mes yeux le codicille au testament de mon père qui faisait de moi son fils. Ce parchemin cacheté à la cire était cosigné de la main même de l'homme qui tenait votre rang à la commanderie de Vaour et qui était mon parrain. Fait en deux exemplaires, l'un destiné à ma mère, l'autre dans les archives des Montfort de Castres, il attestait de ma naissance. Mais avant de vous conter son étrange disparition, il vous faut savoir, doux sire, que mon père était un homme pieux... En 1258, il a fondé le couvent* *des Frères Prêcheurs à Castres, où il est enterré ; avant de se croiser, il a tenu à laisser les choses en ordre. Parce que son idylle s'éternisait, son entourage accueillit son départ avec, aux dires de mon parrain, un grand soulagement. On les comprend, ils vouaient ma mère à tous les diables. Même s'il avait conscience de fauter gravement, aux dires de tous, mon père rayonnait de joie à ma naissance. Son épouse et son fils aîné Jean, en héritier du titre, ne voyaient pas les choses de la même façon. Contre vents et marées, il fut décidé de me doter de quelques tenures* et d'une petite maison. En attendant son retour, il nous laissa sous la protection du commandeur de Vaour, dont il était l'ami depuis toujours... Quoi que l'on dise, voyez-vous, et quoi que l'on fasse, même bâtard et sans héritage, je suis un Montfort ! Et, par le droit du sang, issu de cette illustre famille ! Mon grand-père était en Terre sainte l'égal des rois... et ma grand-mère, une authentique Capétienne ! Mes armes sont de gueules au lion d'argent à la queue fourchée, au lambel* à quatre pendants d'azur, barrées bien sûr de ma bâtardise, mais bon sang, elles ne sauraient mentir !*

Impassible et silencieux, les yeux fermés, le précepteur m'invita à continuer.

À la mort de son seigneur et maître, ma mère, désemparée et abandonnée, se tourna vers son seul et unique ami, mon parrain Pierre Geoffroi. Après conseil et réflexion, elle décida de nous donner au Temple. L'acte du donnat concernait nos deux personnes. Il était convenu de céder, après jouissance, nos biens contre une protection à vie pour elle, et jusqu'à mes vingt ans pour moi. Elle pensait ainsi nous mettre à l'abri des rumeurs qui nous concernaient et surtout, elle s'assurait de me trouver une éducation digne de mon rang au sein d'un ordre puissant et prestigieux.

— Et en cela, elle avait raison, murmura le vieil homme.

Notre maison se trouvait sur le coteau, à mi-chemin de la commanderie et du village, et c'est là que je vécus mon enfance. J'ai d'abord grandi, entouré de l'affection de ma mère, et ensuite sous l'autorité de frères cazaliers* *qui s'occupèrent de moi. Par vocation, l'Ordre n'accepte pas d'enfant dans ses murs, mais déjà, par le passé, le cas s'était présenté à la commanderie. Ma présence fut donc tolérée. Les années passèrent tranquilles, et quand je cherche dans ma mémoire le souvenir de ces jours heureux, je revois ma mère, mon livre de corne* à la main, me faisant réciter mon alphabet. Je la vois belle, mais seule. Rejetée par ceux qui la voyaient comme une opportuniste à la mine hautaine, une catin qui avait eu l'audace de coucher avec l'homme le plus puissant de la région et qui, ultime sacrilège, lui avait fait un enfant. Je la vois ignorée par les autres, vivant seule, loin de tous… Renfermée sur elle-même, elle projetait sur moi tout l'amour et toute l'attention qu'elle avait, car à l'évidence, elle n'avait que moi à aimer. Sa vie était la mienne, et la mienne la sienne, jusqu'à ce maudit soir du mois de juillet 1278…*
Le petit homme que j'étais, comme tous les enfants de mon âge, participait aux moissons. Je fus enrôlé à glaner dans les chaumes d'une métairie assez éloignée de la maison. Fier

d'une pareille aventure, je me vois debout sur la charrette à saluer ma mère en riant de joie, sans me douter que...

À ce moment du récit, ma vue se brouilla de larmes et aucun autre mot ne sortit de ma gorge.

Pierre de Camprodon, voyant mon émotion, s'inquiéta.

— Non, doux sire, non ! Laissez-moi finir, laissez-moi poursuivre mon récit, dis-je en chassant l'air de mes poumons et en me reprenant, rasséréné...

La chaumière où nous habitions brûla pendant la nuit. Les villageois, malgré l'alarme et les secours de la commanderie, ne purent que constater leur impuissance. Au petit matin, quand le toit et le grenier qui s'étaient effondrés furent déblayés des ruines fumantes, on retrouva le corps sans vie de ma mère. Seul restait debout un des deux pignons de pierre qui soutenaient la seule cheminée de la maison qui, fait étrange, ce jour-là, ne portait aucune trace de braises ou de cendres. Le foyer déblayé des pierres qui l'encombraient était incompréhensiblement propre ! Pierre Geoffroi et Sanche, le précepteur de Montricoux, son hôte, qui supervisèrent les travaux de déblaiement, restèrent perplexes devant pareille chose.

Perplexité qui se changea en fureur quand, un mois plus tard, lors de son passage à Castres où il avait à faire à l'abbaye de Saint-Benoît, il reconnut un bien qui nous appartenait. C'était une aumônière, celle de ma mère. Objet de valeur en cuir estampillé, elle avait été achetée à un mercenaire de passage par l'épouse d'un consul de la ville qui, toute fière, la portait pour aller à la messe. Le sire de Vaour l'avait formellement reconnue. Même si la marque des Montfort avait été partiellement effacée, c'était bien celle que mon père avait offerte à ma mère, et où elle rangeait ses bijoux.

Après enquête, il fut avéré que l'achat avait été fait de bonne foi. L'individu incriminé dans la vente, parfaitement décrit, avait été vu rôdant dans les rues de la ville. Activement recherché, il ne fut jamais retrouvé. Pas plus d'ailleurs que le parchemin au sceau de Philippe attestant ma légitimité. Soit il avait brûlé dans l'incendie, soit il avait été dérobé avec l'aumônière et les bijoux qu'elle contenait… Il y avait fort à parier que dans l'entourage du jeune héritier et nouveau seigneur de Castres, certains désiraient nous voir ardemment disparaître. Malheureusement, aucune preuve n'étayant cette idée, les autorités trop inquiètes des vagues suscitées ne restèrent que sur la probabilité d'un accident inexpliqué. Sans doute y avait-il eu vol, et peut-être même assassinat masqué par l'incendie, mais sans preuve, tout fut très vite arrêté, sans que la vérité ne soit connue.

Pour la première fois de mon existence, la main de Dieu était sur moi et mon absence fortuite m'avait certainement sauvé la vie. Je n'avais que huit ans, je n'étais qu'un enfant, mais marqué par la rumeur de cette mort suspecte et par ce terrible destin, je vous l'avoue, mon père, ma vie d'homme a commencé ce jour-là !

Attentionné, mon compagnon reprit la parole :

— Je te sais gré de ta sincérité. Je vois l'émotion qu'elle suscite, je devine aisément la suite, mais comme nous avons encore un peu de temps, raconte-moi ce que fut ta vie chez nos frères…

L'orphelin que j'étais devenu, dis-je en reprenant mon récit, fut recueilli par les frères et, au titre d'oblat, je fus confié aux bons soins du maréchal-ferrant… Pendant huit ans, j'ai grandi parmi les moines chevaliers, les moines sergents et les servants de la commanderie, au milieu des chevaux et des armes, tout en participant à la vie de la collectivité. Avec mon parrain et le chapelain, prières et causeries sur les Évangiles alternèrent avec l'apprentissage des lettres et de l'écriture. Apprendre, recopier et toujours s'instruire restent dans ma mémoire les meilleurs moments de mon enfance. Sans remplacer la tendresse maternelle, cette sollicitude me permit de surmonter la vertigineuse solitude de mon cœur.*

L'âge venant, ce fut la forge et son soufflet. Le travail du fer, l'alchimie du feu et celle de la force qu'elle requiert. Mais c'est aux pieds de la quintaine que j'étais le plus fort. Finies la fronde et l'épée de bois, elles furent vite remplacées par l'arc et le darde*, et comme je montais bien à cheval, je fis rapidement l'admiration de tous par mon aptitude au métier des armes. Comment aurait-il pu en être autrement ? Chacun autour de moi s'entraînait. Certains excellaient et je n'avais de cesse de les imiter. Le jour de mes seize ans, Pierre Geoffroi me fit mander et m'instruisit de son prochain départ.*

— Mon successeur Raymond de Caumont arrive céans dans deux jours. Il assistera à mon dernier chapitre où il y sera question, entre autres, de ton avenir. J'ai bien réfléchi à ton cas et je crois qu'il est temps pour toi de rallier nos

maisons du Larzac. Tu y apprendras comment devenir un parfait chevalier et, je l'espère, un de nos futurs frères. Je sais que quitter ces lieux te sera difficile, mais tu te dois à l'Ordre qui t'a recueilli, nourri et élevé. N'en doute pas, ta mère aurait approuvé ma décision.

Je fis donc mes préparatifs et après mes adieux, je me souviens être passé par Castres pour prier devant le tombeau de mon père. Une page de ma vie se tournait et, étrangement, l'ombre du lion scellait celle-ci…

Pendant les quatre années suivantes, j'ai fait mes classes aux confins du plateau du Larzac, dans la commanderie de la Couvertoirade et dans les maisons proches de Sainte-Eulalie-de-Cernon et de Saint-Jean-d'Alcas. Un apprentissage spartiate et pour moi sans réel intérêt. Anonyme, méconnu, englué dans la masse, je ne fus bientôt plus qu'un parmi tant d'autres. La deuxième année, je fus placé comme apprenti sous l'autorité d'un chevalier qui se mit dans l'idée de faire de moi un soldat aguerri. Encore solide pour son âge, l'homme était taciturne et particulièrement sévère. Les seuls mots qui sortaient de sa bouche étaient discipline, obéissance et fraternité.

— L'habit se mérite ! disait-il. Il est le garant de notre engagement vis-à-vis de nos frères ainsi que l'image de notre foi. On ne triche pas avec l'Ordre, et encore moins face à Dieu qui nous voit. L'indolence mène tout droit en enfer, ajoutait-il en martelant ses mots. En devenant l'un des nôtres, tu deviens un maillon de la chaîne que nous sommes. Il va de l'avenir de tous que tu restes solide et clairvoyant.

Il aimait à ajouter :

— Ce n'est pas pour rien que sur le sceau de l'Ordre, on nous représente à deux sur le même cheval. Là où certains voient acte de pauvreté, il faut y voir solidarité. Ensemble, on est plus forts !

Plus fort… j'ai dû le devenir, car l'année de mes vingt ans, on me reçut.

— La règle, me dit-on, nous interdit du fait de ta bâtardise de te donner l'habit blanc des chevaliers de la milice. Il est depuis toujours réservé aux seuls vrais nobles et à ceux qui ont les moyens de se payer l'équipement et qui sont adoubés avant de nous rejoindre. Dans quelques années, quand tu auras fait tes preuves, tu pourras le prendre et le porter. Dans l'attente de ce jour, nous te proposons le titre d'écuyer et, hors la mer, la cotte noire de sergent.

Déçu de devoir attendre et surtout d'avoir encore à prouver ma valeur, je pris la mouche. Mon refus fut une surprise pour tous. Ma naissance me jouait à nouveau un mauvais tour et me privait d'un droit que, dans mon for intérieur, je pensais mériter amplement. C'était l'adoubement et chevalier de la milice tout de suite, ou rien !

L'incompréhension à mon sujet s'accentua. Tous voulaient infléchir ma décision, que je réitérais chaque fois. Méprisant, arrogant, arguant que mon père avait donné bien plus à l'Ordre que le prix d'un destrier, je criais à qui voulait l'entendre que ma noblesse était connue. Pour certains, cela restait à prouver, car entre-temps, mon parrain mort, plus rien ne justifiait mes dires. Borné plus que têtu, je n'en démordais pas. À la fin, mon entêtement eut le don d'exaspérer tout le monde et je fus traité d'insupportable.

Face à mon mutisme glacé et malgré quelques jours de pénitence, les choses en restèrent là. Il fut décidé, devant l'urgence en Terre sainte, de faire de moi un simple combattant et de m'y envoyer grossir nos rangs.

— Ton donnat arrivait à terme, n'est-ce pas ?

En effet, il se terminait et il leur fallait faire un choix. Comme toujours en pareil cas et devant mon arrogance, on remit à plus tard la décision finale. On me promit en maugréant de revoir ma demande et on m'imposa, comme on le faisait pour les séculiers ou les confrères qui servaient sous contrat, une simple allégeance. Effrayé des remous occasionnés, pressé de quitter le bourbier où je m'étais fourré et honteux de voir mes amis attristés, je me suis empressé d'accepter.

Armé de pied en cap, en compagnie de quelques autres et à genoux, j'ai juré « de consacrer mes paroles, mes forces et ma vie à défendre la croyance de Dieu et de la Foi. J'ai promis d'être soumis et obéissant aux maîtres et commandants, de passer les mers pour délivrer nos frères, de donner secours à l'église et aux rois contre les infidèles et tant que mes ennemis ne seront que trois, de les combattre si ce sont des mécréants. En foi de quoi, de ma propre volonté, j'ai juré que j'observerais toutes ces choses et ne quitterai jamais l'Ordre sans son consentement. »

C'était un serment différent de celui des chevaliers à qui on donnait le blanc manteau. Eux, ils juraient le célibat pour le restant de leur vie et comme moines, on les « initiait » suivant la règle dans le plus grand secret. Soldat de Dieu, la couleur blanche était celle de la pureté. Elle aurait dû me revenir, le noir étant réservé aux petites gens dont je n'étais pas. Mais, comme je vous l'ai dit, le noir, je n'en voulais pas ! Notre serment donné, on nous a rassemblés par unités. Nous étions en juin 1290, quelques semaines avant mon départ pour Chypre et, plus tard, pour Acre.

Cordes, début mai 1348

— Quatre jours, messire, que j'écris sans discontinuer. Quatre jours sans sortir le nez dehors. Je n'en peux plus ! Il nous faut souffler, faire une pause. Je dois retailler mes plumes, classer et numéroter nos feuillets, retracer à la mine de plomb les interlignes pour la suite et refaire la provision d'encre. Je suis fatigué... J'ai besoin d'air.

— Cesse de pleurnicher, le scribe ! Pour une fois que tu travailles, tu devrais être heureux et fier.

— Ne vous y trompez pas, messire, ce n'est pas le travail qui gêne l'oiseau que je suis. C'est seulement qu'il me faut, de temps en temps, bouger les ailes, décontracter mes doigts et redresser mon dos qui fatigue. Il me faut aussi passer chez le barbier, j'ai le menton bien sale. Vous-même... si j'osais, dans l'excitation du moment, vous en venez à vous négliger.

— À la réflexion, ton conseil – même s'il m'agace

– est sans doute judicieux. Puisque tu veux sortir, fais donc le nécessaire et mande l'homme céans avec ses outils. Va aux nouvelles, évite le guet et si d'aventure tu passes près d'une auberge, rapporte-nous de quoi boire autre chose que cette piquette qui fait notre ordinaire.

Alors que je m'habillais, libre enfin de sortir, il ajouta, en me donnant piécettes :

— Va et reviens vite ; nous ne faisons que commencer, et ma vie à raconter est encore longue et passionnante.

Il y a des ordres que l'on ne discute pas. C'est sourire aux lèvres, l'esprit joyeux, que dévalant quatre à quatre les marches de l'escalier je quittais la maison. La journée s'annonçait belle, le soleil brillait de son plus bel éclat et l'air était déjà chaud. La rue, elle, était silencieuse, anormalement silencieuse, et cela m'étonna. Seul le fardier de Jacquou qui remontait la rue de la Jane faisait entendre le chaos de ses roues cerclées sur les pavés. Plus loin, très distinct, celui des socques* de quelques passants furtifs s'y ajouta. Comme nul autre bruit n'y faisait écho, lorsque le bourdon de Saint-Michel au-dessus de ma tête sonna le glas, soudain la peur me prit et une sueur froide rabattit mon entrain. Comme je débouchais sous la halle déserte, je vis dans la rue principale les hommes du guet s'activer autour d'un grand feu. Ils alimentaient un brasier conséquent et jetaient pêle-mêle matelas, literie et vêtements depuis le porche d'une maison proche. Sous les cris et les lamentations d'un mari effondré, un peu plus bas dans la rue, le bourreau, reconnaissable à son bliaud et à ses gants rouges, avec l'aide d'un autre soldat, chargeait sur une charrette à bras les corps sans vie d'une femme et d'un enfant. La Dame rouge, ce spectre de mort armé de sa grande faux, avait commencé sa moisson et faisait ses premières victimes. Du barbier de la Grand Rue, qui n'eut dans l'heure que moi comme client, jusqu'à l'auberge sinistrement vide où j'achetai trois chopes mousseuses à souhait, ma promenade en ville se fit au pas de charge. La peur au ventre, un goût étrange au bord des lèvres, je regagnai bien vite la maison que je m'empressai de verrouiller.

Réunis dans la chambre du maître, le barbier, qui venait d'arriver, les cheveux savamment arrangés, la moustache et la barbe en pointe, nous fit part des dernières nouvelles. Ajoutées aux miennes, celles-ci nous laissèrent fortement inquiets. Depuis plusieurs jours déjà, la maladie s'était déclarée et faisait maintenant des morts. Beaucoup de morts. D'après notre visiteur, tout avait commencé en octobre de l'année dernière.

— Sur douze galères, nous dit-il, la main agile, des Génois fuyant la colère divine qui s'était abattue sur eux en raison de leur iniquité accostèrent à

Messine. Ils transportaient, imprégnée dans leurs os, une maladie telle que tous ceux qui les rencontraient se voyaient à leur tour atteints de cette infirmité mortelle. Jugez-en, messire ! s'exclama-t-il d'un geste menaçant, le rasoir à la main. Tous ceux qui seulement se parlaient, mêlés les uns aux autres, s'infectaient. Leurs corps, disait-il en faisant de son bras de grands moulinets, étaient presque tout entiers secoués et comme disloqués par la douleur.

Puis à mi-voix, penché vers nous, subitement il ajouta :

— De cet ébranlement, de cette corruption de l'haleine, naissait sur la cuisse ou le bras une pustule qui pénétrait le corps si complètement qu'ensuite on était pris de violents crachements de sang. Ces expectorations duraient dans une fièvre forte trois jours sans discontinuer et, quels que soient les soins, on en mourrait à la fin !

Satisfait de lui, en se relevant brusquement et devant nos yeux ébahis, il esquissa avec élégance un demi-tour sur place, avant de réciter d'une voix grave :

— Les gens de Messine chassèrent alors les Génois qui, bien sûr, de port en port, contaminèrent de nombreuses villes. Bien entendu, il s'ensuivit une mortalité générale. Maîtres ou manants, vieillards, femmes et enfants, personne n'en réchappa. Pas même les lépreux et les chiens… dit-on !

Mon maître, la joue à moitié faite, ne lâchait

plus des yeux la lame du rasoir en mouvement qui semblait danser un ballet inquiétant. Le barbier, ravi d'avoir conquis son auditoire, le corps théâtralement mis en scène, continua son incroyable récit :

— Nul ne savait où aller. Même les églises n'étaient plus un abri sûr. On vit les pères abandonner les fils atteints, les prêtres refuser de se déplacer pour la confession des malades ou l'absolution des morts. Il fallait payer fort cher les croque-morts pour porter les cadavres dans leurs tombes et pour brûler leurs effets infectés. La panique partout était grande… Et voilà qu'après Marseille et Avignon, Toulouse et Albi, elle est chez nous, dans nos murs, et nous allons à notre tour en subir ses affres mortelles !

Genoux à terre à la manière d'un dévot, les yeux levés au ciel, en se signant respectueusement, il ajouta, grandiloquent :

— Dieu nous inflige une vengeance divine, un mal qui répand la terreur. Un mal que le ciel en sa fureur inventa pour punir les crimes de la terre… À n'en pas douter, l'apocalypse est sur nous !

Guillaume de Montfort, interloqué, la barbe à moitié faite, ajouta pour minimiser :

— Sans doute à Messine la peur a rendu les gens fous, mais ici, chez nous, dans notre cité, cela ne sera pas ! Nos consuls et nos prêtres sont d'une autre trempe et notre foi en Jésus-Christ n'a jamais été aussi forte. Ne cédons pas à la panique… restons confiants.

— Maître barbier, demandai-je, ébranlé, sais-tu comment la maladie se développe ?

— Mon cher ami, dit-il songeur, la réponse n'est point simple ni facile…

— Mais encore ? Nos mires* sont-ils impuissants et nos médecines sans effet ?

— Les choses sont indiscernables et compliquées. Il semblerait qu'il n'y ait pas que les pustules – que l'on nomme « *anthrax* » – mais aussi des glandes qui se forment dans différentes parties du corps. La gorge, l'aine et d'autres endroits comme le visage sont aussi touchés. Ces glandes, taillées comme des amandes, grossissent lentement en donnant une sensation de grand froid. Elles épuisent l'organisme et les forces du malade déclinent rapidement. Ensuite, quand ces « bosses » atteignent la grosseur d'une noix, parfois même celle d'un œuf de poule, on crache un sang noir qui infecte la gorge et les poumons. Ces miasmes et ces encombrements corrompent l'organisme, et on meurt dans d'atroces souffrances, aux environs du quatrième jour.

— C'est inhumain ! dis-je, effrayé.

— Les prêtres sont d'accord pour dire que devant pareille mort, ceux qui ainsi quittent la vie sont reçus dans la demeure divine sans passer par le purgatoire. D'aucuns s'endorment ce soir en pleine santé et se réveillent demain à l'article de la mort.

Inutile de dire qu'après le départ du bonhomme,

la journée fut morose et silencieuse. Si la bière fut bue, notre repas, lui, ne fut qu'à peine entamé. Au petit matin du lendemain et alors que le glas continuait son carillon lugubre, nous reprîmes notre travail. L'histoire d'une vie, l'histoire d'un vieil homme fier.

Saint-Arnac, fin février 1307

Niché au creux de la vallée, Centernach était un havre de paix. Le vent enfin tombé, l'air ce matin-là était léger et vivifiant. Seul, comme pour rompre le calme idyllique des lieux, dans un bruit plaintif et vieillissant, l'infatigable moulin au bord de la rivière se remit en marche.

Alors que je regardais des hommes s'activer autour de la meule, le cri du guetteur près du porche d'entrée nous avertit de l'arrivée d'une caravane. Elle avait passé le col et s'approchait de la commanderie. Armés jusqu'aux dents, cinq des nôtres accompagnaient une douzaine de mules chargées de lourds coffres cerclés de fer.

Pierre de Camprodon, alerté, apparut à la porte et donna les ordres nécessaires. Pendant que le maître recevait les hommes fourbus, j'aidais utilement au déchargement des mules. Après avoir pansé les bêtes, nous les menâmes à l'abreuvoir. À notre retour, les malles n'étaient plus là. Comme je m'étonnais de leur subite disparition, l'un des hommes liges, qui rangeait les bâts, me prit en aparté et m'avoua à l'oreille :

— C'est toujours la même chose. Plusieurs fois l'an, un pareil chargement nous parvient. Parfois, il arrive du Mas, parfois directement de Collioure ou des cols pyrénéens, mais toujours identique à celui-ci. Des mules, des coffres cerclés de fer et une escorte dissuasive. Aussi vite arrivé, aussi vite oublié. Crois-moi, tout cela est bien mystérieux.

— Qu'y a-t-il dans les coffres, le sais-tu ?

— Non point, l'ami ! Comme tu l'as pu voir, de fortes courroies les ferment et les nœuds sont cachetés à la cire. À vrai dire, nul ne sait et, ordre du maître, nul ne doit s'en préoccuper. Ordre que je transgresse parce que tu es des nôtres, mais garde pour moi tes questions et oublie ce que tu viens de voir. C'est le conseil que je te donne…

« *Décidément*, pensai-je en m'éloignant, *des choses se trament autour de moi* ».

Le lendemain, la matinée bien avancée, le précepteur des lieux me rappela à son bon souvenir et, me recevant à nouveau chez lui, notre conversation reprit.

— Guillaume, me dit-il, j'ai bien réfléchi à ton histoire et je crois que ce que tu m'as confié est vérité vraie. Après avoir relu tes états de service, la seule zone d'ombre qui subsiste, c'est ta disparition à la chute d'Acre et ta miraculeuse réapparition quatre ans plus tard. Je lis que « *plane un doute sur ton récit de retour.* »

— Mensonges, calomnies ou désinformations, dis-je en haussant les épaules.

— Certains, pour en avoir parlé au grand chapitre, y voient un exploit et t'encensent. D'autres, plus circonspects, n'y voient qu'opportunisme. La règle, chez nous, est très stricte. Rares ceux qui sont admis dans la maison après avoir longtemps vécu chez nos ennemis. Qu'en est-il vraiment, peux-tu t'en expliquer ?

— Si je peux en parler ! Ce lion, dis-je en montrant mon avant-bras, je me le suis fait tatouer dans les geôles sarrasines, pendant mon emprisonnement… il est et restera, ajoutai-je, vexé, toute ma vie durant, le garant de ma loyauté. Personne ne peut en douter !

— Pour te savoir honnête et fier, je ne demande qu'à te croire. Que t'est-il arrivé à Acre ? Dis-moi…

— Acre !

Il y eut un grand silence avant que je sois capable de répondre. Puis très vite les souvenirs fusèrent et ma mémoire s'éclaira :

Acre, c'était dément ! La plus grande bataille qu'il m'ait été donné de voir. À vrai dire, c'était plus que dément, c'était incroyable ! La ville était assiégée depuis plusieurs jours, quand, le 4 mai, sur les vaisseaux du roi de Chypre qui arrivait avec son ost, ma garnison y débarqua. Le spectacle, ce *jour-là, était, si j'ose dire, grandiose… La mer étant à nous, nous avions abordé par le port sous la citadelle de la Voûte*, et ce n'est qu'en arrivant sur le haut des remparts, où l'on nous mena sans coup férir et où on nous distribua des armes, que je découvris l'ennemi. L'armée du sultan était immense. Devant nous, sur des lieues et des lieues jusqu'aux collines au loin, c'étaient des bataillons d'hommes en armes, des forêts de lances et, tout au fond, d'immenses camps de toiles blanches. L'acier poli des armures étincelait au soleil. Cela créait dans la poussière une myriade d'éclairs qui s'accompagnait du grondement des sabots des chevaux sur le sol. Ils étaient si nombreux, et ce tumulte nous impressionnait tellement, que personne sur la muraille ne bougeait dans nos rangs.*

Al-Ashraf Khalîl, le sultan mamelouk, avait rassemblé à nos pieds pour nous combattre plus de cent soixante mille hommes. De cette multitude inquiétante émergeaient deux énormes catapultes, nommées la Furieuse et la Mansourienne. Une trêve avait eu lieu quelques jours avant notre arrivée. Notre grand maître, qui commandait pour tous, avait proposé au sultan une reddition honorable de la ville, mais devant les exigences demandées, par la faute de nos alliés, celle-ci fut repoussée.

Le jour bien entamé, l'attente se faisant longue, la nervosité gagnait les deux camps. Alors, au son aigrelet d'une trompette et d'une seule voix, cette foule à nos pieds entonna soudain un chant de victoire et de vengeance. Telle une vague tumultueuse, elle vint s'écraser sur nous. Tandis que sous ma cotte de mailles, la sueur inondait mon corps, malgré moi un tremblement irrésistible me prit. La peur était sur moi et m'envahissait l'esprit. Un chevalier proche, voyant mon désarroi et celui de mes compagnons comme moi novices, se mit à scander, d'abord lentement, puis repris par d'autres, de plus en plus fort et de plus en plus loin sur le rempart le long de nos murailles, les mots « Temple, Temple, Temple ». Le murmure initial s'amplifia et bien vite il fut relayé et rythmé par le fracas de nos épées sur nos boucliers. Bientôt, notre ralliement couvrit, comme l'aurait fait un ouragan, le tumulte ennemi, et redonna aux douze mille défenseurs restant sur le haut des remparts force et à nouveau confiance. En entonnant notre cri de guerre, le chant avait, comme par magie, chassé ma peur, et pendant que le beaucéant était hissé au plus haut des tours, la bataille commença.

Protégé derrière le rempart de pierre et une belle palissade de bois, je me croyais à l'abri et me pensais invincible. J'ai vite déchanté quand le soleil a disparu, caché par un nuage de flèches. En un instant, une pluie de métal s'abattit sur nous. Malgré nos abris, qui vite se révélèrent de plus en plus précaires, la mort réduisait nos forces et fauchait nos rangs. Les traits tombaient si dru que nous ne pouvions riposter, tandis que les mamelouks apprêtaient déjà leurs échelles contre nos murs. Les pierres lancées par les catapultes s'écroulaient sur nous. Certaines, qui frôlaient le sommet des remparts avec ce bruit de feulement si particulier, tombaient çà et là, derrière, dans la ville, en écrasant les toits et les murs des maisons et en créant la panique parmi les petites gens. Bientôt, il fallut repousser les cadavres et, à tour de rôle, toujours faire face. Chaque assaut repoussé était une victoire que la nuit ponctuait. Alors que nos forces, chaque jour, régressaient, que les hommes encore valides consolidaient nos murs, rebouchaient les brèches ici, éteignaient les incendies là-bas, nos ennemis, à chaque aube naissante, reformaient leurs rangs innombrables. Animés d'une foi ardente, ils repartaient à l'assaut en criant leur gloire à Dieu, comme si la bataille, tout comme au premier jour, venait à peine de commencer.

Au bout d'une semaine, nous n'en pouvions plus. Plusieurs tours s'étaient écroulées. D'autres, prises par l'ennemi, étaient regagnées au prix de grands sacrifices. À la fin, sous les coups de boutoir, la première enceinte céda. Le corps fourbu, la bouche sèche, hagard, épuisé, les doigts en sang, le cuir chevelu ouvert, les bras tétanisés, je n'avais plus la force de bander mon arc. La ville à l'arrière était en feu et la fumée, que le vent rabattait sur nous, piquait les yeux en apportant avec elle une odeur nauséabonde de chair brûlée et des relents de mort.

Bientôt, l'eau fut rationnée, et comme le soleil implacable chauffait le rempart, certains moururent loin des combats d'une simple insolation. La mort était partout, et notre moral au plus bas. L'annonce qu'aucun renfort n'était à attendre, et que le roi de Chypre avait quitté la ville et repris la mer, nous plongea dans une stupeur sans nom.

Le 16 mai, une brèche permit aux Sarrasins de pénétrer la dernière enceinte. Nos frères hospitaliers, qui défendaient cette partie des remparts, héroïquement et par leur seule bravoure, repoussèrent les infidèles hors les murs. Le 17, une autre attaque le fut aussi ; le 18, notre grand maître, Guillaume de Beaujeu, tenta une sortie avec cinq cents des nôtres pour détruire ces méchantes machines de siège qui* *nous faisaient tant de mal. Hélas, même si le coup faillit réussir, ce fut en pure perte. Bien que la retraite se fît en ordre, Guillaume fut mortellement blessé d'une flèche à la base du bras. Dans le début de la journée, la porte de la tour Saint-Antoine céda. À demi écroulée, la muraille ne retint plus l'ennemi, qui s'engouffra, ivre de joie, dans la ville prise.*

Hitier de Roquefort, qui nous commandait, vint nous signifier la retraite, et nous regagnâmes le château templier. Dans Acre, que nous traversâmes en courant, ce n'étaient que fuite et affolement. Dans les églises, où sonnait le tocsin, les femmes et les enfants assistés de quelques moines imploraient la grâce de Dieu en espérant une hypothétique clémence. Bientôt, partout on pille, on brûle, on viole. Le feu fait tant de ravages que la fumée enveloppe les places et les rues. Dans la confusion la plus totale, avec beaucoup de chance et presque sans heurts, malgré les pillages et par endroits la panique, nous parvînmes à la citadelle templière. C'est soulagé que j'en franchis l'enceinte. Dans les heures qui suivirent, les hospitaliers et les teutoniques encore vivants nous rejoignirent avec une foule apeurée qui voulait refuge. Le vendredi 18 mai au soir, les portes furent fermées et un deuxième siège commença.*

Nous résistâmes plusieurs jours encore et, par le port que nous contrôlions, plusieurs navires et de petites embarcations s'échappèrent. Du haut de l'ultime muraille, j'ai vu la ville disparaître dans la nuit et la tourmente. Une à une, les cloches se turent et, avec elles, les cris et les bruits. L'horrible odeur des cadavres et celle du bois carbonisé persistèrent plusieurs jours. Apporté par le vent, l'étrange bruit des murs et des toits fumants s'écroulant dans les rues proches arrivait jusqu'à nous. Ils dégageaient dans le ciel un panache de cendre et rappelaient que derrière le silence pesant, la bataille n'était pas finie.

Jugeant l'honneur sauf et les morts en trop grand nombre, le sultan magnanime offrit « vie sauve contre capitulation ». Frère Thibaud Gaudin, notre nouveau chef et lieutenant de l'Ordre après avoir enterré le grand maître, accepta le marché et fit baisser le pont-levis. Trois cents mamelouks entrèrent dans l'enceinte et, voyant des femmes qui s'étaient réfugiées dans une tour proche avec leurs enfants, voulurent les prendre. À leurs cris, nos hommes présents, révoltés d'une pareille traîtrise, tuèrent bon nombre de ceux qui étaient là et fermèrent les portes. Le sultan, averti, fit reprendre « sans merci ni quartiers » les combats contre nous.

Les choses s'éternisèrent plusieurs jours. L'eau, la nourriture et les armes se mirent à manquer. Les conditions de vie se dégradèrent fortement. Pierre de Sévry, maréchal de l'Ordre, se proposa pour négocier une ultime et dernière trêve. Sa tête nous fut jetée par-dessus l'enceinte en guise de réponse. J'avais vingt et un ans et à partir de cet instant, la gravité du moment et surtout la ferveur de nos prières qui nous transcendaient me firent comprendre, sans que j'en souffre vraiment, que je vivais les derniers jours de ma jeune vie.

L'assaut final fut donné le 28 mai au matin. La tour la plus grande et la plus haute, dite « du Grand Maître », construite avec des blocs de pierre cyclopéens, sur le chemin de ronde de laquelle je me battais en repoussant à la hache un groupe d'hommes, s'écroula tout à coup. Comme d'instinct, je me reculai, titubant, surpris, effrayé et déséquilibré. Le sol, sous moi, se déroba en un instant.

Thibaud Gaudin et quelques-uns de nos frères, voyant la Voûte perdue, purent s'enfuir par le tunnel qui rejoignait le port et la mer. Mon ami Hitier en était. Les autres, rattrapés, furent mis à mort sur-le-champ, immolés, décapités. Les vainqueurs s'acharnèrent, ivres de fureur à tuer ceux qui, à genoux, demandaient grâce. Ils achevèrent les blessés et les vieillards qui s'étaient réfugiés à nos côtés. Aucune pitié, pas de quartier pour les chrétiens, et encore moins pour ceux qui avaient résisté jusqu'au bout. Il me fut rapporté plus tard que les sapes, mal faites sous la tour, cédèrent sous le poids de l'énorme bâtisse avant que ceux qui creusaient n'en soient sortis et que, la bataille faisant rage, cela fit plus de morts chez eux que chez nous. Sans compter qu'en s'écroulant d'une pareille hauteur, la tour abîma et détruisit une partie du quartier où se massait en nombre la garde du sultan. Trois à cinq mille morts ou blessés, suivant les dires des uns ou des autres, furent retirés des décombres où ils étaient ensevelis. L'ultime bataille s'achevait dans un bain de sang, où seule la mort dans son horreur avait trouvé victoire.

Quand Pierre de Camprodon se tourna vers moi, le visage blême, je vis sa mâchoire trembler et une larme perler à ses yeux.

— Les voies du Seigneur, me dit-il, sont impénétrables et le sacrifice de nos frères inoubliable. Ne t'y trompe pas, Guillaume : un jour viendra où notre quête ne sera ni inutile ni vaine, parce que notre vie appartient au Très-Haut, et surtout… parce que les chemins de la foi sont éternels.

— Je l'espère de toutes mes forces, dis-je, et que Sa sainte volonté soit faite sur cette terre comme au ciel !

— Amen, répondit le maître de Centernach, qui me fit signe de continuer.

La main de Dieu était sur moi. Pour la deuxième fois de ma vie, j'échappais à la mort. Un pan de mur, fait d'énormes blocs de pierre étroitement liés ensemble, en s'écroulant, avait formé un toit sur ma tête, et s'était retrouvé bloqué par l'important linteau d'une cheminée. Dans le même temps, alors que ma chute était amortie par des fagots, c'est dans la poussière et l'obscurité la plus totale que je me suis retrouvé prisonnier sur le seuil du foyer. Un espace vide juste assez grand pour que je puisse bouger. Le corps meurtri d'ecchymoses, le bras déchiré sur une belle longueur et les vêtements en lambeaux, prostré, recouvert de gravats, crachant la poussière et la suie, j'ai mis longtemps à pouvoir reprendre mon souffle et à m'apercevoir en tâtonnant qu'il n'y avait aucune issue à ma prison… La fatigue, le désespoir et le manque de sommeil eurent raison de moi. Je sombrai à la fin dans une nuit profonde… Je ne sais combien de jours ni combien de temps je suis resté dans le noir. J'ai bien sûr essayé de trouver une issue, mais sans y parvenir. À la fin, je me suis résigné. Dans la prostration qui a suivi, j'eus sans doute le besoin de m'entendre parler et à la fin, l'ironique besoin de chanter. Une façon délirante et désabusée de lutter contre ma peur. Au fil du temps, je crois que je suis devenu fou. En tout cas, quand on m'a sorti de l'éboulis, je l'étais vraiment. Criant, chantant à tue-tête les comptines de mon enfance, hagard ou gesticulant, accablé ou coléreux, pris de rires hystériques, je n'étais pas moi-même. C'est cette incohérence qui me sauva une fois de plus la vie.

Un vieil homme et ses fils, à la recherche de gains possibles, fouillaient les décombres. Ils m'avaient entendu crier et me dégagèrent de ma tombe au moyen de pieux et de cordes, et me traînèrent sans ménagement devant les sbires du sultan. À moitié nu, le corps et le visage couvert de suie et de sang, ils s'amusèrent de moi. Ma folie les faisait rire. Mes chansonnettes, que je ne cessais de fredonner, étaient reprises en cœur par les soldats qui, pour me faire répéter les paroles, me proposaient, de trop loin pour que je puisse l'attraper, une gourde d'eau. On me faisait glousser comme la poule, ou aboyer comme « le chien » que j'étais. Pour boire une gorgée, ou manger une galette de mauvais pain, je léchais leurs bottes. À la fin, lassés, ne pouvant plus rien tirer de moi, après m'avoir roué de coups, ils m'enchaînèrent ; car on ne tue pas les fous dans ce pays. L'armée mamelouke quittant la ville, mes tortionnaires hilares me laissèrent dans un enclos au bord de la mer en compagnie d'autres prisonniers.

Quelques jours plus tard, amaigris, affamés et dévorés par la soif, brûlés par le soleil et rongés par le sel, nous embarquâmes sur un mauvais rafiot qui descendait la côte vers les ports égyptiens. À l'arrivée, je me suis retrouvé dans les cachots d'une vaste citadelle. C'était un cloaque immonde réservé aux roumis. Couverts de vermine, les plaies puru-*

lentes, nous y restâmes deux semaines dans des conditions de vie catastrophiques. Un matin, quelqu'un est venu nous examiner et a fait le tri. Il m'a regardé et a donné des ordres. On m'a lavé, soigné et nourri. Puis, en compagnie d'une douzaine d'autres prisonniers, on m'a jeté dans l'entrepont d'une felouque. Nous avons en quelques jours remonté le Nil jusqu'au Caire, notre destination. Garrottés, liés les uns aux autres, nous avons, sous les crachats, les insultes et le mépris de la population, traversé une partie de l'immense ville.

Cette fois-ci, enfermé dans une cour entourée de hauts murs, je découvris, en redevenant moi-même, une foule interlope et variée. Les gens s'étaient regroupés librement suivant leur idiome, c'est comme ça que je me suis retrouvé en compagnie d'un vieux marin. Ma blessure au bras avait laissé une cicatrice, et comme je m'en plaignais, il me proposa de la cacher sous un tatouage. En quelques jours, celui-ci fut réalisé par un prisonnier qui en avait la pratique. Le lion des Montfort, que je fis dessiner, est devenu un défi. D'abord contre ceux qui me détenaient et sans doute aussi pour, quelque part, me rattacher aux miens et à mon passé.

Les jours passaient, monotones et tranquilles, auprès de mon ami Amiel, natif de Toulouse. Pour avoir navigué dans tous les ports de la grande mer, il parlait plusieurs langues et je sus par lui ce qu'il allait advenir de nous.

— Vu ton âge, ta stature et tes connaissances, tu seras vendu parmi les premiers et sans doute fort cher. Donc, tu le seras à quelqu'un de riche. Ta vie d'esclave sera douce et intéressante. Par contre, ajouta-t-il, à l'opposé de toi, la mienne ne vaut plus un clou et je vais rester ici un long moment !

Ce qu'il avait prédit se réalisa. Une importante vente d'esclaves se fit sur une grande place de la ville. Nous y fûmes amenés et dans l'heure qui suivit, un petit homme obèse, le crâne rasé, la barbiche en pointe, accompagné de deux hercules noirs armés de fouets, vint nous visiter. Inspecté de toutes parts, mon tatouage fut remarqué. Croyant bien faire, le marchand, qui disait ma provenance, me traita d'infidèle et de sale chrétien. Après m'avoir copieusement insulté, pour appuyer ses dires, il n'hésita pas à me cracher dessus. Révolté, je relevai l'insulte avec mépris ; mon attitude me valut quelques coups au visage. Le petit homme semblait se réjouir de la scène. Alors que je répliquai par bravade en latin en montrant l'autre joue, il arrêta d'un geste le garde et m'interrogea :

— Écris-tu aussi bien la langue des chrétiens que tu la parles ? me demanda-t-il.

Ma réponse faite, on me tendit une tablette de cire. Libéré de mes liens, je dus écrire sous sa dictée. Le visage épanoui, Crâne d'œuf, satisfait de ma prestation, me sépara du groupe. Je ne sus jamais le prix de la transaction, mais Amiel avait sans doute raison, elle dut être assez conséquente. Ils m'entraînèrent à nouveau et je fus emmené.

Crâne d'œuf n'était qu'un intermédiaire et je devins l'esclave d'un riche marchand qui faisait commerce avec la Sérénissime Venise. Tour à tour interprète et traducteur, je fus affecté au service de son intendant. Je demeurai enfermé la première année, mais ma condition d'esclave s'améliora peu à peu. Mon travail – passionnant au demeurant – me permit d'apprendre l'arabe et je devins rapidement indispensable. Mon intégration se fit vite et bien. Il faut dire que j'étais le seul esclave occidental de sa maison et qu'un lien de sympathie s'était tissé entre le marchand et moi. C'était un homme tolérant qui aimait bien ma compagnie. En privé, il me traitait en ami plus qu'en prisonnier. S'ensuivaient d'interminables parties de jeu de dames, que Jaffar – c'était son nom – affectionnait tout particulièrement.

Le domaine où je vécus toutes ces années était magnifique. Il s'étendait le long du Nil, à quelques lieues de la ville. C'était un endroit merveilleux, où une foule silencieuse et disciplinée de serviteurs habillés de tuniques bleues travaillait sereinement.

En quelques mois, j'étais passé des causses désertiques du Larzac et son austère vie monacale à l'opulence raffinée d'un palais enchanteur. Surpris et fataliste, j'étais tout compte fait heureux. Si j'ajoute à mon récit la beauté du pays, celle incomparable de la ville proche, de ses palais, de ses mosquées aux minarets innombrables et de ses souks, vous conviendrez, mon père, que mon engagement auprès de l'Ordre devint rapidement le cadet de mes soucis. Cette nouvelle vie faisait de moi un autre homme.

Les années bientôt succédèrent aux mois. La vie au Caire me satisfaisait, j'en vins même à m'y faire des amis et secrètement quelques maîtresses. À la mort inopinée de son intendant, Jaffar me donna de grandes responsabilités, mais cela engendra bien des problèmes. Pour calmer momentanément les craintes et me protéger, il accepta de m'éloigner un temps du palais. Je rejoignis donc son fils pour un voyage de quelques jours à Alexandrie. Nos felouques faisaient très souvent le trajet vers cette ville que je connaissais, et qui était notre port d'attache sur la mer, mais voyager seul avec le rejeton de mon maître m'inquiétait un peu. L'héritier de Jaffar, prénommé Ali, n'avait ni le charisme ni l'intelligence de son géniteur. Personnage imbu, à l'opposé de son père, il traitait tout son monde avec méchanceté.

À la sortie de la ville du Caire, le Nil s'incurve avant de se séparer en deux bras pour former le delta. Contrairement à notre habitude, la felouque, délaissant l'itinéraire convenu, se dirigea dans la branche orientale de Damiette. Devant mon étonnement, comme je m'en inquiétais, on ne voulut point répondre. À la fin, vu mon insistance, Ali m'expliqua qu'il avait des affaires à régler sans retard avec un Génois de ses amis qui croisait sur ce côté du delta et que nous rejoindrions Alexandrie plus tard par la mer. Le ton sur lequel il me fut répondu et le désintéressement à mon égard pendant le restant du trajet me firent penser que je devais me méfier et rester sur mes gardes. Le soleil se couchait à l'horizon quand nous atteignîmes la ville d'El-Mansur. Mortar, son serviteur, qui faisait office de garde du corps, contre toute attente vint sur ordre m'attacher. Malgré ma réprobation et ma résistance, je fus promptement lié au mât du navire. Le colosse à la peau d'ébène, originaire de Nubie et comme moi esclave, avait en charge la protection de son maître. Il le suivait comme son ombre depuis toujours, et satisfaisait le moindre de ses désirs.

— Le maître, me dit-il, n'a pas confiance en toi, et où

nous allons, tu n'es pas invité.

Puis, s'assurant de mes liens, alors que je m'indignais d'un juron, il ajouta :

— Cesse de faire ton malin ou il t'en cuira. La peau d'un type comme toi ne vaut rien par ici. Un accident est si vite arrivé... Si tu m'en donnes l'occasion, j'aurais plaisir à te tuer !

Nous accostâmes à Damiette le second jour au milieu des navires qui encombraient le port fluvial. Innombrables, ils passaient le Boughaz, lieu où se mélangent les eaux du fleuve et de la mer, et débarquaient de leurs cales rebondies leurs marchandises sur le port. Tandis que nos marins engageaient la manœuvre, un groupe de femmes et d'enfants enchaînés les uns aux autres, suivis bientôt de plusieurs hommes, fut poussé sans ménagement sur le quai. Sortis des profondeurs de la soute, ils titubaient et avaient bien du mal à garder les yeux ouverts. Une des femmes, la plus vieille, que ses forces trahissaient sans doute, tomba lourdement au sol. Aussitôt l'un des gardes-chiourmes, fouet à la main, la frappa à coups redoublés. Un des prisonniers proches osa s'interposer et, tout entravé qu'il était, se jeta sur le garde. Celui-ci, se libérant sans mal de l'étreinte, sortit sa dague et, furieux, poignarda son agresseur. Puis, vexé et visiblement remonté, il revint sur ses pas et sous les cris des prisonniers impuissants, égorgea sans pitié la femme encore au sol. La scène horrible et soudaine à laquelle je venais d'assister me coupa les jambes et me laissa sans voix. Je me revis tout à coup quatre ans plus tôt chargé de chaînes et la sérénité que j'avais en moi depuis mon arrivée au domaine s'effaça d'un coup. La passerelle posée par les mariniers, nous remontâmes la jetée. Devant nous, sous les imprécations du capitaine du navire qui se lamentait de son manque à gagner dans l'affaire, les corps prestement dénudés furent jetés à l'eau. Ali, avec un sourire carnassier et un humour douteux, s'exclama :

— Le prix des chrétiens sur le marché aux esclaves ne cesse de chuter. Il est si bas ici, qu'il tombe jusque dans l'eau !

Ce qui fit rire son imbécile de colosse. J'étais livide, et crois que sans la présence des gardes en grand nombre, je lui serais rentré dans le lard.

Sans plus nous retarder, Ali nous mena vers un vieux quartier du port, dans un de ces bas-fonds où il rencontra, dans un bouge glauque et mal famé, des personnages du même acabit que lui. Sagement installé à l'écart, j'eus l'impression, d'après leurs éclats de voix, que de sérieuses divergences apparaissaient à cause d'une bourse. On parlait de dettes, qui dues depuis trop longtemps ne souffraient plus de retard et on insistait sur le fait que c'était la dernière fois que l'on prêtait de l'or pour une transaction. Bougon, la mine défaite, Ali, furieux et contrarié, bourse en main, nous intima l'ordre de remonter à bord. Portés par le courant et aidés par le vent, nous descendîmes l'embouchure du Nil jusqu'à l'extrême bord du fleuve.

La mer s'étirait partout à l'horizon quand le pilote de la felouque accosta à un môle en bois fait de mauvaises planches. Non loin de là, près de vieilles masures ravagées par le vent, un petit groupe de pêcheurs rapiéçaient leurs filets en jetant *vers nous des regards suspects. Égarées çà et là sur la côte, quelques barcasses noircies, les flancs éventrés, donnaient au paysage un air de désolation et de mort. L'attente sur la grève s'éternisa. Le pilote, inquiet de la houle, demanda, en voyant forcir le vent, si nous comptions rester longtemps encore. La réponse que je prévoyais cassante n'eut pas lieu, car longeant le littoral, un navire apparut pour entrer dans l'embouchure. C'était une galée* battant pavillon génois. Elle s'approcha du rivage et se mit en panne à quelques encablures de nous. Ali, visiblement satisfait, se tourna vers moi en me disant que ma présence était requise comme traducteur. Suite à un signe de reconnaissance, le capitaine du fier navire et deux de ses hommes vinrent nous rejoindre. À leurs poignées de main et leurs sourires, je compris qu'ils se connaissaient. La discussion qui s'ensuivit porta sur la date d'arrivée de la prochaine cargaison d'esclaves. La guerre qui avait fait rage entre Gênes et Venise s'était terminée à l'avantage des Génois. La traite, qui transitait par l'Égypte et qui venait s'ajouter au trafic des marchandises pillées dans les comptoirs vénitiens, faisait la richesse des deux compères.*

Ali, renard avisé, à l'insu de son père honnête marchant, trafiquait allègrement. À me voir partager ses secrets, un frisson révélateur me parcourut le corps et je compris que l'accident dont parlait Mortar à mon sujet n'était pas que de simples mots. La négociation prit une autre tournure quand il fut question d'argent et d'arriéré de paiement. En forme de besace et lourde de numéraires, la bourse changea plusieurs fois de mains. Le Génois estimait s'être fait voler sur sa dernière livraison et demandait, tout à coup sérieux, non seulement un meilleur prix, mais aussi, sur la base d'un nouveau taux, le reliquat qui lui revenait. Ali, à qui je traduisis la chose, haussa les épaules et ne voulut rien savoir. Agrémentant adroitement ma traduction de quelques piques assassines, insensiblement la discussion s'envenima.

Une insulte d'Ali, que tous comprirent, mit soudain le feu. Sans doute susceptible, l'un des marins arracha brutalement la besace des mains de mon maître. Tout aussi vindicatif, le second marin sortit de sa ceinture un poignard. Voyant que l'on menaçait son mentor, son colosse de garde du corps s'empara lui aussi de son arme. Chacun prit peur, et comme j'affirmais aux marins que la brute avait l'intention de les tuer, ceux-ci se mirent en garde. Sur le bateau des cris fusèrent et l'agitation gagna. Ali, qui n'était pas très courageux, fit l'erreur, avec de grands gestes et en criant « au voleur », de rameuter les pêcheurs proches, qui accoururent à toutes jambes. Le capitaine génois, navré de la tournure des évènements, se mit à son tour à traiter Ali de tous les noms et particulièrement de sale menteur et d'horrible arnaqueur. L'arrogant jeune homme, blêmissant sous l'insulte, le menaça de son sabre. Mortar, encouragé par son maître à reprendre son bien, sans hésitation, engagea le fer avec le plus proche des marins. Dépassé par la tournure des événements et pensant à Jaffar, je voulus m'interposer et calmer tout le monde. Comme je m'approchais, retenant un Ali déchaîné, tiré depuis le bateau, un carreau d'arbalète stoppa net le fils du négociant dans son geste contre le capitaine génois. Frappé en pleine poitrine, le cri de douleur du jeune homme s'étrangla dans sa gorge.

Ensuite, tout alla très vite. Tandis que son maître tombait foudroyé au sol, Mortar, aveuglé de colère et de fureur, criant vengeance, par la force de ses coups eut tôt fait de tuer son adversaire. Le capitaine et le matelot restant, voyant les choses s'envenimer et les pêcheurs s'approcher, prirent la fuite et regagnèrent, bourse en main et sous la protection des flèches tirées depuis la galée, leur barque sur la grève.

Incliné près d'Ali, je ne pus que constater sa mort. Le colosse, par haine ou par peur, furieux d'avoir failli à sa tâche de protecteur, s'en prit alors à moi.

— Tu n'es qu'un traître, me dit-il féroce, un intrigant, comme l'était le vieil intendant qui haïssait mon maître et pensait le dénoncer à son père. Ton heure est venue de le rejoindre.

Alors qu'abasourdi et stupéfait, je réalisais la situation, il me décocha un coup d'une force incroyable que je réussis à esquiver de justesse. Déséquilibré, emporté par mon élan, je me retrouvai à ses pieds dans le sable. Son bras à nouveau menaçant, il allait me tuer quand à son tour, une flèche l'atteignit à la cuisse. Alors qu'il s'écroulait de douleur, j'aperçus le navire génois remonter son ancre et faire voile. Menacé par les pêcheurs et encouragé par les marins du bateau, à force de nage, je rejoignis son bord.

Ma dernière vision des côtes d'Égypte, c'est celle de Mortar, que deux hommes soutenaient. Le corps d'Ali à ses pieds, il levait son poing dans notre direction et criait des insultes que je n'entendis pas. Sous les ordres de son capitaine, la galée prit le vent et gagna la haute mer.

Quelques jours plus tard, en route vers la Corne d'Or,*

le Génois me laissa sur l'extrémité septentrionale de l'île de Chypre. Par des chemins de traverse, je retrouvai Limassol, notre maison et nos frères. Une fois de plus et sans que je le veuille vraiment, le destin, facétieux, me jouait un de ses drôles de tours. Étrangement, en redressant ma route, il me remettait dans le droit chemin. Heureusement, dans sa grande bonté et je m'en fis la réflexion, une fois de plus la main de Dieu était sur moi !

Cordes, fin mai 1348

— Messire... messire Guillaume, réveillez-vous !

Étonné de m'apercevoir seul dans la pièce, Jacquou me secouait. Fatigué du travail intense à transcrire le manuscrit, bien malgré moi, certains jours vers la fin de l'après-midi, mes yeux se fermaient. Toujours le pied levé, ce diable de Garin profitait de mon sommeil pour quitter la maison. Riche des écus que je lui donnais, il allait se vautrer chez ces dames de petite vertu de la rue Chaude*.

— Messire... vous m'entendez ?

— Qu'y a-t-il, mon bon Jacquou ? Qu'y a-t-il... Pourquoi cet empressement, la ville brûlerait-elle ?

— Non, enfin, c'est tout comme. Une émeute, messire, devant la porte de la Jane.

— Une émeute ! Y a-t-il danger pour nous ?

— Non, non, rassurez-vous, aucun danger ne nous guette. Les portes sont fermées et nul ne passe. Moi-même, lorsque je ramenais le fardier vide hors les murs, pour que nos rouliers le reprennent demain, contrairement à l'habitude, j'en fus empêché. « Nul n'entre, ni ne sort ce soir », me fut-il signifié. Hors l'enceinte, c'était l'émeute, et de l'autre côté de la herse se tenait un attroupement. Curieux, me voilà sur le rempart. Devant nous, une centaine d'hommes et de femmes, le torse nu, se frappent, se flagellent, se mortifient au moyen de fouets. D'autres, allongés à même le sol, gémissent ou se lamentent, certains, les bras et les mains levés vers nous, psalmodient des prières. On nous appelle, on nous supplie de les rejoindre et devant nos ricanements, on nous maudit. Votre ami le consul, furieux de l'esclandre, leur criait en pure perte de partir. Il les menaçait du pire s'ils ne le faisaient, sans que cela n'émeuve personne et ne les fasse cesser leurs simulacres. « La mort nous sera douce, disaient-ils, qu'elle vienne, car l'apocalypse est sur nous et la peste l'annonce. Repentez-vous, car nous allons tous mourir. La fin du monde est là ! Abandonnez vos maisons, vos biens et vos enfants et venez prier avec nous. Mortifiez votre corps pour expier vos péchés, rejoignez la cohorte des bienheureux ! » La foule à nos pieds était comme possédée. Ces lamentations m'envoûtaient et je dus vite partir, de peur de succomber à leurs appels démoniaques.

— La peur et la confusion… obscurcissent les esprits, dis-je.

— Mon maître ! Depuis que la mort rôde dans

nos rues, les choses changent. D'étranges réactions se produisent, la folie gagne les gens et cela me fait peur.

— Ne te laisse pas prendre par pareils stratagèmes, mon ami. C'est la perception imminente du trépas qui génère l'inconcevable. Ces illuminés, ces faux prophètes qui s'en donnent à cœur joie, s'ils abusent de la naïveté de certains, disparaîtront, crois-moi, tout aussi soudainement qu'ils sont apparus ! Toutes ces balivernes ne sont qu'utopie.

— Sans doute, mon maître, sans doute ! N'empêche que les corps s'entassent devant les maisons, que l'odeur de la putréfaction avec les premières chaleurs est insupportable, que les mouches pullulent et agacent jusqu'à mes bœufs qui en souffrent injustement... La perception des choses a bon dos et quoique vous en pensiez, tout va de mal en pis. Les morts maintenant se comptent par centaines.

— Il faut espoir garder et résolument, tenir bon !

— Tenir et faire fi ? Allons, mon maître, s'il y a utopie, elle est bien là ! Voyez vous-même : votre bois, que je livre tous les matins et qui d'ordinaire est revendu, n'alimente plus que les brûlots disposés sur nos places. Réquisitionné d'office, partout à même le pavé auprès des cadavres, il ne sert qu'à brûler les draps et les effets disposés tout souillés des humeurs des morts... Croyez-moi ! Chacun dans la tourmente s'effraye, s'affole ou se fourvoie !

— C'est une catastrophe ! dis-je, convaincu, à la

fin, par les informations de Jacquou.

— Le quartier le plus peuplé, celui du Fourmiguier*, est un véritable cloaque. À part les rats qui abondent, nul ne s'aventure longtemps dans ses rues sans y être obligé. Nul ne se parle en vis-à-vis, si ce n'est les malheureux et les fous. Chacun évite les contacts et tous s'enfuient prestement au tintement de la clochette du chariot des morts. Le bourreau dans sa tournée quotidienne ramasse sans discernement riches ou pauvres, nobles ou manants.

— Tous, pêle-mêle ?

— Oui, mon maître, sans discernement, pêle-mêle et souvent sans linceul, habillés de leurs seules souillures et tous menés à la fosse commune où ils finissent recouverts de chaux vive. Et par-dessus le marché, tout cela sans même un prêtre, pas d'absolution ou la moindre prière. Les lépreux de la Malautié sont mieux traités que les âmes pures. C'en est injure, et à pleurer de dépit !

La description catastrophique de la situation me consterna. Je savais qu'il fallait s'attendre au pire, mais j'avais espéré un minimum de dignité et de fraternité. Hélas, comme partout ailleurs, chacun fuyait en se cachant la face, en ignorant les autres et en ne pensant qu'à lui.

— Que font donc nos mires et nos médecins ? N'y a-t-il aucune médecine chez les *apothicayres* qui ne viennent à bout de cette engeance, ni aucun prêtre pour le secours des âmes ?

— Absents ou déjà morts, nos vicaires ; quant aux autres, messire… vos foutus mires et vos physiciens, ce sont des charlatans, des médicastres*. Il vous faudrait les voir, ces corbeaux étranges qui se disent médecins : ils portent des masques d'oiseaux, s'aspergent de vinaigre, portent de grands chapeaux à larges bords et de longs manteaux jusqu'aux chevilles. De leurs mains gantées, ils soulèvent avec une spatule les habits des malades pour visiter leur corps et confirmer le plus souvent l'affreuse nouvelle de leur prochain trépas. Parfois… que dis-je ! Chaque fois, contre bourse rebondie, il leur arrive de préconiser tisanes ou autres panacées qu'ils pensent tonifiantes. Seulement, le plus souvent, saignée après saignée, ils tuent leurs patients plus vite que ne l'aurait fait la *bossa* elle-même. Ce sont, en vérité je vous le dis, des corbeaux de malheur, et pour ma part je ne leur fais plus confiance.

— J'ai bien peur, mon bon Jacquou, que tu n'aies raison. Tous ces médecins sont en effet des crétins.

— Pour sûr, mon maître ! Et je vous le dis comme je vous vois… je préférerais me débrouiller seul plutôt que d'avoir affaire à ces oiseaux sans plumes ni cervelle.

Le Jacquou, que tous voyaient pataud, parce que large d'épaules, en avait une, lui, de cervelle. En digne fils de son père, il avait hérité, à ma totale satisfaction, d'un bon sens évident.

Sur ces entrefaites ce sacripant de Garin fit son

apparition. Triste sire en vérité. La démarche hésitante et chaloupée, les cheveux en broussaille et le bliaud bruni d'une vilaine tache de vin, notre copiste présentait tous les symptômes d'un de ces incorrigibles boit-sans-soif. Le gredin qui, avec difficulté, avait réussi à gravir les marches de l'escalier, s'affala sur le banc et parvint avec peine à articuler :

— Le bonsoir, mes… messire. Je… je vous salue bien… bien bas, dit-il, le bonnet au bout de son bras à nettoyer les dalles de la pièce. Je serais… fort aise de manger avec vous ce soir, mais de grâce pas d'oiseau. J'aime trop les oiseaux… pour… pour les manger !

— Quelles balivernes nous contes-tu là ? Tu es fin soûl et n'entends plus que d'une oreille. La plus sale sans doute ! Tu pues la barrique et tu te permets, sans me le demander, de quitter la maison. Tu te vautres dans un mauvais bouge à longueur de temps au risque de mourir et au lieu de me servir, tu oses te présenter dans cet état ! Ne crains-tu pas mon courroux en venant ainsi ?

— Si fait, mon maître… J'en ai bien honte, mais n'en soyez pas fâché, il n'y a point malice de ma part. C'est vrai que j'ai trop bu, mais c'était de l'hypocras, messire… Hé, hé, le meilleur qu'il y ait, et dans la maison la plus respectable de la ville, de plus ! Je ne me vautre pas… je joue. Je joue et même… souvent, je gagne !

— Garin, arrête, c'en est trop !

— Maître… je vous jure que…

— Il suffit ! Je ne veux plus entendre pareilles sornettes.

Le calme se fit. Jacquou, qui nous regardait nous chamailler, nous proposa, avant le repas, de descendre à l'estuve pour nous y délasser et chasser la sueur de nos corps. Alors que j'opinais du chef, Garin crut bon d'ajouter :

— Deux fois dans le même mois ! C'est peut-être pas conseillé, j'aimerais sauter mon tour.

— Si tu sautes, mon gars, ce sera dans la cuve et tout habillé, tu peux m'en croire. Allez ouste ! On descend tous.

Nanti d'une étrille et d'un savon d'outre-mer, que l'on dit fabriqué à Naples, j'attendis que mes deux jeunots aient rempli la cuve. Celle-ci, assez grande pour trois, nous accueillit enfin. Alors que nous nous lavions de la tête aux pieds dans cette eau tiède et reposante, ma curiosité l'emporta et je voulus en savoir plus sur les libations de mon copiste.

— Ainsi, tu joues ton argent aux cartes ou aux dés ? Je t'imagine bien attablé. Le flux, le lansquenet, le cent ou le maucontent n'ont certainement plus de secrets pour toi, ni sans doute pour tes compagnons d'infortune ?

— Nenni mon maître, que nenni ! Je ne me risque jamais à ces jeux, pas plus d'ailleurs qu'aux dés, qui sont le plus souvent pipés. C'est chose trop aléatoire et la chance est à bannir plus qu'à espérer. Non, je joue aux *sacchi** ou aux dames et au trictrac. D'abord, on y est en meilleure compagnie, ensuite, c'est avant tout affaire de cervelle. La mienne, mon maître, est suffisamment aiguisée pour gagner.

— Ha ! J'en suis fort aise ! Et qui donc plumes-tu, mon ami ?

— Le plus souvent des bourgeois, parfois même des nobles, qui comme vous sont blasonnés !

— Ha oui ! Ils te font la grâce de te prendre à leur tabula* sans doute ?

— Si fait, messire ! Même si cela vous paraît improbable et contraire, sachez que la *bossa* a tout changé en ce bas monde... Voyez par vous-même ! Pas plus tard que tout à l'heure, la porte s'ouvre sur un paysan habillé de soie. Imaginez le grotesque ! Le teint rougeaud, la truffe sale, le voilà qui crie à qui veut l'entendre que c'est sa tournée et que tous autant que nous sommes, il nous invite à boire à sa santé et surtout à sa bonne chance. L'homme vient d'hériter d'une belle cassette et n'a qu'une hâte : la boire avant de trépasser à son tour. Des comme lui, depuis quelques jours, j'en rencontre beaucoup. Ils s'enivrent de vins capiteux et chers et dépensent sans compter. Boissons et folies, croyez-moi, s'entendent à merveille dans les tavernes de la ville.

— Et toi, tu nages dans ces eaux troubles ?

— Je baigne seulement, messire. Comme en ce moment... je baigne.

— Et parfois tu coules, ou tout du moins tu titubes de trop boire, comme ce soir.

— Là encore, vous me voyez plus noir, si j'ose dire, que je ne le suis. Sachez donc, messire, que dans ma fonction de voyageur professionnel, je n'ai ni l'occasion ni le luxe de me payer bordeaux de bourgeois. Coucher avec une dame de qualité, experte de son corps, dans des draps de soie, ne se refuse pas quand la chose se présente. Quant à boire, cela m'arrive si peu souvent, que le vin que j'avale me rend plus souvent malade que gai !

Devant mon silence et la moue sévère que je fis, Garin ajouta :

— Si vous voulez tout savoir, mon maître, même si votre opinion sur moi m'importe fort, je reste libre de ma vie et de mon comportement. Je crois avoir passé l'âge de me faire gronder. Sauf votre respect… mon maître ! Suffisamment mouillé, je vous salue !

Et disant cela, totalement dégrisé, voilà notre homme qui se lève, se sèche et s'en va.

Je ne pus m'empêcher d'en rire et Jacquou de me faire écho. Amplifié par la voûte et en ricochant sur les murs, nos rires firent rebondir l'espoir. C'est le cœur léger, le sourire aux lèvres et l'esprit en paix, qu'au petit jour, le lendemain, nous reprîmes notre récit et le fil de mon histoire.

Saint-Arnac, fin février 1307

Le temps était exécrable et le travail dehors limité au strict minimum. Les corvées finies, mandé chez lui par le maître de Centernach, je repris, devant un brasero rougeoyant et à sa demande, mon récit où je l'avais laissé… quelque part dans mes souvenirs, vers l'an de grâce 1295 après la naissance de notre Seigneur Jésus-Christ.

À la suite de la chute d'Acre, les villes voisines se soumirent au sultan et, après seulement quelques mois, à part le petit îlot de Rouad en face de Tortose, toutes les possessions franques en Terre sainte se virent perdues. Le nouveau grand maître de l'ordre prestigieux du Temple, Thibaud Gaudin, fut officiellement élu dans la forteresse de Sidon. C'était un mois avant que nous ne quittions la Terre sainte pour laquelle avait été fondée notre maison. Un mois jour pour jour après la mort de Guillaume de Beaujeu, qui fut enterré au plus fort des combats, dans le verger de la commanderie.*

Ainsi, Acre la magnifique, Acre la résistante, Acre

la courageuse resta abandonnée et en ruine pendant de très longues années. La nouvelle maison cheveutaine fut transférée à Limassol sur l'île de Chypre et frère Thibaud s'employa à la réorganiser. Affaibli, critiqué, désabusé et usé par la maladie, il nous quitta à son tour le 16 avril 1292 et fut remplacé, comme vous le savez, par notre maître actuel sire Jacques de Molay.*

Mon retour parmi mes frères reste dans mon souvenir comme une résurrection. Un retour à la vraie vie. Inattendue, mon arrivée fut saluée comme un miracle. Si quatre années changent un homme, les quelques survivants de la Voûte me reconnurent. L'un d'entre eux, qui dans le dernier jour se battait à mes côtés, certifia mon ensevelissement pour l'avoir vu, et tous alors me prirent en amitié. Mon retour fit de moi un vétéran et comme mon arme de prédilection était l'arc, je fus tout naturellement incorporé dans la milice turcopolière. Dalban de Timor, qui en était le maître, me prit sous sa coupe et refit de moi un soldat. Quand je pense rétrospectivement à cette époque, toutes ces années d'entraînement sur l'île, semblables aux nuages que l'on croit immobiles dans le ciel, passèrent très vite.

Jacques de Molay, le grand maître des Hospitaliers et le seigneur de Tyr, frère du roi de Chypre, dans l'espoir d'une revanche, avaient pris contact avec l'ennemi des mamelouks, l'empereur tartare Kazan. De concert, ils avaient programmé un nouveau « passage » (c'est-à-dire croisade). La prise par les troupes tartares de plusieurs villes importantes et surtout la victoire d'Émesse à la Noël 1299 nous laissaient toute facilité pour la reconquête. Alep et Damas étant tombées, l'armée du sultan d'Égypte en déroute, l'aventure s'invitait. Remettant à plus tard mon « initiation », je m'y jetai avec fougue.

Notre armée fut rassemblée, et vers la fin de novembre 1300, grâce à une flotte importante, nous nous sommes assuré une tête de pont sur l'îlot de Rouad d'où, neuf ans plus tôt, nous avions fui. L'île, ou plutôt l'îlot, simple galette de pierre et de sable, offrait deux anses où nos navires prirent port. En son centre, une mauvaise tour de pierre entourée de quelques masures assuma, à elle seule, notre unique défense.

Après notre installation, le seigneur de Tyr et ses hommes, encadrés de notre ost et de celui des Hospitaliers, débarquèrent sur les rives de Tortose et la prirent. Rien ni personne ne s'interposa ni n'empêcha notre retour en Terre sainte. Pendant plus d'un an, nos razzias nous occupèrent grandement. Pourtant en quelques années tout avait changé. Les places fortes et les fortifications étaient démantelées. Les remparts démolis après notre départ jonchaient le sol. Inutile, l'armée de Kazan retourna en Perse, où il y avait des troubles, et sans plus aucune protection, nous nous cantonnâmes sur l'îlot en espérant de nouveaux renforts. Lassée d'attendre un hypothétique secours, chargée des richesses accumulées, notre armée, à son tour, se débanda, et chacun reprit la mer.

Sous les ordres du maréchal de l'Ordre, cent vingt chevaliers, quatre cents hommes et femmes et cinq cents de nos archers turcopoles constituèrent au fil du temps notre nouvelle garnison. Notre mission était simple : tenir et gar-

der notre tête de pont le plus longtemps possible. Il fallut attendre septembre 1302, dans des conditions pénibles, pour qu'apparaisse enfin à l'horizon une multitude de vaisseaux. Il s'avéra vite que ces navires, hélas, étaient ceux de nos ennemis. En quelques heures, le chenal fut occupé. Le pape et les rois d'Occident devaient avoir d'autres chats à fouetter et à l'évidence, ils nous avaient tout simplement oubliés.

L'ennemi lui, se rappela à notre bon souvenir et fit une première tentative en pilonnant nos défenses. Une grêle de pierres et une pluie de flèches décochées des navires voisins s'abattirent sur nous et nous firent bien mal. Nos positions sur ce terrain nu et plat s'avérèrent rapidement intenables. Notre riposte, par trop timide pour maintenir l'adversaire à distance, n'effaroucha personne. Les tirs, au début maladroits et ensuite plus précis, bientôt semèrent la panique et la mort dans nos rangs. Une des pierres, ricochant sur un rocher proche de moi, éclata en morceaux. Atteint de plein fouet par un gros débris, j'eus l'épaule démise et le bras cassé. L'attaque commençait et je n'avais pas tiré une seule flèche. Souffrant le martyre, je fus rapatrié avec d'autres blessés dans la soute d'un des navires à quai. Alors que nos frères se battaient avec l'énergie du désespoir, notre départ sur la nef du maître Gérard de Villiers se fit la veille de l'assaut final ; ce fut par une nuit sans lune et dans le silence le plus complet. Nous parvînmes à déjouer la vigilance des navires ancrés tout près et nous regagnâmes Limassol, pétris de honte et de tristesse.

Quelques jours plus tard, alors que je me remettais lentement de ma blessure, j'appris la mort des défenseurs de

Rouad et avec eux, celle du maréchal Bartolomeï de Quincy. La dernière chance d'établir un royaume chrétien en Terre sainte s'était définitivement évanouie... Après l'incendie de ma maison, où j'aurais dû disparaître, après ma miraculeuse survie dans l'effondrement de la tour du Maître à la Voûte et la perte de conscience qui m'avait évité la mort, ma blessure au bras me sauva certainement la vie. Ajouté à ma survie dans les geôles sarrasines et mon évasion d'Égypte grâce à une flèche génoise, voilà qu'à nouveau la main de Dieu me protégeait de la mort. Un proverbe arabe dit que « le destin de chacun est écrit à sa naissance », le mien avait dû être long à recopier. En y pensant quelquefois et en lui rendant grâce dans mes prières, je me suis fait à l'idée que le Seigneur, s'il ne l'avait écrit lui-même, l'avait sans doute dicté.

— Il n'est pas de ton ressort, s'insurgea le vieil homme, qui faisait les cent pas devant moi, d'interpréter la parole divine, ni de te croire immortel... Toutefois, ton engagement parmi nous est, à mon sens, gage total d'allégeance. Je comprends mieux le choix du grand maître de te voir près de lui. Ton histoire est digne de respect et comme j'ai plaisir à l'entendre, je t'en prie, continue...

Satisfait de l'éloge, je m'en acquittai :

La frustration qui suivit notre défaite m'affligea fortement. L'idéal, que l'on m'avait inculqué tout le long de mon enfance et pendant mes classes au Larzac, s'évanouissait. Nous n'avions plus notre place en Orient. Mes convictions et ma façon d'être s'en trouvèrent modifiées... Heureusement, ma vie ne s'arrêta pas après Rouad. Avec l'aide et les bons soins de mes frères, je repris l'entraînement et le service. Dalban ayant quitté l'île, c'est en compagnie de frère Roger, homme habile dans l'art de la guerre, que nous repartîmes en campagne. En Sicile d'abord, puis en Grèce et en Thrace. Le Temple, sous les ordres de Jacques de Molay, se distingua à nouveau et même si à mes yeux, il était loin de sa noble mission, par nos multiples victoires, il se mit à engranger dans ses coffres les richesses de Thessalonique et d'Athènes : « Plus de cent cinquante mille florins d'or et surtout une dizaine de mules chargées d'argent ». *Ce formidable trésor de guerre, laissez-moi vous le dire, prit rapidement la route des royaumes d'Occident.*

Tous, autour de moi, se réjouissaient de nos succès ; mon âme s'en assombrissait d'autant et mon désir d'habit avec. Le chemin de rapine que j'avais refusé au Génois qui me l'avait proposé, je le parcourais allègrement et malgré moi avec le Temple. Mourir pour délivrer un tombeau, mourir pour un idéal chrétien, passe encore… j'y étais prêt ! Mais mourir pour de l'argent, cela me révulsait. Je n'ai jamais transgressé un ordre ni refusé une mission, car j'ai juré obéissance, mais même sans nom, mon honneur a un prix qui ne se galvaude pas. Lassé, j'en ai parlé et on m'a entendu. La promesse d'un retour en Occident s'est réalisée et me voici devant vous.

Voilà, mon père… le récit de ma vie se termine là ! Vous savez tout de moi, de ma naissance, de mon histoire et de mes doutes.

Avec un léger sourire, le vieil homme prit son manteau et m'invita à le suivre.

— Je comprends ce que tu appelles tes doutes, Guillaume, dit-il, en marchant. Ils sont ceux d'un homme que la vie bouscule. Elle ne t'a rien épargné et c'est tout à ton honneur de vouloir concilier ton engagement et ton idéal, mais le monde change autour de nous. Notre maître, sire Jacques, aurait préféré que l'Ordre continue sa noble mission ; hélas, les temps sont révolus. Nos frères teutoniques confortent leurs positions à l'est, les Hospitaliers font de même en Méditerranée, alors nous suivons le mouvement qui nous implique plus politiquement que religieusement. Les choses vont changer et les grands combats de demain seront plus économiques que militaires ! La milice perd de son importance ; c'est pour cela que nous avons besoin de plus en plus de gestionnaires et de cadres et que nous souhaitons ta prise de manteau.

— J'entends bien, mon père, mais je ne sais rien faire d'autre que me battre. De plus, je ne crois pas être assez sûr de moi pour servir sous l'habit blanc. Cela implique une abnégation et une foi que je n'ai sans doute plus !

— Guillaume, tu t'acharnes à vouloir servir sans faiblir. Est-ce vraiment ce que le Temple te demande ? Faut-il subir, pour servir ? Non ! Dieu n'a que faire des purs, il préfère les humbles et les malheureux. Laisse-toi porter par notre maison qui seule est tienne depuis toujours.

Comme je restais silencieux, il ajouta :

— Qui es-tu, Guillaume… Montfort ou Champeaubois ? C'est à cette question qu'il te faut d'abord répondre et non passer ta vie à te questionner sur la richesse de ta foi. Le chemin du Temple et de la croix passe à l'évidence par là !

— Je sais, doux sire, voilà bien le dilemme. Mais en vérité, prendre l'habit c'est aussi perdre mon seul et vrai nom… Le perdre pour toujours et n'être jamais un Montfort.

— Orgueil que cela ! Ne vois-tu pas, fou que tu es, que la noblesse de ton âme est un trésor inestimable, une richesse plus forte que celle de ton sang… Le grand maître à Paris est en attente de toi, daigne partager ce prodige avec nous, et cesse de te chercher une vaine famille. Que tu le veuilles ou non, depuis toujours tu es des nôtres et je ne vois pas d'autre chemin pour toi… Ta prise d'habit se fera en marge du chapitre extraordinaire qui aura lieu en octobre prochain dans l'enclos du Temple à Paris. Ma bénédiction te précédera et tu seras accueilli avec bienveillance. Réfléchis, mon fils, réfléchis sérieusement à la proposition qui t'est faite ; elle t'ouvre un grand avenir chez nous, comme nulle part ailleurs.

— Avec l'aide du Très-Haut et suivant votre conseil, je vais y penser.

— Pour l'instant… une autre mission t'attend.

Elle te fera connaître des hommes d'exception. Une face discrète de notre maison. Peut-être comprendras-tu alors que si l'Ordre se veut riche et puissant, c'est pour être au service de tous et pouvoir aussi étendre sa protection sur les générations à venir. Ton départ pour la préceptorie de Corbos se fera dans quelques jours.

— J'ai confiance en vous, dis-je alors qu'il me bénissait, et ferai ainsi que vous me le demandez.

Le maître de Centernach et un chevalier nommé Bérenguer de Coll, qui était de passage avec son écuyer, quittèrent inopinément la commanderie au petit matin du surlendemain. Un message, qu'un pigeon voyageur avait transmis, les enjoignait de rallier le Mas Déu sans tarder. Contrarié de me laisser partir seul, alors qu'il voulait lui-même m'accompagner à Corbos, celui-ci, après réflexion, alors qu'il enfourchait sa jument, m'incita à ne rien changer à nos plans et à poursuivre ma route comme prévu dès le lendemain. Il avait été décidé qu'une mule chargée d'un bât serait du voyage. En effet, là-haut, dans les hautes collines, on attendait avec impatience des documents ainsi que des livres et une bonne quantité de sel. Pierre de Camprodon me confia aussi, de la main à la main, une boîte en bois, faite de marqueterie fine, incrustée d'or, d'argent et d'ivoire, qui montrait sur son couvercle le dessin d'une étoile et qui n'était autre qu'un instrument de navigation permettant aux navires de traverser la mer sans se perdre.

— Guillaume ! me dit-il, tu la mets dans les fontes de ta selle en y prêtant attention, car elle est fragile et de grand prix.

Après un salut aux hommes qui s'en allaient, la précieuse boîte dans la main, je me pris à penser que les bateaux avaient bien plus de chance de retrouver leur route que moi de retrouver ma voie.

Le pays du Fénolhèdes est fait de vallées sinueuses et de collines couvertes d'une végétation où cistes et yeuses dominent. Le calcaire affleure partout et il y pousse, à même la caillasse, le thym, le romarin, la lavande et le buis. Passé Anssihano et son magnifique aqueduc, quittant les méandres de l'Aigle, je suivis, comme on me l'avait indiqué, ceux de l'Adadig*, jusqu'à Pézilla et son moulin qui nous appartenait. À la sortie du village, ce dernier exhiba sa grande roue aux pales de bois moussues. Mon arrivée fut vite signalée par un chien au pelage jaune que le meunier fit taire prestement. L'homme, trompé par mes habits, me salua :

— Bienvenue dans cette humble demeure, mon frère.

Il me fit signe de le suivre et d'attacher mon cheval près de la porte. À l'intérieur de la bâtisse, un feu flambait allègrement dans la cheminée et sur la table massive, on pouvait voir une miche de pain à peine entamée.

— Vous tombez bien, mon frère, entrez et mettez-vous à l'aise. Je me taillais un tranchoir et vous invite à faire de même.

Le dîner qui suivit nous régala de jambon et de *boutifare*, un boudin bien gras fait dans un gros boyau, suivi de truites fourrées aux herbes des collines, d'un fromage de chèvre onctueux à souhait ; le tout arrosé d'un petit vin local. La collation terminée, le maître de l'eau et du pain m'indiqua la route de la commanderie.

— Il vous suffit, me dit-il, de suivre le chemin qui longe l'Adadig en remontant son cours jusqu'au pont de Roquabert. Ensuite, vous continuez à suivre la rivière. Passé le hameau de Saïcha, près de la chapelle de Sainte-Félicité – en évitant le castel proche qui n'a rien d'amical –, vous serez bientôt rendu au village de Sorhnia. Pour être sur la frontière, il est ceint d'une nouvelle *clausurae*[*] et appartient en partie aux moines de Sant Miquel de Cuixà[*]. La route vous mènera ensuite par le hameau du Putch de Galba jusqu'au fond de la vallée. Un pli du coteau permet de retrouver la rivière et les chapelles de Saint-Michel, dont on aperçoit la tour dépasser des hautes futaies. Ensuite, la route monte sur les plateaux, vers le castelet de Corbos et vers la commanderie. C'est un domaine niché au centre d'un petit plateau. Une merveille, un havre de paix, un lieu magique à découvrir. Je suis certain qu'il vous plaira, me dit-il, alors que je le remerciais pour son accueil en lui donnant mon écot.

La capuche relevée, alors que le ciel charriait de lourds nuages sombres, j'attachai la longe de la mule au troussequin* de la selle et j'éperonnai mon cheval.

Cordes, juin 1348

Le couvent des Trinitaires – ainsi que sa chapelle et son hôpital – abritait depuis 1287, date de sa fondation, l'ordre de la Sainte-Trinité pour la rédemption des captifs. Il était construit à l'ouest de la cité, tout à côté de l'église Notre-Dame et du cimetière de la ville. Les moines de cette congrégation œuvraient au rachat des captifs et des chrétiens prisonniers des infidèles. Prisonnier moi-même, j'avais à mon arrivée à Cordes tissé des liens amicaux avec le prieur du couvent. Les moines, auxquels je faisais livrer gratuitement le bois, m'accueillaient avec faste et honneur plusieurs fois l'an. Tout naturellement, à la mort de mon épouse, ils m'avaient proposé de la recevoir et sous une dalle de leur chapelle me réservaient un tombeau que nous allions elle et moi partager.

Jacquou avec son fardier passait chaque jour devant la porte du couvent et y rencontrait les plus jeunes des moines. Frère Thibaud, qui les encadrait, toujours à l'affût d'une aumône, s'inquiéta auprès de lui de ma santé et lui fit savoir sa prochaine venue.

Ce Thibaud, contrairement au prieur, était un de ces religieux affairistes, pugnaces et polémistes. Un « pisse-vinaigre », comme aimait à le nommer mon intendant. Mon grand âge, ma légendaire générosité et ma cassette, sur laquelle il louchait, le rendaient à mon égard obséquieux.

Comme par hasard, l'homme arriva alors que nous nous mettions à table. Sacrilège qui se fit au grand déplaisir d'un Jacquou dont les yeux lançaient des braises et devant un Garin étonné de l'impolitesse. Faisant fi de leur dépit, j'invitai tout de même notre hôte à partager le repas. Les grâces rendues, aiguillère* et toaille* présentées, le dîner commença. Notre conversation bien évidemment porta sur la Grande Faucheuse, qui, depuis plus de deux mois déjà, faisait des ravages dans la cité.

— Savez-vous, me dit-il, que depuis que le fléau s'est abattu sur nous, plus de cinq cent cinquante personnes ont trépassé ? Que le mal enfle chaque jour, et que rien ne semble l'arrêter ? La mort frappe sans discernement : justes, religieux et mécréants, tous sont emportés. C'est à n'y rien comprendre.

— Peut-être n'y a-t-il aucune corrélation entre cette maladie et la foi qui nous anime ?

— Qui peut le dire ? Je vous avoue, messire, que je ne sais trop quoi penser. Que Dieu se désintéresse parfois de nous, je le conçois ! Mais là, pourquoi ce courroux ? Quels péchés, si noirs qu'ils soient, nous fait-on payer ?

— La mort, quelles qu'en soient les circonstances, est toujours incompréhensible. Si tu veux mon intime conviction, je ne pense pas, mon frère, que nous ayons quoi que ce soit à payer. Elle n'a que faire de quelques dus qui soient. Elle est simplement le côté sombre de la vie. Elle n'est qu'un passage, comme un portail vers l'autre monde, celui de l'au-delà.

— Pourtant, messire, le Christ, qui est mort dans la souffrance de la croix, a repassé le portail des ténèbres et nous invite à ne point avoir peur. Il nous promet une vie éternelle auprès du Père suprême. N'empêche, incroyants que nous sommes, cela nous terrifie et nous affole.

— C'est vrai ! La faiblesse de notre foi fait que nous craignons la mort. Pour ma part, après l'avoir narguée souvent, à mon âge, je l'attends sans véritable peur.

— Cette attitude vous honore, votre vie passée démontre votre admirable piété. Les bienfaits et les dons que vous nous attribuez plusieurs fois l'an sont, à y songer, le plus sûr moyen de gagner le ciel. Par les prières que nous ne manquons point de faire pour madame votre épouse et par les messes qui seront dites pour le repos de votre âme, vous pourrez partir confiant sous la protection de notre ordre, qui vous le savez, vous est tout dévoué.

— Je sais tout cela, mon frère, et je mesure le privilège qui m'échoit. Si aider son prochain, c'est aussi quelque part sauver son âme, alors j'en serais très heureux.

— Ne pas le faire, messire, alors que l'on en a le pouvoir, c'est à coup sûr la perdre. Les Évangiles en cela sont formels et sans ambiguïté. Les plus riches seront les plus regardés au pied du purgatoire et seront jugés selon leur générosité et leurs bienfaits.

— Il n'y a pas plus généreux donateur que mon maître, vous le savez ! ne put s'empêcher d'intervenir Jacquou. Sur la cité, personne n'a plus enrichi votre couvent que lui. La bienséance serait de le laisser souffler un peu et de vous en prendre à d'autres !

Déstabilisé un temps, le moine ajouta tout de même :

— Certes, j'en conviens ! Loin de moi de l'oublier, mais hélas… notre hôpital est débordé. Nous sommes à la peine et complètement dépassés par l'ampleur du malheur. Nos lits n'ont plus ni drap ni couverture, parce qu'il a fallu les brûler. Nous sommes démunis de tout et nul ne s'en soucie, alors que les gens meurent à même nos couloirs, tant il y a de monde. Même le cimetière est comble de tombes. L'école est fermée, et bien rares ceux qui s'attardent chez nous pour prier.

— C'est à ce point ? dis-je.

— Pire encore ! Les gens se sentent abandonnés. « Si l'église et le roi ne peuvent rien pour nous… qui le peut ! disent-ils, vers qui se tourner ? » Alors, nous consolons, nous aidons, nous nous privons pour nourrir les pauvres, les démunis et les plus misérables que la cité rejette hors les murs. Notre cassette fond comme neige au soleil, il n'y aura bientôt plus d'argent pour racheter les captifs. Tout va être englouti par nos œuvres hospitalières et malheureusement… en pure perte.

Avec des trémolos dans la voix, le moine, en comédien accompli, sûr de son texte pour une fois véridique, récitait la litanie des malheurs qui nous accablaient. Il les reprenait à son compte comme s'il en était le seul avec son ordre à en porter l'injuste poids.

— Et comme un mal n'arrive jamais seul, continuait-il sur le même ton, nous avons dû sacrifier deux de nos ânes. Quant aux cinq bêtes qui restent, les pauvres, elles n'ont plus de foin ni de son à manger et maigrissent à vue d'œil. Tous Mathurins* que nous sommes, sans nos ânes qui nous portent partout, nous ne sommes plus rien. Tout cela est bien triste…

— J'entends bien, mon frère, j'entends bien ! En somme, une petite somme serait la bienvenue ?

— Saint Augustin, notre patron, dit-il en joignant

les mains et en baissant les yeux, vous en serait à jamais reconnaissant, messire Guillaume.

— Eh bien… je vais faire le nécessaire dans la mesure de mes moyens et Jacquou vous portera cela ce soir, à la vesprée.

— Maître, si vous le permettez, ajouta Jacquou, mon père me fait parvenir demain une charrette de foin et comme les pluies de printemps furent abondantes, nos réserves sont suffisantes pour en laisser une partie au couvent. Les ânes des mathurins sont de belles bêtes, il serait dommage qu'elles aient à subir les caprices des hommes, elles ne sont pour rien dans le malheur qui nous accable.

— Que Dieu bénisse votre maison, messire ! Si tous vos gens sont comme votre Jacques, alors le chemin du ciel est acquis pour lui, comme pour vous.

Le repas terminé, enhardi par le résultat de son plaidoyer, frère Thibaud, tout souriant, se tourna vers Garin et lui demanda si, par son métier, il n'aurait pas quelques heures à lui consacrer.

— J'ai bien peur que cela ne soit impossible, mon frère. Mon contrat m'oblige et mon maître est exigeant sur les délais.

L'homme, qui ne s'attendait pas à pareille réponse, tiqua et répondit aussi sec :

— C'est à ta générosité que je m'adressais, à ton cœur, à ta bonté. Dans un moment aussi dramatique, aider son prochain c'est l'assurance d'avoir une place dans la maison du Père et la protection de tous les saints, le jour du jugement dernier.

— Je sais tout cela ! répondit le scribe en dodelinant de la tête, mais je ne suis qu'un journalier ; après impôt, ma bolgette* reste bien maigre. Ma générosité a donc des limites, celles que me dictent, hélas, le plus souvent, mon estomac et mon bien-être.

— Dieu et l'Église t'ont donné le nécessaire à suffisance et au lieu de te soucier de ton ventre, tu ferais mieux de te soucier de ton âme, répliqua le moine dépité. Les temps approchent à grands pas où nous devrons tous rendre des comptes.

L'imprécation ne sembla pas émouvoir plus que cela notre scribe qui, non sans un méchant sourire aux lèvres, gardait la tête basse. De son côté, le frère à la coule blanche, la lippe boudeuse, se leva de table et contrarié, prit congé.

*

— Le moins que l'on puisse dire, c'est que tu ne t'es pas fait un ami de ce mathurin, mon cher Garin ! dit Jacquou en aparté, en remplissant son godet de vin.

— Je n'ai pas d'ami, ou si peu que cela ne change rien à ma vie. Et de toute façon, pour rien au monde, je n'en voudrais un comme celui-là ! En vérité, il n'est ni plus ni moins qu'un marchand d'indulgences. Un filou. Il promet une hypothétique place au paradis contre des écus bien réels. Si tu veux tout savoir, ajoutai-je en montrant le hanap* et le ciel, « *je suis plus intéressé par le vin d'ici, que par les promesses de l'au-delà* ».

C'est sur cette boutade qui déclencha le fou rire que messire Guillaume nous retrouva à son retour de la rue où il avait raccompagné son hôte.

— Eh bien, eh bien ! En voilà des façons de vous comporter, vous moqueriez-vous ?

— Je dirais, mon maître, que nous analysions les faits avec humour.

— J'avais cru entendre, en montant l'escalier, parler de marchand d'indulgences ?

— Il en était question en effet, et nous en arrivions à penser, mon maître, que vous vous laissez facilement convaincre. Vous distribuez vos sous* comme je nourris à la volée les poules de la basse-cour. Si ça continue, c'est la ville entière qui va défiler devant votre porte en tendant la main.

— Il suffit, mon Jacquou, je suis encore le maître céans et je fais de mes biens ce que je crois ! Même si le plaidoyer est à prendre avec circonspection, les faits demeurent dramatiques… En accédant à sa demande, je soulage le petit peuple qui en a bien besoin. De plus, tu n'es pas en position, que je sache, de me faire la morale, toi qui distribues bien généreusement mon foin !

— Heu… oui, enfin… non ! C'était pour les ânes, les pauvres.

— Ha, ha ! Ta bonté pour les bêtes n'a d'égale que ta suspicion pour les hommes. Tu as bien raison. Allez, file desservir. Garin et moi nous avons une journée à finir. Et comme le disait si bien le bonhomme, notre temps est compté et notre travail, loin d'être achevé.

Sournia, début mars 1307

Le vent, que les gens d'ici appellent tramontane, redoublait de bourrasques en s'engouffrant dans l'étroite vallée où serpentait la rivière. La route qui suivait les méandres du torrent était encombrée de plaques de neige sale que le soleil d'hiver n'atteignait pas. À l'ombre des collines recouvertes de cistes, de gros rochers laissaient voir leurs formes massives et parfois étranges. Plus haut, à mi-hauteur dans la montagne, des veines de calcaire dessinaient des strates qui se reproduisaient de proche en proche. Le sommier*, qui avait suivi sans rechigner toute la matinée, commençait à tirer sur sa longe et ralentissait mon équipage. La prise au vent mordant m'incita à mettre pied à terre.

À la sortie d'une combe, le vent se fit plus capricieux et l'ombre des montagnes s'allongea alors que de gros nuages noirs filaient dans le ciel. Ce spectacle sauvage me fit penser à l'ouragan qui avait secoué mon navire quelques mois plus tôt.

Sur l'injonction du frère maréchal, Aymond d'Oiselay, lieutenant général de l'Ordre, j'avais, l'an passé, quitté Chypre.

— Tu dois, m'avait-il dit, t'embarquer outre-mer, vers la commanderie du Mas Déu proche de Perpinya. Fais tes préparatifs et tes adieux, car une nef huissière* quitte après-demain le port, pour faire route vers Barcelona.

Il m'enjoignit de débarquer à Collioure qui était après Marseille un des plus grands ports sur la côte méditerranéenne. Je fis donc mes préparatifs et, nanti des viatiques nécessaires, je rejoignis mes frères catalans qui sous les ordres de Pierre de Saint-Just repartaient chez eux. Entre le 20 octobre 1306, jour du départ de Limassol, et celui où nous accostâmes au port, il se passa quatre bonnes semaines à lutter sur une mer houleuse contre les vents dominants, c'est dire combien le voyage fut mouvementé.

La commanderie du Mas Déu éloignée de la côte que de six lieues à peine, je fus à mon arrivée chaleureusement reçu dans son logis par le maître Raymond de Saguàrda. Il partageait sa charge avec Jaumes d'Olléris, qui bien que très âgé, commandait encore certaines possessions du Temple dans la région. Cet homme d'action, qui administrait un territoire immense, était un chef dans la droite ligne de ceux que j'avais connus en Orient. Il n'eut de cesse, à chacune de nos rencontres, de m'inviter à rejoindre la chevalerie du Temple et d'en prendre l'habit.

— C'est misère et pitoyable de voir une si haute noblesse dans la livrée d'un mercenaire. Tu es des nôtres depuis toujours et le manteau te revient de droit. Qu'attends-tu, Guillaume ! Il faut te décider.

Me décider, me décider… c'était là le problème ! Ils voulaient, les uns après les autres, me chantant louanges et bel avenir, m'emprisonner dans leur mantel*. Seulement voilà, devenir moine et chaste m'enfermerait irrévocablement dans un carcan que j'imaginais étouffant. De plus, comme le disait Camprodon, il était temps pour moi de faire un tour à Castres, de m'expliquer une fois pour toutes avec mon passé et après avoir retrouvé mon nom, de voir à franchir le pas sans regret.

L'écu sur mon dos ne cessait de glisser et la neige accumulée sur la route rendait ma progression plus difficile. Fatigue aidant, je me remis avec plaisir en selle. Le cheval que je m'étais offert, quelques mois plus tôt, était un palefroi magnifique. Il m'avait coûté toutes mes économies ; une folie. L'équivalent de plusieurs années de gages. Cet animal, qualifié d'exceptionnel, portait en lui une noblesse et une allure qui m'avaient tout de suite attiré. Belle robe, crinière et queue flamboyante, il était grand et nous formions un beau couple. Le palefroi marche à l'amble et pour un cavalier en armure c'est moins fatigant. Chaque fois que je faisais de longues étapes, je me félicitais de mon choix et de ma chance. C'était, d'aussi loin que je me souvienne, ma meilleure monture. Notre complicité en faisait mon ami. Comme son nom chypriote était imprononçable et qu'il était en fait mon seul et véritable ami, je l'avais appelé ainsi.

La vallée s'élargissait et je distinguais maintenant au-dessus de moi, sur un promontoire rocheux, un castelet en forme de tour. Disposé à l'angle de plusieurs combes, il en commandait les accès. Le chemin, tout comme le petit hameau au bord de la rivière que je venais de traverser, semblait désert. Le pont de Roquabert ne devait plus être loin. Comme une plainte sourde, le bruit d'une conversation apportée par le vent me confirma une présence humaine. Tout naturellement, je fis glisser l'écu de mon dos à sénestre et vérifiai que ma lame était libre de son fourreau.

Le pont apparut en contrebas et devant lui, deux hommes. Le premier, nonchalamment appuyé sur une borne, regardait son camarade frapper ses pieds sur le sol dans le but évident de se réchauffer. La vapeur d'eau que condensaient leurs respirations était bien visible. Le pont en mauvais état laissait apercevoir, entre les buissons, au-dessus de trois arches inégales, un parapet qui avait grandement souffert.

L'Ami devint tout à coup nerveux. À sa façon de tourner la tête dans la direction opposée aux animaux qui broutaient calmement dans le pré, il me vint à l'esprit qu'il devait y avoir d'autres chevaux dans le coin et, par conséquent, que ces individus n'étaient pas seuls. Le plus grand prit position près de la borne, alors que le plus vieux, plus râblé, me barrait le passage.

À voir sa dégaine et son allure, l'homme avait tout d'un rustre, si ce n'est d'un reitre*. Ses cheveux gris étaient longs et sales et cachaient, tout comme sa mauvaise barbe, de petits yeux cruels. Sa broigne* avait dû connaître des jours meilleurs et comme le pont, elle laissait entrevoir des trous et des effilochures. Les anneaux de métal cousus sur le tissu manquaient ou pendouillaient lamentablement en cliquetant à chaque mouvement. Son avant-bras droit était recouvert d'une peau de renard argenté dont la queue flottait à son coude, alors que son épée, qu'il avait sans fourreau à sa ceinture, laissait voir son fer ébréché et rouillé. Son compère ne lui cédait en rien ; maigre, sec, tout en longueur, ce grand échalas était sale à faire peur. Les jambes bien écartées, il fermait le chemin avec comme seule arme une pique nantie d'une bannière aux couleurs délavées. Une cicatrice barrait son visage de béjaune* et un bonnet de cuir usagé cachait des cheveux blond filasse.

Levant le bras, l'homme de garde m'interpella :

— Marque le pas, mon frère ! Fais bien voir tes mains et approche lentement. Tu es sur les terres du sire de Saïcha et à ce titre tu dois péage pour le pont.

— Personne, dis-je en m'arrêtant, sur cette route ne m'a parlé d'un péage quelconque.

— C'est que l'on t'aura mal informé, bonhomme... À voir ta livrée, cela ne me surprend pas !

— L'ordre auquel j'appartiens ne paie point péage dans le royaume, comme tu dois sans doute le savoir... bonhomme !

— Je sais ce que je dois savoir. On t'a menti par le bec et je te dis de payer, sinon...

— Sinon quoi ?

— Je te dis de payer sans barguigner, tu n'es point chevaucheur libre, ta mule porte bât et suivant la valeur de son chargement, que je vais fouiller, tu dois payer !

Il ajouta aussi sec à l'attention de son voisin, avec un vilain sourire qui montra les mauvais chicots de sa dentition :

— À voir de pareils coffres, la marchandise doit être de grande valeur. La loi, bonhomme, m'autorise, si tu ne peux me payer, à me servir en nature.

— La nuit va tomber et à rester immobile, dis-je avec tout mon calme, je vais prendre froid. Ma route est encore longue et je n'ai point de temps à perdre en palabres inutiles. Mon ordre, je vous le répète, n'a pas à vous céder quoi que ce soit. Ici, comme à la capitale ou en tout autre lieu, il ne paye point péage.

Dans mon dos une voix se fit entendre.

— À Paris, Louis le neuvième accepta que les joglars* et autres ménestrels paient en monnaie de singe le passage du Petit Châtelet. C'est un pont sur la Seine qui, comme tu devrais le savoir, commande l'île de la Cité. Mais avec ton manteau et la croix que tu portes sur l'épaule, tu n'as rien d'un amuseur public, et nul ici ne voit d'instrument de musique sur ta mule. Je crois donc, comme mes amis, qu'il n'y a aucune raison de te laisser traverser sans payer.

L'homme qui déboucha sur le côté était de mon âge. La mise propre et soignée, il impressionnait par sa stature de bûcheron. La capuche du manteau rabattue sur les épaules laissait voir un visage poupin et rougeaud surmonté d'une épaisse tignasse rouquine. Cela donnait au personnage un air de Viking qui détonnait dans le paysage. Sûr de lui, il se pavanait devant moi ; l'épée sortie du fourreau, la lame sur l'épaule, il affichait un certain mépris.

— Vous autres Templiers, vous devriez en rabattre, vous n'êtes plus en odeur de sainteté. Chacun sait ici que vous spéculez sur les monnaies et les grains. Les prix montent à cause de vous. Vous acculez les pauvres à la famine et votre argent achète nos gens. Appâtés, ils préfèrent travailler pour vous plutôt que pour moi ou mes semblables. Vous vous appropriez les meilleures terres et vous m'avez ruiné avec votre taux d'usure. Votre arrogance a des limites, il est temps que cela change !

— J'entends bien, mais qu'y faire ? dis-je, je ne suis pour rien dans vos problèmes. Un simple soldat qui revient d'Orient et qui repartira bientôt. Allez trouver mes maîtres et débrouillez-vous avec eux. Pierre de Camprodon est un homme accommodant, il acceptera certainement de vous aider et trouvera avec vous une solution équitable.

— M'aider ! Ce vieillard cynique ! Il ne cesse de me raconter des sornettes. « Aide-toi, le ciel t'aidera », c'est la réponse qu'il me fait chaque fois. « Tu dois régler toi-même tes problèmes sans attendre des autres », eh bien il va voir, comment, à bout de patience, je règle le problème.

— Descends de cheval, si tu tiens à la vie ! s'empressa de m'ordonner l'homme au renard argenté.

— Descends, qu'on te dit ! reprit le grand dadais. Ce serait dommage de blesser un animal que tu ne mérites pas.

— Au large, chenaille* ! Personne ne m'approche, dis-je en sortant mon épée.

Le petit aux cheveux gris, qui le premier m'avait interpellé, se fendit d'un sourire.

— Hé, bonhomme ! Tu serais accompagné, je te laisserais peut-être m'insulter, mais seul face à nous trois, tu n'as aucune chance, je te conseille de changer de ton !

Disant cela, il s'approcha, suivi des deux autres

qui libérèrent sans le vouloir l'accès du pont. Ce fut certainement l'odeur fauve de la peau de renard, quand il leva le bras pour prendre la bride, près du mors, qui effraya ma monture. Le cheval se cabra, et sans le troussequin de ma selle, j'aurais été désarçonné. Profitant du désarroi momentané, j'éperonnais l'Ami et forçais le passage.

Le vieil homme, déséquilibré et rejeté par la ruade, tomba sur le cul et mon sommier lui passa sur le corps. Face à moi, le grand échalas me présenta son arme, que mon bouclier fit glisser sur le côté. Mon épée, dans un large mouvement destiné seulement à fendre la hampe de la pique, par la vitesse du palefroi s'enfonça entre la tête et l'épaule du jeune homme, qui stupéfait, s'écroula. Tout aussi surpris que lui, je fis faire un écart au cheval, ce qui me détourna du pont. Le rouquin, profitant de mon hésitation, contourna la mule qui l'avait gêné et me barra le passage en criant à je ne sais qui :

— Tire, tire donc ! Tue-le, mais tue-le maintenant !

Le sommier, que la manœuvre déboussolait, eut du mal à suivre, alourdi qu'il était de son chargement. Sa longe se tendit d'un coup et freina sèchement mon élan au moment où un carreau d'arbalète se fichait dans ma cuisse. Comme je ne portais pas de chausse en maille de métal, mais seulement un haubert fendu pour faciliter la monte, le carreau s'enfonça profondément dans le muscle. La douleur violente me fit voir rouge. Ivre de colère et de fureur, sans réfléchir, je chargeai l'homme à l'entrée du pont. La mule, cette fois, se trouva dans le mouvement. Passant en force, j'envoyai la pointe de mon écu à la figure du rouquin, tout en évitant de justesse son coup. Le choc, amplifié par la force de mon bras et l'inertie due à ma monture, le cueillit en plein. Sonné, il tituba et fut heurté à son passage par l'angle d'un des coffres débordant du bât de la mule qui me suivait. Je le vis, lâchant son épée, essayer de se rattraper au parapet, mais celui-ci, sous l'impact, se désagrégea et disparut avec lui dans le torrent.

Je ne sais par quel miracle je traversai le pont sans chuter à mon tour. Les animaux guidés par leur instinct passèrent sans encombre le tablier étroit. De l'autre côté, quelqu'un jurait et me maudissait. Tandis que la douleur incendiait ma jambe, un autre carreau me siffla aux oreilles. Ajustant l'écu sur mon dos, affalé sur ma selle, l'épée toujours à la main, je n'eus qu'une idée en tête, prendre la fuite.

La route montait à flanc de colline et le vent qui venait de face, à la sortie de la combe me coupa le souffle. J'étais ulcéré, j'avais senti à nouveau sur moi l'odeur fétide de la peur. La sueur que celle-ci avait engendrée et qui recouvrait maintenant mon corps, au contact du froid me fit frissonner et ajouta au malaise qui me prenait. Comme personne ne me suivait, je ralentis l'allure et rajustai au mieux mon manteau en regardant avec dégoût dépasser de ma cuisse le trait crénelé de plumes d'où s'échappait un filet de sang. La rage maintenant habitait mon cœur. Ces groupains*, ces chenailles, en voulaient à ma vie dans le seul but de me voler. Je ne sais si le péage n'était qu'un stratagème pour se venger de mes frères et des malheurs qu'ils leur imputaient, ou si l'occasion avait fait le larron, mais c'était sur moi que cela tombait ! À cause de cet habit, une fois de plus j'étais dans le pétrin. J'avais encore tué, et cette fois-ci, des hommes de mon pays.

Le soleil disparaissait derrière les collines, les nuages prenaient cette teinte terne et le ciel cette couleur rougeoyante qui annoncent le crépuscule. Un chien aboya. Sur ma droite dans une prairie, un castelet de pierres noires déployait, sur sa tour, une bannière aux mêmes armes que celles de la pique qui avait failli m'embrocher tout à l'heure. Plus loin, la route s'incurvait, descendant vers la rivière. Un toit de tuiles surmonté d'une croix de bois annonça, au milieu des chênes verts, ce qui devait être la chapelle de Sainte-Félicité. Je continuai ma route sans ralentir. Le jour déclinait fortement quand, passé le col, j'aperçus enfin le village de Sorhnia. Le sang qui suintait de ma blessure formait sur ma cuisse une croûte informe que le froid figeait, telle la cire d'une bougie. Depuis un bon moment, la douleur irradiait dans toute ma jambe. Par deux fois, je perdis ma lucidité et les animaux ralentirent l'allure. J'eus toutes les peines à franchir la dernière côte qui me séparait de la porte d'accès du bourg.

Celui-ci était entouré par une enceinte que l'on finissait de construire. Près de l'abreuvoir, de l'autre côté de la lice, un cavalier resserrait les sangles de sa monture en devisant avec un moine. Au pied du rempart, un vieil homme avec son briquet à amadou tentait vainement, empêché par le vent, d'allumer une lanterne destinée à être hissée au-dessus de la porte que s'employait à fermer un guetteur.

Mon arrivée fit retourner tout ce petit monde, et la façon de m'incliner sur ma selle en gémissant les fit s'approcher. Une grimace qui se voulait sourire éclaira mes lèvres. Satisfait de moi, je me laissai tomber à bout de force lentement dans leurs bras. Je me souviens de leur avoir parlé de mon agression, d'avoir demandé au moine d'avertir la commanderie et de prendre soin de mon chargement et de mon cheval.

Les hommes, sous les ordres du moine, me mirent sur une charrette à bras qui servait au chantier. Recouvert d'une bâche, on me fit passer l'enceinte. Ensuite, la lumière jaunâtre de la lanterne que l'on promenait au-dessus de moi s'éteignit lentement et ce fut le trou noir.

✚

Cordes, juillet 1348

Quand la plume cassa, le scribe jura en silence, furieux du pâté que l'encre avait laissé sur le vélin. Se levant, calmement il ouvrit son escritoire et en sortit un petit canif et une pierre ponce.

— Messire, me dit Garin en retaillant sa plume, je vous préfère en sire de Montfort qu'en Guillaume de Champeaubois. Il ne faisait pas bon vous rencontrer l'épée à la main. Ces imbéciles auraient dû y penser avant de vous menacer !

— Certes, en tombant sur moi, ils sont tombés sur une ronce, mais comment l'auraient-ils deviné ? Les rancunes, à vrai dire, s'étaient accumulées. Le monde changeait et l'abolition du servage par le roi Philippe jouait un mauvais tour au sire de Saïcha. Il en voulait aux Templiers comme à tous ses créanciers et maudissait la terre entière de son infortune. En fait, je me suis trouvé au mauvais endroit, au mauvais moment.

— Avec le recul, vous semblez l'excuser de ne pas vous avoir occis.

— Non, ce n'est pas cela ! Ce que je veux dire… c'est que l'appât du gain facile a fait basculer ce type dans un piège infernal. Certes, ces hommes n'étaient pas des anges, ni certainement à leur premier coup de main, mais c'était à l'époque la mort assurée pour celui qui tuait un templier. Le sachant, ils ont quand même essayé de le faire.

— C'est bien ce que je disais, mon maître, des inconscients, des fadas, avec un grand vide entre les oreilles. Des gars comme ça, j'en rencontre souvent sur la route. Ils vous tuent pour un oui ou pour un non, sans réaliser la portée de leurs actes. Croyez-le, même s'il leur manque un bout de cervelle, ils n'en sont pas moins des assassins et ne méritent aucune pitié.

— Seul, avec un chargement pareil et surtout avec un palefroi magnifique, je devenais une tentation irrésistible.

— Et à un contre trois, malgré le sommier et ses malles, vous les avez mis en déroute par votre science du combat.

— Disons que je me suis sorti du guêpier. En y réfléchissant d'ailleurs, je crois que sans la mule qui me protégeait le flanc, je ne serais pas passé. Je sus plus tard que l'homme que j'avais malencontreusement touché était mort et que le rouquin s'était tordu le bras en tombant dans la rivière.

— La main de Dieu était sur vous, cette fois encore !

— Sans doute y est-il pour quelque chose, mais ma chance ce jour-là, je la dois à mes montures et à l'inexpérience du jeune type à la pique. Il lui suffisait de bloquer le pont et j'aurais été fait comme un rat.

— Se battre est une science et voler, un métier. Ils vous ont pris de haut et vous ont sous-estimé. Les rats dans la nasse, c'étaient eux !

— Vois-tu, Garin, nous ne sommes que des pions sur l'échiquier de la vie. Sachant cela, j'évite les jugements hâtifs. Sans excuser les hommes, il m'arrive de les comprendre, d'accepter leurs faiblesses et de les aimer encore.

— C'est bien de vous, de tendre deux fois la joue. Chevaleresque et tolérant, vous auriez fait un bon templier !

— Malheureusement, il y a toujours deux faces aux actes que l'on commet. Mon action, que certains ont qualifiée d'héroïque, s'est ajoutée à la haine déjà bien forte qui se faisait jour et n'a pas arrangé les choses. Pourtant, de cette noire épreuve est née la plus belle page de ma vie. Grâce à ma blessure, j'ai rencontré l'amour. Et dans les hautes vallées des Marches de France, dans ce beau pays du Fénolhèdes, la femme de ma vie !

— Le sort à la fin vous fut favorable et ce n'est que justice.

— Échapper à la mort est toujours quelque part

favorable, cela permet de bien mieux vivre sa vie.

— J'entends bien, messire, et je bénis l'orage qui m'a permis de vous rencontrer.

— Alors mon cher scribissime, tu comprends pourquoi, ce soir-là, en voyant ton escritoire et tes mains tachées d'encre, j'ai su qu'à nouveau, le ciel était avec moi et que ma vie avait encore un sens. Ta venue qui coïncidait avec ma prière d'avoir quelqu'un d'habile pour mes papiers, Dieu me l'accordait aussitôt.

— Je comprends mieux maintenant votre fou rire et la lumière qui brillait dans vos yeux.

— « *Demandez et il vous sera donné* », dit l'Écriture. Ce récit qui témoigne de mes actes et qui parle de l'honneur de mes frères en fait foi. Si Dieu m'a gardé si longtemps en vie, si je suis devenu le « gardien » et si tu es là, c'est pour cela !

Sur ces belles paroles, nous reprîmes studieusement notre travail jusqu'à ce que Jacquou vienne nous trouver.

— Maître !

— Qu'y a-t-il, mon bon Jacquou ?

—Rien qui presse, je tenais simplement à vous faire savoir que je reviens du couvent où j'ai livré le bois de ce mois. Le recteur vous remercie grandement et m'embrasse comme son fils quand il me voit m'approcher de ses ânes. Il vous fait savoir que ce dimanche, des prières seront dites à la mémoire de votre épouse. J'ajoute que ma mère nous fait donner des confitures, des herbes et des racines du potager, et que mon père a joint pour vous les comptes du mois passé.

— Qu'ils en soient remerciés ! Fais-leur savoir mes compliments et l'estime dans laquelle je les tiens pour les bienfaits dont ils nous comblent.

Le jeune homme acquiesça en silence, mais resta planté là, en se dandinant d'un pied sur l'autre.

— Tu peux y aller, dis-je en ajustant mes bésicles*, je n'ai plus besoin de toi.

— C'est que, messire, dit-il avec inquiétude, j'aurais bien... une faveur à vous demander.

— Parle, parle donc mon Jacquou, que pourrais-je te refuser ?

— Eh bien voilà : sans doute avez-vous entendu parler, il y a quelques années, de Bertrand Fort.

— Celui qui avait eu... des démêlés avec l'Inquisition, à cause des fourmis et des grenouilles ?

— Celui-là même, messire !

— Je m'en souviens très bien ! Un grand dadais par trop naïf à qui il manquait, comme Garin le dit si bien, de la cervelle entre les oreilles. Pourquoi me parler de lui ?

— Crédule et naïf certes, mais pas fou, bien au contraire ! C'était, je peux vous l'affirmer, un garçon de valeur. J'ajoute qu'après tous ses malheurs et son procès, il mérite notre estime ! Mais ce n'est point de lui que je veux vous instruire céans, c'est de sa sœur... Guillemette.

— Une femme ! Tu veux me parler d'une femme ?

— Oui, mon maître, d'une femme dans la peine et le besoin.

— Parle, je suis tout ouïe.

— Faut savoir, mon maître, qu'après le départ de son frère, cette damoiselle est restée avec sa mère dans un logement qu'elles louaient. À la mort de celle-ci, qui vient de succomber d'un mal de poitrine, elle se retrouve seule et dans le besoin. Son propriétaire, qui vient de rapatrier sa belle-famille d'Albi où paraît-il, on meurt bien plus qu'ici, lui laisse jusqu'à demain pour déménager ses biens. Sans ressources, sans appui, Guillemette se retrouve à la cloche, au pied de l'immeuble. Aussi, j'avais pensé... la maison vide, que peut-être, vous accepteriez...

— Que j'accepterais... pour quelques jours, de lui venir en aide et de l'héberger ?

— C'est cela, mon maître ! Mais, rassurez-vous, je m'occuperai de tout moi-même.

— Si vous voulez mon avis, se permit de dire Garin, tout en traçant, le nez sur sa feuille de parchemin, des lignes à la mine de plomb, la damoiselle doit être fort jolie pour que notre Jacquou s'y intéresse !

— C'est parce qu'elle est jolie et à ton goût, que tu veux avec mon aide lui porter secours ?

— Heu... avec votre autorisation, c'est à peu près ça. Une femme dans votre maison, par les temps qui courent, serait très utile. J'ai beau savoir cuisiner, mes talents ont des limites. De plus, c'est une vaillante. Et puis, messire, quand sa fabrique reprendra, car elle est l'employée et la nièce d'Adhémar Fabre, le teinturier au bas du Fourmiguier, je lui trouverai un nouveau logement.

— Et tu la marieras dans la foulée, ajouta ironiquement le scribe.

— Si elle veut bien de moi et avec l'accord de mes parents, c'est bien possible !

— Eh bien voilà, mon cher Garin ! Comme je te le disais tout à l'heure, les pions s'entrechoquent sur l'échiquier. Les uns que l'on pousse ou que l'on écarte, certains qui nous quittent et d'autres, que nous n'attendions pas et qui nous arrivent ; ainsi va la vie !

— Alors, messire, je prends le charreton ?

Avec un clin d'œil en douce, je m'adressai à Garin.

— Que ferais-tu à ma place, l'ami ?

— Puisque vous me demandez mon avis, messire, je dirais… que la question mérite réflexion ! Une femme seule avec trois hommes dans une maison, cela va faire jaser les bigotes et votre réputation sans tache pourrait en pâtir.

— J'en ai bien peur, la rumeur irait bon train.

— D'autre part, laisser cette jeune femme seule à la rue ne serait pas très charitable. Il y a dilemme à trancher.

— Peut-être qu'une chambre louée à l'hôtellerie

serait dans l'immédiat la meilleure solution.

— Quoi ! Ma Guillemette dans une maison de passage, il n'en est pas question ! Je vous préviens, répliqua un Jacquou ulcéré et tout à coup agressif, si c'est ça, je l'expédie à la Grésigne chez mes parents ! Au moins là, personne ne me la touchera !

— C'est qu'il est amoureux, notre ami, le chambra Garin, je croyais que tu n'aimais que ta paire de bœufs et les ânes des trinitaires !

— Moque-toi ! Est-ce que je te demande, moi, si tu couches avec la servante de l'estaminet de la rue Chaude, celle avec laquelle tu roucoulais hier soir, à la nuitée... hein !

— Je t'interdis de te mêler de mes affaires !

— Ha ! Tu vois, tu fais moins le fier... hein !

— Suffit, vous deux, cessez vos enfantillages et filez. Vous avez jusqu'à la nuit pour déménager la jeune femme et me l'avoir ramené... allez, ouste !

Écarquillant les yeux, la bouche aussitôt fendue d'un large sourire, le Jacquou, spontanément, me sauta au cou et me remercia chaleureusement. Dans l'instant, Garin était debout. C'est en riant de concert qu'ils disparurent tous deux dans l'escalier qui menait dans la rue.

Resté seul, surpris d'avoir cédé si vite à pareille demande, l'idée me vint que de toute façon à mon âge, je n'avais que faire du qu'en-dira-t-on. Pour être généreuse, quoi qu'il arrive, ma décision resterait honorable.

Une heure après, un rire clair et franc m'annonça l'arrivée des jeunes gens. Alors que Garin conduisait la charrette à bras vers le portail de la cour, nos deux amoureux pénétrèrent dans la maison par la porte principale. Main dans la main, ils gravirent ensemble l'escalier. Alors que je me retournais en les dévisageant, Jacquou me présenta la jeune femme.

— Voici la damoiselle dont je vous ai parlé et que vous voulez bien recevoir dans votre maison.

Comme j'acquiesçais de la tête en souriant, il se tourna vers son amie.

— Guillemette, je te présente le seigneur Guillaume de Montfort, il est mon maître et celui de ma famille et en te recevant chez lui, il devient le tien.

La jeune femme, pinçant les plis de sa cotte et fléchissant le genou, fit une révérence en inclinant gracieusement la tête.

— Je vous suis redevable, messire, et je vous remercie de bien vouloir me prendre sous votre protection. Ma reconnaissance vous est entièrement acquise. En conséquence, dit-elle avec un sourire désarmant, en attendant le retour de vos gens, je m'occuperai de toutes les tâches ménagères de votre maison, c'est le moins que je puisse faire.

Avec ce petit air déterminé, elle me fit penser à dame Alicia, la mère de mon Jacquou. Il y avait là, à coup sûr, une ressemblance qui me la fit aimer sur-le-champ. En quelques mots, je lui souhaitais la bienvenue chez moi. Guillemette fut installée dans la chambre des sœurs de Jacquou. Avec l'aide de Garin, celui-ci transporta ses effets à l'étage et les quelques meubles restants à la cave où ils furent entreposés. La damoiselle en profita pour prendre en main le souper et bientôt, à la satisfaction générale, une douce odeur de cuisine embauma la pièce.

À partir de cet instant, il y eut, par sa présence, un avant et un après, comme une parenthèse à notre pessimisme. Telle une fée, avec sa bonne humeur et son magnifique sourire, elle repoussa la morosité ambiante et nous redonna, plus concernés que jamais, une nouvelle raison d'apprécier la vie.

Courbous, mars 1307

Que dire des jours qui suivirent l'embuscade ? Rien, ou si peu. La drogue que l'on me fit avaler avant de me retirer le carreau d'arbalète et la fièvre qui s'était emparée de mon corps ne me laissent que de vagues souvenirs. Ce fut comme un cauchemar en plusieurs épisodes. Un tourment où se mêlaient des bribes de phrases et des images fugaces du combat. Fatigué et à bout de forces, je me rappelle avoir été couché sur une table en bois qui sentait la cire. Ma mère, à qui je disais combien la soif me tourmentait, venait me parler de sa voix douce. Elle me rassurait en m'humectant les lèvres de tisane et en essuyant la sueur de mon front. J'ai grandement souffert de la soif, comme jadis en Égypte. Par moments même, la confusion devenait telle que j'entendais les paroles du Coran qu'un Arabe me chuchotait à l'oreille. Elles résonnaient en moi comme dans ma prison de pierre sous la Voûte d'Acre. J'étais à nouveau prisonnier, englouti dans les profondeurs sombres d'un méchant labyrinthe.

Enfin, un matin, je me suis libéré. Au pied du lit, par la courtine entrouverte, un enfant me regardait. Souriant à mon étonnement de le voir, il se mit à crier : « Il est réveillé, il est réveillé ! » Juste après, un homme de haute taille et à la peau noire pénétra dans la pièce. C'était un gaillard plus grand que moi qui devait avoir la cinquantaine. Tout comme ses sourcils, sa barbe fournie était blanche et avec ses yeux clairs, son visage lui donnait un air de roi mage que des vêtements amples à la mode orientale accentuaient.

— *Salam Aleykoum*, mon frère. Comment te sens-tu ? As-tu mal, as-tu soif ? Que puis-je pour toi, seigneur Guillaume ?

Étonné, surpris, j'eus un moment de doute : le cauchemar continuait. La première idée qui me vint à l'esprit, c'est que j'avais en face de moi un homme du désert. Un de ces géants identiques à ceux que j'avais déjà vus là-bas, et qui venaient du pays au-delà des cataractes du fleuve Nil. Je ne pus, regardant autour de moi, que balbutier en essayant de me redresser.

— Qui es-tu, où suis-je ? Mon cheval… ha, ha… aïe, aïe !

— Reste calme, seigneur, et ne bouge pas, rassure-toi, tout va bien. Ton cheval est entre de bonnes mains et ta blessure aussi. Je suis Azmet, autrefois esclave, aujourd'hui serviteur à la commanderie de Corbos où tu te trouves, dit-il en s'asseyant à mes côtés.

— Je me rappelle, dis-je en grimaçant de douleur pour avoir bougé la jambe, le combat sur le pont...

— C'est cela ! Tu es resté, pour avoir perdu beaucoup de sang et à cause de la fièvre, entre la vie et la mort pendant plusieurs jours. Il semblerait que ta robuste constitution, avec l'aide du Très-Haut, te ramène parmi nous. Je ne désespère pas, à force de soins attentifs et si tu coopères, de te remettre en selle sous peu.

— Quel jour sommes-nous, y a-t-il longtemps que je suis céans ?

— Il y a deux jours que tu es là et que nous t'avons transporté, quatre que tu fus blessé.

— Je ne me souviens de rien, j'ai la tête vide et la bouche sèche.

— Pour l'heure, il te faut du repos, du sommeil et du calme. Ta cuisse est fortement enflée et des humeurs s'en échappent encore, ne bouge pas et laisse-toi faire. Tu es à l'enfermerie de la maison de Corbos et à ton service et à celui des trois autres malades qui sont à côté, deux hommes se dévouent et s'affairent, Phalip et Jorda. Ils me secondent et avec eux, ta guérison ne souffrira pas de retard.

— Peu me chaut, aïe, aïe... Que l'on fasse de moi ce que l'on veut, je suis bien mal dans mon corps comme dans ma tête… J'ai encore tué des hommes !

— Ne te tourmente pas, la drogue que je te donne pour calmer la douleur affaiblit ton esprit et dérange tes idées. Avec le temps tout ira mieux et le goût de vivre te reviendra. Phalip ! cria-t-il, viens m'aider et apporte de la charpie ainsi le traitement mondificatif *.

Assis, les jambes pendant hors du lit, on me refit le pansement. Après m'avoir fait boire une infusion de feuilles de plantain, on me nettoya la plaie avec un mélange de vin tiède et de romarin, puis un emplâtre à base de fleur de cuivre et de miel rosat fut posé avant que ma cuisse ne soit entourée d'une bande de tissu propre. Seul dans la pièce, le corps en sueur, allongé dans mon lit, la couverture sous le menton et pendant que derrière le volet entrebâillé la neige silencieuse tombait à gros flocons recouvrant d'une épaisse couche blanche les toits de la commanderie, mes yeux doucement se fermèrent. Sans plus attendre et à nouveau perdu, mon esprit reprit son lent cheminement dans les méandres brumeux du labyrinthe.

Il me fallut deux jours encore pour guérir de ma fièvre, pour retrouver totalement ma lucidité et pour faire connaissance avec le garçonnet que j'avais aperçu à mon premier réveil. Comme tous les enfants, il était curieux des grandes personnes et tout particulièrement intéressé par mon harnois*. Quelqu'un l'avait déposé sur un vieux coffre en bois, dans l'angle de la chambre. Assuré de mon sommeil, il entra dans la pièce et la traversa en retenant sa respiration. Persuadé que j'étais encore assoupi, il s'agenouilla devant mon écu. Mon épée, dans son fourreau de cuir entouré de son baudrier, était trop lourde pour lui ; il se contenta de refermer sa petite main sur la garde de l'arme. Inquiet de faire du bruit, il s'approcha alors de l'arc et de son carquois de flèches. Plus légère, il en sortit une et la regarda minutieusement. Satisfait de son inspection, il la rangea en veillant à ce qu'elle ne dépasse pas de la poche. Pour n'avoir point de corde, ce fut ensuite l'arc de grande taille qui l'intrigua. Il sursauta, effrayé, quand je dis tout bas dans son dos :

— Il ne faut jamais laisser la corde tendue sur le bois de l'arc.

À demi tourné vers moi, il avisa la porte, se releva et faillit partir.

— Reste. N'aie pas peur, je ne suis pas méchant, approche.

— Pourquoi il faut pas laisser la corde ? demanda-t-il de sa petite voix.

— Parce qu'avec l'humidité, la corde, si on la laisse sur le bois trop longtemps, se détend, et la puissance de l'arc est moins bonne. Si tu veux, un jour, je t'apprendrai.

Timide, il se contenta de remuer la tête comme

pour dire oui.

— Quel âge as-tu ? lui demandai-je.

— Sept ans… et mon nom est Amaury de Sorhnia ou de Corbos, on ne sait pas !

— Comment, tu ne sais pas comment tu t'appelles ?

— Non ! Maman dit qu'il faut attendre le retour de Raymond pour savoir.

— Qui est Raymond ?

— C'est mon oncle !… Dis, c'est quoi le dessin sur ton bras ?

— C'est mon blason, le lion des Montfort.

— Tu t'appelles Montfort alors ?

— Oui… enfin, non. Je m'appelle Guillaume de Champeaubois. Je suis… à la milice du Temple.

— Alors, tu es comme moi, tu as deux noms. Tu attends Raymond toi aussi, pour choisir lequel tu gardes ?

— Ha, ha, ha… c'est ça, exactement ça ! On est pareils tous les deux.

— Maman va pas le croire. Elle dit toujours qu'on peut pas avoir deux noms, que c'est impossible ! C'est pour ça que Parrain va choisir pour moi, quand il reviendra de la grande ville du royaume.

— Qu'est-ce qu'il en dit, ton père ?

— Il est mort, mon père !

— Ha !

— Je vais voir Maman et je vais lui dire que c'est possible d'avoir deux noms et qu'elle n'a pas besoin de pleurer pour ça… Après je reviens et tu m'apprendras l'arc !

En deux pas et trois mouvements, l'enfant quitta la pièce et me laissa perplexe.

Azmet, qui, le lendemain, refit mon pansement, trouva ma jambe en bonne voie de guérison. La plaie se refermait correctement et l'enflure régressait. Phalip et Jorda m'aidèrent à me mettre debout pour me faire bouger un peu. Par la fenêtre grande ouverte, je vis la neige blanchir le paysage. La pureté cristalline de l'air envahit mes poumons et m'enivra aussi sûrement qu'une lampée d'alcool.

La commanderie de Corbos était, comme je l'ai dit, sous l'obédience de Centernach. Son représentant sur place avait pour nom Guilhaud de Llupia. Il en était le chapelain et le maître. Il se présenta en fin de journée. Une profonde cicatrice balafrait son visage depuis l'oreille jusqu'à l'arcade sourcilière. Elle laissait à nu le côté de son œil, qui, de ce fait, semblait sortir de son orbite. Le masque hideux qu'il promenait en permanence était complété par une claudication prononcée.

Après s'être présenté, il me souhaita la bienvenue.

— Nos serviteurs, mes frères et moi, nous prions pour ta guérison. Nous sommes heureux de te savoir tiré d'affaire. Je te souhaite en leur nom la bienvenue parmi nous dans cette maison qui est maintenant la tienne. Centernach est au courant de ta mésaventure et Pierre se joint à nous pour te féliciter. Tu as fait honneur à l'Ordre et par ta bravoure, tu as ramené intacts les biens que nous t'avions confiés. Sache que nous t'en savons gré.

— Merci, mon père, mais en bon soldat, je n'ai jamais fait que mon devoir.

— Échapper à la mort dans une telle embuscade, se battre contre trois hommes en étant blessé salement, les mettre en déroute, c'est plus que son devoir ! Par le Christ ressuscité, c'est faire acte de bravoure et d'héroïsme ou je ne m'y connais pas !

— Quatre, dis-je par souci d'exactitude, ils étaient quatre et non trois.

— Qui plus est… Par Dieu, j'aurais voulu être une mouche et voir ça de plus près. Le méchant sire de Saïcha y réfléchira à deux fois avant de recommencer. Connaissant ton passé, Pierre n'a pas été étonné de l'issue du combat, il te sait valeureux et espère beaucoup de toi.

— Je sais, il me l'a dit… Ainsi, je n'ai tué qu'un homme ?

— Un seul et si tu veux mon avis – Dieu me pardonne –, c'est bien dommage. Le Rouzeau est un vil mécréant, un irresponsable qui passe son temps à tirer le diable par la queue. Avec sa bande de malfaiteurs, il écume la région. Il est derrière toutes les vilenies. Violeur, pilleur, rançonneur et voleur, il n'hésite et ne recule devant rien ni personne. Il est le premier, entre Séquéra et Campurcino, à trafiquer la nuit sur la montagne. Passant en douce la frontière après Palmes, les convois d'ânes et de mules de cette canaille transportent les lingots de fer qu'il nous vole. L'échange, avec des épices et des paniers de sel, se fait dans la vallée du Conflent, au vu et au su de tous. Sa mort aurait été une aubaine et justice rendue pour nous et pour bien d'autres.

— Cela me rassure un peu, car j'étais navré d'avoir péché contre Dieu.

— Absurde que cela ! J'absoudrai tes fautes, si tu les crois dans ton esprit.

— Avant le combat, le rouquin m'a affirmé que vous l'accabliez de dettes. Acculé, il ne faisait que se défendre de nous, pour survivre.

— Et tu l'as cru ! Les sommes qu'il nous doit, nous n'en reverrons jamais la couleur. Le peu qu'il a, il le joue dans les tripots de Perpinya, au lieu d'aider ses gens qui meurent de faim et qu'il asservit. Ces pauvres bougres, où carême dure les douze mois de l'année, nous supplient de leur donner ouvrage pour survivre et détestent leur seigneur tout autant que nous le haïssons.

— Pour avoir traversé le hameau près de son castel, j'ai bien vu la misère s'afficher. Néanmoins, j'aurais dû éviter de tuer ce jeune homme. En fait, il s'est bêtement jeté pique en avant sous mon cheval et dans la peur de l'instant, je n'ai pas retenu mon arme. Ils étaient trois à m'entourer. Leurs cris effrayaient les montures. Je me suis défendu, ils en voulaient à ma peau !

— N'aie point de scrupules, le Rouzeau sait nager, et à part un bras en écharpe, il se porte à merveille. Il crie à qui veut l'entendre que c'est toi qui l'as agressé. Il dit n'avoir fait que se défendre. Il ajoute que c'est en voulant le protéger que son homme est mort. Il a même eu le culot de demander aux moines du chapitre de Narbonne, à qui appartient Sainte-Félicité, l'autorisation de l'enterrer en terre sanctifiée. Car, a-t-il dit, c'était un preux et son sacrifice le valait bien.

— Mensonge que cela. Qui pourrait croire pareille chose ? Attaquer trois hommes avec une mule et son chargement comme embarras... Quelle fable conte-t-il, et qui voudrait la croire ?

— Comme je ne connaissais point en détail les faits, j'ai laissé dire et laissé faire, mais tu vas me les détailler par le menu et je veillerai à ce qu'ils soient répétés dans la vallée comme il se doit.

En quelques mots, je les lui expliquai le plus justement. Inutile de dire que le maître de Corbos en fut visiblement irrité.

— Mensonge et fausseté, cet homme est passé maître en escobarderie*. Que le diable l'emporte ! Quant à toi, Guillaume, tu es un brave et mérites nos louanges.

— Mon père ! Oubliez les louanges... Je n'ai, en fait, que pris la fuite après m'être dégagé. La mule a suivi, attachée qu'elle était à ma selle, et ainsi vos biens sauvegardé. C'est tout ! Par contre, un homme est mort, un chrétien comme nous. Même s'il en voulait à ma vie, il ne méritait pas de trépasser.

— Guillaume, tu n'as pas à t'excuser, ni à avoir des remords. Si on provoque son destin, la mort répond toujours. Tu n'as failli en rien, au contraire, fidèle à la règle de l'Ordre tu t'es battu à trois contre un. Tu as porté haut nos couleurs, celles du Temple victorieux et souverain. Tous seront fiers de t'avoir à leurs côtés. Un homme de ta valeur, dit-il en levant un doigt au ciel, redonnera confiance à notre plateau.

Comme je ne disais rien, il me tapota l'épaule et me souhaita un très bon rétablissement.

Phalip et Jorda, les serviteurs de l'enfermerie, me venaient voir souvent. Surtout depuis qu'ils connaissaient les conditions dans lesquelles j'avais été blessé. Ils ne savaient qu'inventer pour me faire plaisir et m'avaient taillé une béquille dans une branche de frêne. Aussi, entre deux séances de massages et de flexions pour assouplir ma jambe, je déambulais dans l'enfermerie.

Le mire Azmet, pour veiller sur moi, venait passer son temps à partager des souvenirs communs. Nous parlions de son pays, l'Égypte. Aussi, quand avec nostalgie je m'essayais à formuler quelques phrases en arabe, la lumière qui s'allumait alors dans ses yeux faisait plaisir à voir.

Esclave des mamelouks, fils d'un prince des lointaines contrées du Nil, après avoir été échangé contre la liberté de son père que l'on détenait, il avait grandi au Caire, dans une aile du palais de l'homme le plus puissant d'Égypte, le sultan Al-Mansur Quâlàvûm. Proche des sphères du pouvoir, étudiant dans la plus grande université de la ville, il avait choisi d'exercer la médecine et la chirurgie et comme médecin des armées, avait suivi les escadrons qui avaient repoussé l'invasion d'Abatan Khan, le Mongol.

— Comment es-tu passé d'une vie toute tracée au Caire à un trou perdu du Fénolhèdes, avec un anneau autour du cou ? lui demandai-je un jour.

— Ma condition d'otage, depuis ma tendre enfance, mon cher ami, même si elle semblait idyllique pour être dans un palais, n'en était pas moins difficile à vivre. À côtoyer une foule d'intrigants, j'ai bien vite détesté ; aussi, partir avec l'armée fut pour moi une délivrance, une nouvelle vie.

— J'ai connu ça aussi ! dis-je en repensant à mon départ du Larzac.

— Mon frère n'a pas eu ma chance, me dit-il. Diminué par la perte d'un œil et sujet à de violentes migraines, il s'est mis pendant mon absence à boire et à fréquenter des personnages douteux. Il s'est laissé embarquer dans un attentat foireux contre El-Alfi (c'est le surnom que l'on donnait au sultan). Arrêté, il a été pendu et son corps exposé sur les murs du palais. Bien qu'étranger à la chose, pour être de la famille, je n'ai eu vie sauve que grâce à l'intervention d'un ami. Après enquête, même familier, je n'en fus pas moins chassé de l'armée et exilé à Alexandrie... Assigné à résidence, heureusement libre de mes mouvements, j'ai pu vivre de mon métier. Petit à petit, au fil des mois, on m'autorisa à monter à bord des navires. Ensuite, j'ai exercé dans les bas-fonds de la ville et aussi pour mon malheur de plus en plus chez les riches propriétaires. Par deux fois, j'ai essuyé des coups. Avertissements que j'eus le tort de prendre à la légère. Des jaloux, des envieux, certainement des incapables, voyant ma constance, ont alors décidé de m'éliminer. À l'aube, un matin, ils m'ont attiré sur une nef. Un marin que l'on disait malade m'y attendait. J'y reçus un coup sur la tête. Jeté à fond de cale, pieds et poings liés, je me suis retrouvé en compagnie d'un convoi d'esclaves en partance pour Tunis. Là-bas, par précaution, je fus revendu à un Génois qui après une traversée peu glorieuse, m'a débarqué à Collioure.

— Je connais tout cela, pour avoir été esclave moi aussi. Il n'est pire déchéance !

— Ce ne fut pas une partie de plaisir, mais hors la liberté, les choses pour moi se sont assez bien passées. Entravé, jeté sur une charrette, je fus exposé près de la place du marché de Perpinya, sur l'estrade d'un marchand nommé Pierre Riparia, rue de la Gallinaria. C'est le précepteur du Temple,

Jaumes d'Olléris, qui m'acheta par l'entremise d'un procureur dénommé Pierre Floris. C'était le premier des calendes de mars 1286 et c'était, si mon souvenir est bon, pour la ridicule somme de onze livres et dix sous malgonnais*.

— Et depuis tout ce temps-là, tu es au Temple ?

— Oui ! Frère Jaume, le maître à cette époque, me reçut chez lui, dans la puissante forteresse de Trouillas, la métairie de Dieu. *Domus Mansi Dei*, comme il est écrit sur le linteau de la porte, le Mas Déu ! Ensuite, on m'a rapidement placé à Centernach où j'ai connu Pierre et Guilhaud qui œuvraient ensemble. C'est en leur compagnie et grâce à eux que j'ai appris à lire et à écrire votre langue. Ils eurent vite fait de voir en moi l'homme que j'étais vraiment. Ils m'accueillirent en frère et non en esclave. Nous sommes devenus amis.

— Tu n'as jamais pensé à fuir et à retourner chez toi en Égypte ?

— Ce fut longtemps une obsession, mais j'exerçais à nouveau la médecine, j'étais jugé sans *a priori* et à l'abri ici plus sûrement que là-bas. Libre de mes mouvements, libre même de pratiquer ma religion, il me fut seulement demandé de donner ma parole de toujours rester au service du Temple ; ce que j'ai accepté volontiers. En 1293, c'est le grand maître Jacques de Molay qui, de passage à Corbos, m'a affranchi, a retiré l'anneau de fer et a fait de moi un homme libre.

— Sire Jacques ! Ici, à Corbos ?

— Oui ! Cela t'étonne ?

— Plutôt ! J'ai du mal à le voir s'inquiéter d'une commanderie située au fin fond du royaume.

— Eh bien, sache qu'il est déjà venu plusieurs fois ici, et la dernière à l'improviste il y a quelques jours. À vrai dire, tu l'as manqué de peu. C'est la veille de l'embuscade où tu fus meurtri, qu'il nous a quittés, en route vers l'abbaye de Sant Miquel de Cuixà.

— Tudieu ! Et je n'en sus rien ? Alors qu'il me demande à Paris en sa mesnie.

— N'en sois point fâché, nul ne le savait céans. Je n'ai, sur son ordre, lâché les pigeons voyageurs pour Centernach qu'au dernier moment. De toute façon, d'après Pierre et Guilhaud, tu n'es pas encore prêt à nous quitter !

— Je comprends mieux son départ précipité ce matin-là. Je peux admettre, pour n'être qu'un subalterne, qu'il ne m'en ait pas parlé, mais je n'aime pas ça !

— Pierre aura certainement une explication et une réponse à te faire.

— Je l'espère ! Parce que j'ai failli y laisser ma vie à faire la route tout seul.

— On ne refait pas l'histoire, mon cher, on la subit et on passe à autre chose. Oublie tout cela, Guillaume ! Prends patience et dors sereinement. Moi… je suis très heureux de te voir ici.

Le lendemain, ma patience à bout, la motricité revenue et la béquille sous le bras, je résolus de quitter momentanément l'enfermerie. Le maître de Centernach m'avait si longuement vanté les mérites de cette belle maison templière que j'avais hâte de la découvrir.

La neige fondue, le plateau et ses constructions édifiées en son centre sur un léger mamelon m'apparurent pleinement. À l'abri des hautes collines qui lui servaient d'écrin, le site, sans être grandiose, avait un charme fou. C'était à l'évidence un domaine magnifique avec de nombreux bâtiments. Quelque chose me disait que j'allais me plaire ici. Alors que je cheminais prudemment, le bruit des sabots d'un cheval dans mon dos me fit tourner la tête. Un cavalier, ou plutôt une cavalière, cheveux au vent, un enfant à califourchon sur le devant d'une belle monture, déboucha sur le chemin.

Que le cheval fût beau, cela ne faisait aucun doute, c'était le mien ! À mon approche l'équipage ralentit. L'Ami me salua d'un hennissement amical et s'avança pour me toucher en s'ébrouant et en secouant la tête. Proche de moi, l'enfant me sourit et dit :

— Maman, c'est lui le blessé au grand arc. C'est lui qui m'a promis de m'apprendre à tirer.

La jeune femme, d'une grande beauté, devant mon étonnement à la voir sur mon cheval, avant que je ne dise mot, prit les devants :

— Messire Guillaume, je crois ?

Comme j'acquiesçais, elle ajouta :

— Azmet m'a parlé de vous, de votre bravoure et de votre venue chez nous. De grâce, monsieur, ne prenez point ombrage que je monte votre magnifique monture, me dit-elle, en me voyant contrarié... c'est bien votre cheval, n'est-ce pas ?

— Oui !

— Il piaffait d'impatience dans l'écurie. Aussi, j'ai demandé la permission de vous l'emprunter. Azmet, qui ne peut rien me refuser, a accepté, dit-elle avec un sourire malicieux.

— Je ne sais que répondre, madame, dis-je interloqué.

— J'espère que vous ne m'en voulez pas ! C'était trop tentant. Un palefroi ! Et il est si beau, dit-elle en flattant son encolure.

— Je suis d'un naturel jaloux quand on touche à ma monture, dis-je, c'est en effet un palefroi. Il est pour mon service et non pour les personnes du sexe. J'en suis d'autant plus étonné, madame, que l'Ami, c'est son nom, vous a acceptée sans réticence.

— Votre cheval, croyez-le, n'a pas eu à s'en plaindre. Sachez, monsieur, que je monte depuis ma tendre enfance et les chevaux, c'est un domaine que je maîtrise parfaitement.

— Je le vois bien, madame, et je vous crois !

dis-je devant de si beaux yeux et en prenant sur moi. Si cela peut vous faire plaisir, je vous préfère à quiconque sur ma selle… À vrai dire, vous voir tous trois après ce que je viens de vivre est un ravissement.

— Nous sommes fort aise, croyez-le, monsieur, de vous ravir et de vous voir tiré d'affaire, me dit-elle tout sourire.

— Marchons, madame, voulez-vous, je voudrais m'asseoir au plus tôt… mes forces me trahissent.

Nous longeâmes l'enceinte anglée par une forte tour cylindrique ceinte d'un hourd*. Le chemin en retour qui longeait une prairie débouchait au couchant sur l'entrée. Cette porterie principale, aux vantaux renforcés de volutes ferrées, était flanquée à sa gauche d'une petite tour carrée et à sa droite, faisant l'angle suivant, d'un corps de logis à la toiture plate et crénelée qui servait de forge. Dans le prolongement, une palissade de gros rondins, que renforçait une pièce d'eau, fermait une esplanade. Dans cette basse-cour, un abreuvoir doublait l'enceinte de bois, juste avant l'amorce d'une rampe dallée qui s'inclinait fortement vers les écuries et les étables situées dans le bas-fond d'une forte bâtisse. Les animaux étaient en effet parqués dans la partie basse de la grange aux dîmes*, qui fermait perpendiculairement le fond de cette cour.

Face à la forge et adossé à un grand bâtiment de trois étages, un auvent abritait un bâtiment agricole.

Faisant suite et sur deux niveaux, c'était l'hôtellerie. Elle servait aux gens de passage qui cheminaient et traversaient les cols proches. La route, avec ses forêts profondes, rendue difficile par la neige ou les intempéries, ainsi que par le risque de rencontrer des meutes de loups qui patrouillaient en maîtres l'hiver, ne voyait que peu de marcheurs ou de chevaucheurs pendant cette saison. Aussi, la porte de l'auberge s'ouvrit en grand, ce matin-là, sur une salle vide. Voyant mon état, on m'y accueillit avec empressement. Comme je m'asseyais sur un banc proche de l'ouverture, la mère et l'enfant mirent pied à terre. Un jeune bossu qui traînait là se vit confier la mission de ramener mon cheval à l'écurie. Restée sous le porche, la troublante et ravissante cavalière se tourna vers moi.

— Je sais qui vous êtes, messire de Champeaubois, je sais aussi le remords qui vous anime d'avoir occis cet imbécile de Miquel et blessé le Rouzeau. Ni l'un ni l'autre ne vous doivent remords. Le mort ne valait même pas le prix de la corde qui aurait servi à le pendre. Personne ne vous en voudra, croyez-le bien ! Au contraire, nombreuses sont les filles et les femmes qui vous bénissent, heureuses d'être débarrassées de ce violeur patenté. Tous dans la vallée se réjouissent de son trépas et personne ne le pleurera, pas même sa pauvre mère qu'il battait. Aussi, quittez, je vous prie, cet air navré, il noircit inutilement votre âme !

— Ce n'est pas la première fois, dis-je, que je tue un homme en combat, mais contrairement à ici, j'avais face à moi des soldats, des braves, et nous étions en guerre. Ils combattaient en guerriers, comme moi ! À Roquabert par contre, sur ce pont, c'était un chrétien... Il y avait de la peur dans ses yeux et il était sans grande expérience. D'autres avant vous m'ont dit la même chose à son sujet, mais c'est un remords qui m'appartient en propre, et pour ne point vous connaître, je suis étonné que vous sachiez tout sur mes états d'âme. Les commanderies ont en général des murs épais et le culte du secret y est notoire.

Si j'avais voulu la blesser, je n'aurais pas mieux fait. Elle accusa le coup. La tête fièrement relevée, inspirée, elle ajouta :

— Je croyais que vous saviez, c'est ridicule, j'aurais dû y penser ! Acceptez mes excuses. Je ne voulais pas vous vexer. Si je sais pour vos remords, c'est que je vous ai veillé deux nuits de suite et la fièvre forte vous faisait délirer... N'y voyez rien d'inconvenant, dit-elle un moment après en me voyant rougir jusqu'aux oreilles, je seconde Azmet depuis plusieurs années. Vous, vous n'êtes pas le premier homme que je veille et que je vois... sans habits. Rien, croyez-le, de ce que j'ai vu, entendu ou cru entendre, ne sera divulgué.

— Stupéfiant ! Incroyable ! Je dois encore rêver, dis-je abasourdi. Mais qui donc êtes-vous exactement, dans votre habit d'homme et bottée de cuir... La fée Morgane ou la Mélusine ?

— Hélas, ni l'une ni l'autre ! Je me nomme Sébélie de Corbos. Je suis de l'illustre famille des Carbonibus. Fille de Bérenger de Corbos qui est couché dans la chapelle... là-bas sous une dalle, et veuve du sire de Sorhnia, qui m'a quitté il y a huit hivers déjà en me donnant un fils, à qui on refuse le nom de son père et l'héritage qui s'y rattache. Par moments, je voudrais bien être une fée, cela simplifierait les choses.

Interloqué et confus, ne sachant quoi dire devant cette femme qui tenait son fils serré contre elle, devant ce visage qui dégageait une telle douceur, une beauté et une tendresse déroutantes, devant cette gracieuse silhouette, dans un pays où les corps se marquaient par les cicatrices, les rides et la maladie, à la fin, les yeux baissés, je lui présentai à mon tour des excuses.

— Dame de Corbos, je m'apitoie sur mon sort en parfait égoïste, malade de ma blessure et jaloux de mon cheval, alors que vous m'avez veillé et que je devrais vous en être redevable. Je vous demande de me pardonner, car je vous ai blessée... Je ne sais trop quoi dire, ni comment vous remercier pour votre dévouement.

— Vous n'avez pas à le faire, messire Guillaume, j'aurais dû attendre de vous connaître pour vous demander la permission de monter votre cheval.

Pour le reste, je tâche de me rendre utile auprès des frères, à l'enfermerie, c'est tout !

— Puisque l'Ami vous accepte, madame, montez-le chaque fois que vous le désirerez. Quant à ce jeune seigneur, dès que je serai en état de marcher, je tiendrai ma promesse et mon arc n'aura plus de secret pour lui.

Cordes, le 25 juillet 1348

L'œil noir, alors que je finissais de m'habiller ce matin-là, Jacquou s'en vint toquer à ma porte.

— Maître ! Je vous donne le bonjour.

— Moi de même, mon jeune ami. Que puis-je pour toi ? dis-je, en voyant sa triste mine. Les choses ne vont-elles pas à souhait ?

— Hélas non, messire… j'ai de bien mauvaises nouvelles à vous faire savoir.

— Vraiment ?

— Oui ! Quantité de petites gens, mais aussi de commerçants, d'artisans ou de négociants, affolés par le nombre de morts qui dépasse, à ce jour, largement le millier, fuient avec meubles et famille… Au lieu de fêter dignement saint Jacques l'apôtre, les voilà qu'ils font la queue à nos portes pour sortir.

— L'exode s'amplifie. Après la résignation et la folie… la terreur. C'est mauvais signe.

— La noblesse partie, c'est au tour du clergé de

déménager lui aussi hors les murs, ajouta Jacquou.

— Les derniers rats quittent le navire…

— À ceux qui le croient, il est opposé un démenti cinglant et il est affirmé : « *que la curie, comme chaque année à pareille époque, part pour la Sainte-Anne en villégiature. Une présence minimale a été décidée pour faire face sans exposer plus qu'il ne faut le clergé, la protection de ses derniers prêtres encore en vie étant une nécessité pour le futur de la communauté.* »

— La belle excuse… C'est dans l'adversité que l'on reconnaît les vraies valeurs de l'homme.

— Et dans la fuite, quand il nous tourne le dos, le bas de son fondement. La frousse au cul, qu'ils ont tous ! Sachez, mon maître, que l'on ne trouve plus ni mire ni médecin. Les uns sont morts, les autres ont déguerpi. Même au sein du guet il y a des désertions.

— Pourquoi n'empêche-t-on pas les gens de partir ? Certains en sursis porteront la mort au-delà de la ville, et au lieu de circonscrire le mal, on le sèmera à tous vents.

— Nos consuls sont impuissants et il n'y a plus assez de soldats et de dizainiers pour faire respecter l'ordre. C'est d'ailleurs à ce sujet que je viens vous parler. Le guet recrute pour compenser ses morts et ses déserteurs. Le scribe de la maison commune m'a fait savoir en me remettant ce pli que j'avais été tiré au sort hier pendant le conseil. Je dois me présenter chez le bayle au plus tôt pour être enrôlé, dit-il en me donnant le parchemin.

— C'est en effet un document authentique, dis-je après l'avoir parcouru, il est daté et dûment signé du premier consul.

— Je ne sais que faire... Qui donc va s'occuper du fardier de bois chaque jour ? Je ne connais rien au métier des armes, moi !

— J'entends bien, mon Jacquou, mais quand on est désigné pour servir la cité, il ne faut point se soustraire. La règle du tirage au sort est la même pour tous, et elle fait loi. En ces jours de malheur, un membre de ma maison ne peut faillir à son devoir. Je te connais assez pour te savoir différent de tous ces trouillards. Tu n'es pas homme que la tâche rebute, il nous suffit, en y réfléchissant, de trouver un compromis acceptable.

— Si vous me l'ordonnez, je m'exécuterai, il n'y a pas de lâche dans ma famille. Je me plierai à l'injonction, mais pour le bois... on va faire quoi ?

— La solution serait que dans ta nouvelle fonction, tu continues à le convoyer et le reste du temps, que tu complètes la garde. Je vais dicter à Garin une missive en ce sens pour mon ami Guy de Tonnac. Je pense qu'il acceptera ma solution, sinon... plus de bois pour la ville haute.

Aussi vite écrite et aussi vite portée, la réponse ne se fit point attendre. L'accord était conclu pour un « mi-temps », sous la réserve que le temps imparti pour le transfert du bois serait soustrait de la solde du nouveau milicien. La ville n'entendait point payer deux fois la même chose.

Le lendemain, si le Jacquou inquiet n'appréciait pas trop sa tenue et surtout son chapeau de fer que l'on nommait « salade », Guillemette, au contraire, le trouvait très beau dans son uniforme neuf aux couleurs de la ville.

— Je suis nommé à la prison, nous dit-il à son retour, le matin du premier jour.

— Dedans ou dehors ? ne put s'empêcher de lancer ironiquement le scribe.

— Les deux ! Le plus souvent à maintenir une permanence et à aider le geôlier. Mais comme il n'y a pas foule, je vais compléter l'après-midi le guet au Portail peint et au Planol* jusqu'à la fermeture de la herse et du pont-levis.

— Ta journée sera longue, mon Jacques.

— Je ne m'en plains pas, ma promise, en vérité, ce qui compte le plus et ce qui me rassure, c'est de te savoir ici, à l'abri dans la maison.

— Ne touche personne, supplia Guillemette, maintiens à distance au moyen de ta pique ceux qui te parlent et ne traîne pas longtemps en ville, la mort y rôde en catimini*.

La mort en effet, spectre impitoyable, rôdait en maraude autour de nous en attendant son heure. Sûre de sa puissance et de son implacable efficacité, elle régnait en maîtresse. Les jours, les semaines et les mois passaient et inlassablement, sans que rien ne vienne l'arrêter, les hommes, les femmes, les vieillards et les enfants tombaient comme des mouches. La peau noircie, bubons gonflés sous les aisselles, les yeux injectés de sang, le visage horriblement déformé, ils agonisaient le ventre distendu et l'écume aux lèvres. Lentement, mais sûrement, la ville se vidait de ses habitants. Riches ou manants, nul n'en réchappait. Sous la chaleur gluante, la mort, à pas feutrés pour mieux surprendre, effaçait de son ombre toute beauté et toute grâce. De sa faux ardente et flamboyante, elle détachait les âmes des corps. Elle les détruisait dans d'atroces souffrances et laissait les survivants dans la terreur et le désespoir.

Courbous, mars 1307

Depuis Le Caire, et plus tard à Chypre où j'avais eu quelques succès féminins trop souvent éphémères, c'était la première fois qu'une femme me faisait une telle impression. Avec un corps bien fait et un visage éclairé par un magnifique regard, Sébélie était une belle femme. Ce qui attirait, au-delà de sa prestance, c'étaient ses yeux verts aux cils très longs, sa bouche bien dessinée et son épaisse chevelure que contrairement à la décence elle ne cachait pas. C'était aussi cet air de sauvageonne, de femme libre au tempérament affirmé. Derrière une farouche détermination, elle cachait, habillée en homme, son évidente féminité. L'enfant lui-même, qui m'avait librement choisi, me rapprochait d'elle par son étrange histoire. Presque au même âge, il reproduisait à l'identique mon enfance difficile. Cette coïncidence troublante qui venait après ma blessure m'interpella fortement et me laissa songeur.

Père Guilhaud de Llupia et trois hommes – deux sergents et un moine chevalier – passèrent une porte ogivale accolée au pied d'un donjon délabré qui faisait suite à l'hôtellerie. Sourire aux lèvres, ils s'empressèrent à mes côtés. Leurs franches accolades n'eurent qu'un tort, de faire fuir la mère et son fils.

— Guillaume ! dit le précepteur, quelle heureuse surprise de te voir céans, ta présence dans l'enceinte fait plaisir, viens donc chez nous dans l'enclos, je te présenterai à nos frères que voici !

Tandis que nous repassions la porte, je ne pus m'empêcher de regarder s'en aller Sébélie. Lorsqu'à son tour elle se retourna, nos regards se croisèrent et un sourire qui en disait long se dessina simultanément sur nos deux visages.

Si le plan de la commanderie était habituel dans sa conception, il était étrange d'y voir autant de membres de l'Ordre. Là où d'ordinaire un ou deux sergents auraient suffi, on en rencontrait au moins le double. De plus, avec un grand nombre de bâtiments, elle avait tout d'une petite forteresse. Derrière le vieux donjon en ruine, l'herboristerie, la salle basse massive du chapitre, la maison seigneuriale du précepteur et une chapelle formaient, accolés, l'enclos strictement réservé aux moines. Le corps de logis des frères, où se trouvaient le réfectoire, la boulange et la cuisine, faisait la séparation centrale entre l'enclos et la basse-cour en s'adossant à l'hôtellerie. Par le truchement d'un escalier situé vers le milieu du logis, dans une tour ronde en débord, qui pour être la plus haute de la commanderie servait de tour de guet, on accédait à l'étage où se trouvaient le dortoir, la bibliothèque et le *scriptorium*.

Entre l'enclos et le jardin, ceinturé lui aussi d'une palissade, l'herboristerie était le domaine du frère sergent Thomas de Caylus, que me présenta père Guilhaud. C'était un homme âgé, mais encore alerte. Son embonpoint, sa face rubiconde aux joues rondes et son sourire mangé par une longue barbe blanche faisaient de lui un joyeux compagnon. Thomas, sans façon, se pendit à mon cou et m'embrassa sur les deux joues, visiblement ravi de me connaître.

— Grâce à toi, petit, le triste sire de Saïcha a reçu une raclée qu'il n'est pas prêt d'oublier. Tu ne pouvais pas me faire meilleur plaisir, mon ami, il était temps de déployer nos couleurs !

— Allons, Thomas, dit Guilhaud, un peu de retenue.

— Non ! Ni retenue ni miséricorde ! Je ne suis ni prêtre ni chevalier, moi ! De plus, j'ai pour habitude d'arracher les mauvaises herbes de mon jardin avant qu'elles ne l'envahissent… moi !

— Je suis de ton avis, renchérit le second sergent

à cotte noire, en me saluant à son tour.

Il devait avoir le même âge, mais son physique était à l'opposé du premier. Maigre, voûté, le visage en lame de couteau, avec des pommettes saillantes, il avait un teint livide et cireux. Avec ses yeux globuleux, ses cheveux attachés par un lacet de cuir sur l'arrière et son nez crochu, il faisait penser à un oiseau de la famille des rapaces. Ses mains fines tachées d'encre, qu'il agitait sans cesse en parlant, accentuaient l'effet saisissant du personnage.

— Frère Jean de la Capelle, susurra Guilhaud, il est notre copiste et fait office de bibliothécaire. Comme tu le vois, il est presque toujours du même avis que son compère Thomas. Ils s'imaginent tous les deux que tous les litiges se règlent par la force et que victoire et raison restent toujours au plus fort. Hélas ! Les choses changent autour de nous. Tu as dû, mon cher Guillaume, t'en apercevoir. Même au plus profond de nos vallées, même aux marches du royaume, le monde bouge, et nous… devrions tous nous adapter !

— Et au besoin courber l'échine. Si c'est ça, autant crever tout de suite !

— Arrête, Thomas, arrête. Quand je parle de s'adapter, c'est par nécessité au vu de nos forces, qui sont, tu t'en rends bien compte, plutôt faibles au regard de nos âges respectifs. S'aliéner tous les nobliaux de la région n'arrangerait pas notre situation. Notre mission est trop importante pour être mise en danger par un orgueil trop chatouilleux.

Prenant à son tour la parole, l'homme en blanc, le chevalier Jourdain de Nougayrol, qui avait écouté en silence ses camarades, ajouta :

— Dieu décide pour nous, mon frère. Guillaume, qui fait parler de nous plus souvent que d'habitude, n'a fait que se défendre. Son implication dans nos affaires, qu'il a payée au prix fort, ne changera ni n'aggravera nos problèmes dans la vallée ; que l'on doive s'en réjouir ou pas !

Tourné vers moi et me tendant la main, avec un large sourire, il ajouta :

— Néanmoins, je te félicite pour ton combat et surtout, je suis très heureux de te voir parmi nous.

Affable et sérieux, le templier à peine plus âgé que moi était bien fait de sa personne. La barbe et le cheveu coupés courts, la mine réservée et presque austère, le port altier, il était le seul à arborer une dague à la ceinture et à porter le bliaud à la croix rouge de l'Ordre. La tête inclinée, tendant le bras, il m'invita à passer devant lui et à entrer dans le réfectoire.

La salle à la voûte de pierre était vaste. Outre les torchères, les murs chaulés montraient des ornementations ou alternaient des blasons peints qui représentaient les armes de tous les grands maîtres de l'Ordre et des fresques où s'alignaient des scènes de guerres et des chevaliers partant au combat. Le sol dallé était recouvert d'une jonchée et deux nobles ouvertures vitrées de papier huilé laissaient pénétrer une pâle lumière.

Le maître de maison, prévenant, m'installa sur un banc proche de la cheminée.

— Frère Jourdain est notre intendant, dit-il en s'asseyant à son tour, il est en charge de tout le personnel qui œuvre sur le plateau et sera, à mon départ, le maître de la commanderie. Je gage, pour avoir le même âge, qu'une fois rétabli, tu verras en lui un excellent compagnon.

— Ce sera plaisir, père Guilhaud, de servir sous vos ordres et ceux des frères dirigeant la commanderie. Permettez-moi de vous remercier pour les soins et les prières que l'on m'a prodigués. C'est grâce à Dieu et à vous tous que je m'en suis sorti.

Jean s'approcha du feu pour se réchauffer les mains et au nom de tous me remercia.

— L'honneur est pour nous, mon cher. Tu as eu l'amabilité de convoyer à bon port et au péril de ta vie des objets inestimables et rares. Des ouvrages que j'attendais depuis longtemps et que je désespérais de voir un jour.

— Et mon sel, ajouta Thomas, et l'aiguille magique dans sa belle boîte. Tout cela a failli finir dans la poche du Rouzeau. Sans parler de nos malles et de son magnifique palefroi. Et vous voudriez que je reste calme !

— Au lieu de t'apitoyer sans cesse, répliqua Jean,

va donc voir ce que la cuisinière a préparé pour notre repas. Après avoir, toute la matinée, raclé des parchemins de médiocre qualité, j'ai grand faim.

— Inutile de te déplacer, cria une voix, j'en arrive !

Le nouvel arrivant qui passait l'huis portait cotte noire, lui aussi. C'était un beau gaillard aux cheveux grisonnants qui ajouta, en tapant sur l'épaule du jardinier :

— Ce sera un ragoût, avec seulement quelques soupçons d'agneau, carême oblige, agrémenté de poireaux et de navets.

La cinquantaine bien sonnée, c'était le cinquième et dernier personnage à porter la croix de l'Ordre. Pierre de la Fage se présenta en se définissant lui-même comme « l'homme à tout faire de la commanderie ».

— Contrairement à Jourdain, notre intendant, qui ne parle qu'à bon escient, j'ai pour ma part la langue bien pendue. Elle me démange en permanence, et il m'arrive très souvent, faute d'auditoire, de me parler à moi-même. Je suis maître forgeron, mais ma spécialité, ce sont les armes. Taillandier de père en fils… rien ne résiste à ça ! dit-il en me montrant ses mains épaisses et calleuses.

— Voilà Guillaume ! Voilà, me dit Guilhaud, tu connais maintenant tout le monde ici. Hormis bien sûr nos servants qui sont nombreux : Azmet, qui est notre architecte et notre mire, Jorda, que tu as déjà vu, à l'enfermerie ; Phalip, qui œuvre à l'écurie et son épouse Bertrande, notre cuisinière, à l'hôtellerie. Et puis tous les autres, qui vont et viennent. Ils sont nos journaliers ou nos saisonniers, ils vivent à l'Écart*, dans le petit hameau à l'extérieur de l'enceinte.

— Ainsi, dis-je, je suis parmi vous le seul soldat ?

— Oui, Jourdain avait son écuyer, mais celui-ci est trépassé dans d'étranges conditions l'an passé et notre chevalier n'a cure d'en avoir d'autres.

— Guilhaud, je n'ai que faire d'un serviteur, il y en a pléthore ici. De plus, il semble que je ne porte point chance à mes écuyers, le premier est mort dans une embuscade en Catalogne et le dernier, qui n'avait rien d'un bon samaritain, dans les conditions que vous savez.

— C'est ton droit et je le respecte ! lui dit-il.

Puis, se tournant vers moi, il ajouta :

— Nos servants attitrés, auxquels viennent s'ajouter quelques autres personnes suivant le moment et les besoins des hommes et leurs proches, sont d'anciens serfs que nous employons en dehors des droits de dîmes. Ils œuvrent comme journaliers sur nos terres, et aussi pour les mines. Libres, ils se louent au plus offrant.

— Et le plus offrant, c'est nous ! ajouta orgueilleusement Thomas.

— Depuis l'abolition par le roi du servage dans certaines sénéchaussées, reprit Guilhaud, la coutume veut qu'en Languedoc, un serf puisse racheter financièrement son lien à son seigneur et gagne ainsi sa liberté totale ou partielle. Ce n'est pas un usage encore bien répandu, mais suite à une forte famine, nombre de propriétaires dans la vallée ont accepté les numéraires que nous avons avancés aux serfs qui voulaient travailler pour nous. Bien entendu, ce qu'il perd d'un côté, l'ancien maître, avec l'économie de ne point nourrir trop de monde, le regagne sous d'autres formes. Cependant, en homme libre ne dépendant plus que d'un seul seigneur, les anciens serfs s'estiment au-dessus de leur condition d'origine ; c'est un progrès indéniable.

— Progrès qui n'est pas du goût de tout le monde dans la vallée, ajouta Pierre de la Fage : le Rouzeau de Saïcha et le jeune sire de Sorhnia, coincés qu'ils sont entre nous et l'abbaye de Sant Miquel, n'apprécient pas de perdre la main.

— Tout cela accentue fortement leur perte d'influence, surenchérit Jean. Depuis les travaux du fort du roi que le sénéchal fait construire en complément de la *clausurae*, il ne leur reste que les yeux pour pleurer.

Répartie qui eut le don de les faire tous rire.

— Cessez de vous réjouir bêtement, ils ont la maigre part, et c'est pour cela que je ne veux pas que nous les voyions comme nos ennemis. Les tensions et les haines s'accumulent, elles pourraient dégénérer. Personne n'y gagnerait et je ne veux en aucun cas attirer l'attention sur nous.

— Nous savons cela, tu nous le cornes chaque jour, mon cher chapelain.

— En fait, dit Pierre, le seul avec qui nous nous entendions est mort il y a huit ans déjà, en laissant un fils contesté et une veuve rejetée par sa belle-famille.

Intrigué, je demandai :

— C'est de Sébélie et d'Amaury, dont vous parlez ?

— C'est en effet, mon cher Guillaume, de la dame de Corbos et de son fils dont nous parlons et que tu connais pour les avoir vus tantôt. Elle est la sœur d'un des nôtres, m'expliqua Guilhaud, Raymond, valeureux parmi les valeureux, qui est au Temple depuis huit ans et à Paris depuis cinq ans. Quand sa sœur s'est mariée, le jour des épousailles, il nous a donné tous ses biens et a pris l'habit. Quelque temps plus tard, quand Sébélie s'est retrouvée grosse de son fils, son époux qui l'aimait plus que de raison – et on le comprend –, apprenant la future naissance, a invité ses amis à faire la fête. Le lendemain, pendant une chasse au sanglier où tous étaient conviés, il chuta de cheval. Ce n'est qu'à la nuit tombée qu'il fût retrouvé par son frère et par le Rouzeau. Le crâne fracassé, il gisait dans une combe avec un énorme hématome sur le front.

— Il s'est cogné à une branche basse que l'on retrouva maculée de son sang, ajouta Thomas.

— Ses biens, continua Guilhaud, un antique castel qu'il s'évertuait à rénover et des terres le long de la rivière, devaient revenir à son fils à naître et en petite partie à son jeune frère. Mais celui-ci, sur les conseils de sa mère, contesta la naissance de l'enfant, et la marâtre émit des doutes quant à la paternité. C'est après le départ de Raymond sur Paris que les choses se sont envenimées.

— En effet, répliqua Thomas, pour ne point partager l'héritage déjà maigre, le damoiseau, poussé par sa mère, proposa, bien qu'il doutât de voir en lui son neveu, à la jeune veuve de la marier et de reconnaître l'enfant comme son fils. Sébélie, qui détestait son beau-frère, abasourdie de pareille manœuvre, refusa le compromis. Sa belle-mère, car c'était elle qui tirait les ficelles, fit alors certifier par une ventrière* soudoyée – ou pour le moins apeurée – que l'enfant était né à terme bien avant la date prévue. Le Rouzeau attesta quant à lui que le sire de Sorhnia n'avait pu concevoir l'enfant, puisqu'avec lui en Catalogne à cette époque. Bref, devant pareille cabale, acculée par les vexations continuelles qu'on lui imposait, échappant de justesse une nuit de beuverie à un viol, elle finit par partir avec son bébé du castel où l'on ne cessait de l'insulter et de la rudoyer en la traitant moins bien qu'une souillon.

— Partie ? Tu veux dire jetée, expulsée ! ajouta Pierre, elle a tout juste pris un balluchon et quelques hardes. Ils lui ont même interdit de récupérer sa jument et son trousseau.

— Personne ne l'a aidée… dis-je, sa famille a laissé faire ?

— Les parents de Sébélie sont morts depuis des années. Le manoir, celui des Carbonibus, est devenu l'apanage du frère aîné, personnage hautain qui ne vit plus en Fénolhèdes depuis longtemps. L'Ordre lui a racheté ses terres et entretient l'antique bâtiment qui lui appartient encore, et où réside son vieil oncle impotent. Nous avons décidé, par égard pour Raymond notre frère et par charité élémentaire, de permettre à la veuve de revenir vivre chez elle.

— Son aîné, comme chef de la famille, aurait dû la prendre chez lui, ou bien faire un procès !

— Tu ne connais pas la dame de Corbos ! C'est une farouche, une tête de mule. Elle a refusé toute ingérence dans ses affaires, surtout de la part de son mentor. Elle vient régulièrement à l'hôtellerie ou à l'enfermerie pour compenser l'aide que nous lui portons. Elle espère seulement que Raymond va bientôt revenir. Elle veut décider avec lui de son destin et celui de son fils. Elle ne jure que par lui et suivra uniquement son conseil.

— Est-il au courant, va-t-il venir ?

— Il est parfaitement au courant, pour avoir reçu mes missives qui ont transité par nos courriers annuels. Il a même répondu qu'il viendrait régler le problème en temps voulu ! Il y a quelques jours, Sébélie était triste de ne point voir son frère parmi l'entourage du grand maître. Il semblerait que le roi l'accapare et qu'il soit trop occupé pour revenir au pays.

— Si je pense bien, cela s'ajoute à vos problèmes.

— Sans vraiment s'y ajouter, cela ne les simplifie pas.

— Ha ! Voilà le repas que l'on nous mène, coupa frère Jean en voyant entrer Phalip, les bras chargés d'une toupine d'où s'échappait une fort bonne odeur.

— Guillaume, prends donc place en bout de table, veux-tu ? Tu es notre invité céans. Dorénavant tu mangeras en notre compagnie, comme le fait Azmet qui est absent ce jour. Bien qu'il ne soit pas chrétien, il vit avec nous en frère. Il est au Temple depuis longtemps et ses compétences et son intelligence font de lui un homme de grande science. Comme maître d'œuvre, il termine pour l'instant la toiture de Saint-Laurent d'Arsa qui se trouve au couchant, sur les hauteurs.

Pierre et Jean qui dressaient la table ajoutèrent :

— C'est lui, qui avec les pierres du vieux donjon, a construit la forge, la poterne de l'entrée et l'hôtellerie. Il a eu l'ingénieuse idée de rajouter une palissade provisoire en bois et a créé ainsi la basse-cour qui nous permet de recevoir les étrangers de passage et de nous protéger des rôdeurs et des leus*.

— Avec le reste du donjon, sur le point de s'écrouler, il veut remplacer les pieux de bois de la palissade par un mur crénelé et créer, avec la résurgence de la colline en face, une réserve d'eau plus importante l'été.

— Ce ne sont que des projets, répliqua Guilhaud, ils enfièvrent vite les esprits, mais avec ce diable d'homme qui a notre aval et celui des maîtres, nos rêves se réalisent pas à pas.

L'escalier en colimaçon de la tour de guet permettait d'accéder au logis des frères et au *scriptorium*. Celui-ci, avec sa bibliothèque, était la plus grande et la plus belle pièce de la commanderie. Elle s'élevait grâce au rampant de la charpente sur deux niveaux. Le premier, auquel on accédait directement, était réservé aux livres, le second, où se trouvait le *scriptorium* proprement dit, recoupait la pièce dans sa hauteur.

Jean de la Capelle, les yeux pétillants de bonheur, m'invita à entrer dans son monde. La pièce était remplie de merveilles. Sur des rayonnages en bois qui couraient sur tous les murs, c'était une accumulation de livres aux couvertures reliées de cuir. Leur variété et leur ancienneté laissaient sans voix. Sur des tables au centre de la pièce s'entassait une quantité prodigieuse de cartes et de portulans* magnifiquement enluminés. Partout où mes yeux éblouis se posaient, ce n'était que surprise. Capbreus*, recueils de lois, paniers d'osier regorgeant de parchemins roulés, livres de médecine, planches d'herbiers et feuillets multiples s'entassaient pêle-mêle sur des étagères ou s'alignaient dans des râteliers. Certains étaient écrits en latin, d'autres en vulgaire, quelques-uns en arabe, mais tous confectionnés avec soin. Jean, ravi de voir mon étonnement, m'invita à me faufiler entre les tables et à monter à l'étage.

— C'est incroyable ! Jamais de ma vie, je n'ai vu pareil amoncellement de livres et de documents aussi précieux. N'est-ce point imprudent ? Tout pourrait brûler !

— Rien n'est fait pour durer longtemps sur cette terre, me dit-il, mais rassure-toi ! Tout ce que tu vois là n'est que copies et reproductions, les originaux sont en lieu sûr. À part Guilhaud, Azmet et moi, nul n'entre seul ici, surtout la nuit. Le feu est banni de cette pièce. Je travaille sans chauffage et seulement à la lumière du jour.

Si la bibliothèque était un vrai foutoir, un immense capharnaüm, le *scriptorium* à l'étage, à l'opposé, était très bien rangé. Comme je m'en étonnais, l'homme m'expliqua avec grandiloquence que l'ordre et la propreté étaient des vertus incontournables pour rénover ou recopier dans de bonnes conditions les ouvrages inestimables et rares.

— Même très beaux, me dit-il, les livres à sauver, pour n'être point toujours conformes aux canons de notre religion, ni aux dogmes de l'Église, demandent, à les lire, beaucoup de réflexion. Excellence et rigueur sont nécessairement les maîtres mots d'un bon copiste. Satan lui-même se délecte et s'invite plus souvent qu'on ne le croit dans cette pièce. Dissimulé dans quelques pages, il espère sournoisement gagner les esprits et, montrant sa face grimaçante au travers d'écrits que l'on croit innocents, s'acharne à envahir les connaissances humaines et à attirer à lui des âmes dolentes. Ma tâche est d'une importance capitale. C'est pourquoi, inlassable et appliqué, j'use mes forces et mes yeux avec une foi inébranlable.

Sur la table de travail, un vieux registre était ouvert. Il montrait des pages couvertes d'armoiries diverses et colorées. Plus loin sur un lutrin, un livre magnifiquement calligraphié laissait voir une enluminure qui m'attira par sa beauté. Ses encres, ses couleurs chatoyantes rehaussées à la feuille d'or, firent mon admiration et me laissèrent ébahi devant pareille merveille.

— Il est beau, n'est-ce pas ! me dit-il avec fierté.

— C'est incroyable ! C'est un livre de roi, il doit valoir une fortune.

En tapotant mon épaule, il me confia :

— C'est en effet un livre très rare, *L'Hortus Deliciarum*, il n'en existe pratiquement plus. Il ne nous en est que plus cher, à nous autres, Templiers, parce qu'un des nôtres, au péril de sa vie, nous l'a ramené dans ses malles.

— Moi ?

— Oui ! Tu imagines cette merveille dans les mains du Rouzeau ? Ça me fait froid dans le dos, rien que d'y penser.

— À vous entendre tous, j'ai de moins en moins de scrupules à l'avoir vaincu !

— Oublie tes scrupules et vois…

Sur une table proche, le bibliothécaire me montra une pile de recueils aux épaisses couvertures de bois gravé.

— Ce sont, eux aussi, des ouvrages rares. Il y a là l'*Al-Razi*, l'*Al-Hawi*, l'*Al-Kami* et enfin le *Canon*, qui traitent de médecine, mais à mon goût, celui écrit par Avicenne*, qui date du siècle dernier, est ce qui se fait de mieux en la matière, une compilation des connaissances actuelles. Aux dires d'Azmet, c'est un pur chef-d'œuvre !

— Si Azmet le dit, c'est que c'est vrai ! dis-je moqueur.

— Ne ris pas, Guillaume ! De nous tous, c'est Azmet qui est l'homme le plus important de la commanderie. Plus important que toi ou que moi. Plus important que nous tous ici. Crois-moi, si un jour il fut acheté et devint notre esclave, aujourd'hui il est traité d'égal à égal avec le grand maître. Je l'ai vu de mes yeux vu, et peux en témoigner… Il est le « gardien » ! Thomas dit même qu'il a droit de vie ou de mort dans certaines circonstances et qu'il détient ce pouvoir de Jacques de Molay lui-même.

Le ton véhément de sa voix et le martèlement de sa main sur la table m'invitèrent à le croire sur parole. Comme j'acquiesçais, un sourire apparut sur son visage. N'osant trop le questionner, je changeai de sujet.

— Il doit être agréable de travailler en ce lieu ? D'autres n'ont pas votre chance.

— Je n'ai pas à me plaindre, et grâce à toi, je ne peux que me réjouir. Dans la malle, il y avait aussi ceci, le *Livre des œuvres divines*. L'ultime ouvrage d'une sainte femme, qui avait pour nom Hildegarde, moniale et abbesse de Bingen-sur-le-Rhin ; il date de 1163.

Le livre qu'il ouvrit, devant mes yeux éberlués, était encore plus beau que celui du lutrin.

— Si nous avions le temps, je pourrais te parler des nombreux sermons qu'elle prononça devant le pape et un important public de hauts personnages. Ce fut comme un prophète. Elle était « *la voix vivante de Dieu* ».

Rêveur, le vieil homme était parti dans son monde, celui des histoires fabuleuses qui s'inscrivaient sur chacune des pages entassées dans cette étrange pièce.

L'enluminure d'excellente facture, qu'enthousiaste il me détailla, était complétée par « *Homo est clausurae mirabilium Dei* » : Dieu est vie et amour, et l'homme qu'il créa est la clôture des merveilles de Dieu.

Je ne pus m'empêcher de murmurer à voix basse cette phrase en latin. Elle me laissa songeur. L'être que Dieu avait créé. Sa dernière merveille, son ultime chef-d'œuvre, avait quelquefois la tête d'un saint, mais bien plus souvent à mes yeux, celle d'un diable.

Cordes, fin juillet 1348

— Tu rêvasses, Garin, tu rêvasses et tu n'arrêtes pas de bâiller !

— Non, messire, votre scribe ne rêvasse pas, il pourpense !

— Et à quoi pourpenses-tu donc si fort ?

— À la couleur de la mort, messire, à la couleur de la mort !

— Par les cinq plaies du Christ, que me chantes-tu là ?

— J'ai un dessin à colorier, et j'en cherche la couleur.

— Il n'y a point de dessin dans mon récit, de quoi parles-tu ?

— En fait, maître, il faut que je vous dise : voilà… Il y a trois soirs de ça… comme je sortais de l'estaminet *Au Cochon Dodu*, celui au fond de la rue Chaude…

— Encore la rue Chaude, mais tu y passes ta vie !

— Si peu, mon maître, si peu…

Un drôle de paroissien m'y a abordé. Voilà qu'il me demande si c'est bien moi votre scribe. Comme j'acquiesçais, il m'entraîna à le suivre.

— J'ai pour toi un travail que je paierai d'un bon prix, me dit-il.

— Je regrette, lui dis-je, mais j'appartiens exclusivement à mon maître et ne peux point vous être utile de quelque façon.

— Le travail dont je parle ne te prendra que peu de temps, un simple texte à recopier. Ton prix sera le mien et ton maître n'en saura rien, il n'y a que toi dans cette ville pour faire ça !

Me voyant hésitant et circonspect, l'homme m'invita chez lui, pour, dit-il, « me montrer l'original de la reproduction à lui faire. »

Nous gagnâmes la Grand Rue face à la Bride avant de pénétrer dans une de ces belles maisons cossues. Plancher ciré pareil à celui de votre chambre, tissus de Damas sur les murs, tapisseries et meubles de grand prix, cela sentait le bourgeois à plein nez. Une servante plutôt gironde, qui à la dérobée me fit moult sourires, nous servit un Clairet de Bordeaux. Puis, nos godets finis, impatient, il m'emmena dans une pièce proche. Allumant deux cierges d'église, il ouvrit un coffre de bois recouvert de cuir de Cordoue et en sortit avec précaution un parchemin roulé qu'il déposa sur un lutrin.

Curieux manuscrit, s'il en est ! Il était écrit en langue d'oc et pompeusement intitulé Le Sort des apôtres. *Ce do-*

cument était ancien ; à voir sa calligraphie, il datait du siècle passé. Pour avoir trop servi, il donnait des signes évidents de fatigue et se déchirait de partout.

— Précédées d'une invocation, me dit le petit homme aux yeux chassieux, autant de réponses à une question éventuelle sont inscrites sur cinquante-sept lignes. Comme on peut le voir, au niveau de chaque ligne, sur un bord renforcé de peau, il est fixé un fil de couleur différente qui déborde extérieurement. Le parchemin une fois roulé, il suffit, pour connaître son sort et donc la réponse à sa question, de choisir un des fils au hasard et de lire la ligne qui lui correspond.

Aux dires du bonhomme, ce serait la copie d'un ancien écrit en latin, qui serait lui-même la transcription plus ou moins fidèle d'une pièce du cinquième siècle qui, pense-t-on, aurait été un antique formulaire d'oracles. Formulaire que l'on venait consulter dans des temps anciens et qui ne sert plus de nos jours.

— S'il ne sert plus, compère, pourquoi le reproduire ? demandai-je alors à mon hôte.

— Il appartient à un personnage illustre qui n'habite point ici et en voudrait copie pour l'offrir et la montrer en son pays à de nobles gens qu'il tient en amitié.

— Je vois, lui dis-je, en prenant précautionneusement l'objet, le texte est bien long, il y a là de nombreuses heures de labeur et d'application.

— J'ai, me dit-il en me montrant un parchemin neuf, déjà fait transcrire l'invocation, comme tu peux le voir. Il te suffit d'ajouter les cinquante-sept réponses et je fixerai moi-même les fils. Tout le matériel te sera fourni. L'ouvrage

est urgent. Si tu acceptes, ton crédit au Cochon-Dodu sera pour moi. Tes dettes effacées et même… tu auras une bourse en sus. Mais le travail doit être fait ici, dans cette maison, en cachette de tous. Le secret absolu est demandé. La rétribution est à la hauteur de la discrétion.

— Pourquoi pareille discrétion ?

— C'est une œuvre rare et très convoitée que l'on pourrait me voler. Cela devrait suffire à te convaincre, me dit-il en posant une bourse sur le plateau de la table.

Au bruit que firent les pièces, je me suis dit que cela méritait toute mon attention. Gagner en deux nuits ce que vous vous me donnez en un mois laisse à réfléchir. Et tout compte fait, travailler à la chandelle ne rognait en rien vos prérogatives. Par les temps qui courent et aussi quelque part par curiosité, ma décision a été vite prise. Bien que tout cela ne me dise rien qui vaille, j'ai donc accepté !

— Tu as passé, ces deux dernières nuits à transcrire le formulaire ?

— En effet ! J'ai bien recopié le manuscrit. J'ai même là… dans mon escritoire, la bourse escomptée et mes dettes, comme promis… se sont envolées.

— À t'entendre, je te croyais en veine aux *sacchi* ! Tout est donc pour le mieux, tes craintes sans fondement et l'affaire faite !

— Sans doute, messire ! Pourtant… Il y a quelque chose qui cloche et je ne sais pas quoi. Mon souci ne vient pas du parchemin, il ne comporte rien de contraire aux bonnes mœurs. L'invocation fait même largement référence à la foi chrétienne. C'est une longue litanie de prières. Non ! C'est l'étrange bonhomme et le secret qu'il m'a imposé qui, sans doute, me gênent.

— Que vient donc faire la couleur de la mort, dans tout cela ?

— Après qu'il m'eut payé, au moment de sortir, l'homme m'a demandé si je savais dessiner. Dans son idée et pour quelques sous de plus, pour envelopper le manuscrit et le protéger, un quaregnon* de papier, avec une enluminure, serait du plus bel effet. L'image pourrait représenter un dragon ailé qu'un rayon lumineux jaillissant d'une croix, telle une lance affûtée, frapperait en plein front. La croix s'inscrirait dans un soleil rond et doré. Cette allégorie représenterait la victoire de la lumière sur les ténèbres, celle du Bien contre le Mal. J'ai le dessin dans la tête, mais je cherche de quelle couleur je devrais colorer le méchant dragon qui représentera la mort ?

Guillemette, qui nous avait rejoints, un carafon d'eau à la main, s'insurgea :

— Balivernes, mon cher Garin, les dragons n'ont rien à voir avec la mort. La peste, oui ! La peste, avec son corps décharné et son horrible tête de mort, porte une ample cape noire et monte un cheval de la même robe. Si la mort a une couleur, pour moi… c'est le noir !

— Il y a pourtant du vrai dans ce que dit Garin ! Sais-tu, Guillemette, que depuis toujours, une légende affirme que dans le sous-sol de la cité, au niveau le plus bas, celui de la vallée, le dragon de Mordagne vit couché au milieu de la roche ? Cet enfant de Lucifer, grâce au puits de la halle qui n'a point d'eau, ou très peu, et qui est un puits de lumière, entend toute la ville vivre au-dessus de lui. Silencieux, il sommeille dans les souterrains et attend son heure pour déployer ses ailes et nous ouvrir les portes de l'enfer. Cette allégorie, durablement contée chez nous, fait référence sans doute à notre église qui est proche du puits et qui est dédiée, pour cette bonne raison, à saint Michel.

— C'est cela, mon maître, vous avez certainement raison. Le prévôt du ciel, l'archange saint Michel qui pèsera nos âmes le jour du jugement dernier, est en effet représenté dans l'apocalypse de saint Jean, en train de terrasser le dragon.

— L'Église représente Dieu sur la terre et l'archange, son patron, veille sur le peuple élu de Dieu. Il s'apprête de sa lance à terrasser le dragon démoniaque s'il lui prenait l'envie de remonter nous voir, ajouta candidement la jeune femme.

— L'histoire est belle, répliqua ironiquement le scribe, mais tout cela ne me dit pas de quelle couleur je dois colorer mon dragon.

— Sur les frontons de nos cathédrales, les justes sont habillés de couleurs vives. Les damnés, démunis de vêtements, ne sont point colorés. Laisse donc le dragon sans couleur et colore la roche autour de lui. Sa silhouette se détachera sur un fond pourpre et l'effet en sera décuplé. Ainsi, ta question à propos de la mort ne se posera plus.

— Ça alors ! Votre idée, messire, sort de l'ordinaire, elle est excellente et lumineuse. L'opposition n'en sera que meilleure. C'est parfait ! J'ai hâte de m'y mettre.

— Sans doute, mon cher Garin. Mais dois-je te rappeler que le jour m'est entièrement consacré ? Que nous avons un long récit à transcrire et qu'il est grand temps pour nous, le nez sur ta feuille, de retourner à Corbos.

Courbous, mars 1307

Frère Jean de la Capelle était un vieil homme illuminé. Conservant, classant, recopiant, il était devenu la mémoire vivante d'une époque révolue. « Je suis, disait-il, une passerelle vers un lendemain ». Avec comme seules armes une tête bien faite, une plume et de l'encre, et dans le cœur une foi inébranlable, il œuvrait de toutes ses forces, patiemment, pour l'éternité.

Sortant de la bibliothèque, la tête pleine d'images, je croisai sur le palier du bas Phalip, qui portait sur son dos mon sac et mes armes.

— Je transfère vos affaires dans le logis des frères, me dit-il, le père m'en a donné l'ordre.

Comme je ne disais rien, il ajouta :

— Pour tout vous dire, cela arrange bien Jorda, un colporteur vient d'arriver, les pieds dans un sale état. Il va prendre votre place, j'espère que cela ne vous contrarie pas, messire ?

— Pourquoi me donnez-vous tous du « messire » ? Je ne suis qu'un soldat de la milice.

— Père Guilhaud nous a réunis à votre arrivée, et a laissé à votre sujet des recommandations. Il a parlé de votre père et de votre avenir dans l'Ordre. Alors, après votre combat, personne ne dérogera à la règle… messire !

— Comme il vous plaira. Pour ma part, cela m'ira très bien… pour le transfert, s'entend ! Ma jambe me tracasse encore et revenir à l'enfermerie me portait souci. Allons va, je te suis, la journée m'a paru longue, et je n'ai plus de force.

— Je vous précède, dit-il en ouvrant la porte palière. Six cellules sont à disposition céans, trois de part et d'autre du couloir qui se termine au fond par un restrait*. Les quatre premières sont utilisées par nos frères, la dernière cellule est vide. Azmet dort au Carbonibus, elle ne sert que pour les frères de passage.

— Azmet vit avec Amaury et la dame de Corbos ?

— Oui ! Il habite depuis toujours là-bas, en compagnie d'Othon, qui est l'oncle de Sébélie, et une vieille servante. Le vieil homme, par son grand âge, ne pouvait rester seul, alors Azmet vivait avec lui et entretenait l'édifice. Ensuite, Sébélie sans ressources est venue les rejoindre avec son fils. Azmet s'est pris d'affection pour l'enfant. Il l'éduque à ses moments perdus.

— C'est une grande chance pour eux, le mire me

semble un homme vertueux et très savant.

— Pour sûr ! C'est l'homme le plus intelligent et le meilleur que je connaisse. Avancez donc ! Venez, installez-vous sur le lit, le temps que je range vos effets.

— Moi qui m'attendais à un simple dortoir, je suis mieux reçu que ne le serait le pape.

— Je fais de mon mieux. J'ai même pris sur moi de vous dégoter une paire de bottes neuves, celles que vous portez sont bien fatiguées.

— Tout comme moi.

— Allongez-vous et dormez, messire, Jorda viendra à la nuitée avec un bouillon vous sustenter et changer votre pansement. Le repos pour vous est le meilleur des remèdes.

Le lendemain, les premières lueurs du jour éclairaient d'une lumière glauque la grande salle où chacun s'affairait. Thomas et Jean, quand je descendis au réfectoire, près de la vaste cheminée tisonnaient le feu en devisant de la pluie et du beau temps. Jourdain et Guilhaud, déjà attablés, regardaient avec délectation Pierre qui taillait allègrement de belles tranches dans un énorme jambon. Tous me saluèrent. Salut que je rendis en renouvelant mes remerciements pour la qualité de leur accueil, non sans m'étonner, et cela sans malice, en montrant, sur des tranchoirs de pain blanc le jambon que Pierre disposait, « qu'en période de carême, leur dis-je, on puisse manger si riche et si gras. »

— La règle est ici suivie comme partout dans nos maisons. Nous ne sommes ni mardi ni un des jours des apôtres. Sache néanmoins, répliqua vertement Guilhaud, que nous serons à cheval d'ici peu, car Azmet a besoin de nous à Arsa et, ne revenant qu'à la nuit, notre vaillance sera mise à rude épreuve.

— Je vous prie de m'excuser, mon père, je ne savais pas !

— Douze *Pater* te rappelleront que, quand on ne sait pas, le silence est prudence. Que chacun prenne place et mange en méditant !

Il y a des jours comme ça…

Les grâces rendues, nous sortîmes de l'enclos. Le ciel était clair. Un vent léger à la douceur étonnante balayait la basse-cour et semblait annoncer par avance la venue du printemps. Dans la place, c'était l'effervescence. Deux hommes, que l'on me présenta comme Miquel et le Bègue, aidaient Phalip à seller les chevaux. Devant l'hôtellerie, les frères templiers montèrent en selle. Les animaux piaffaient d'impatience. Excités par la sortie, ils flânaient et renâclaient sans cesse. Enfin rassemblés, les cavaliers passèrent le portail d'entrée et quittèrent la commanderie sous nos yeux.

Nostalgique, il me prit l'envie de retrouver ma monture. Tout en récitant ma punition à haute voix, je descendis la rampe pavée qui menait sous la grange aux dîmes à l'étable et à l'écurie. L'Ami, qui broutait une brassée de foin, m'accueillit avec une joie visible. Tout comme d'ailleurs Pierre de la Fage, le forgeron, qui dans une stalle proche vérifiait la bonne tenue des fers des montures restantes.

— Je te croyais parti avec les autres et bien peiné de rester seul, dis-je, oubliant ma punition.

— Non… Cela ne risquait pas, l'un d'entre nous reste toujours céans, c'est la règle.

— C'est en effet plus prudent.

— Non… La prudence, même si elle est de mise, n'a rien à voir. Malgré le Bossu, qui doit être en vigie sur la tour pour surveiller et au besoin avertir d'une arrivée suspecte, quiconque voudrait nous assaillir le ferait sans grande peine. À part toi, Jourdain et moi qui savons nous battre, et à la rigueur Azmet qui est fort et Phalip agile, les autres ne seraient que d'une aide toute relative.

— Qui, de toute façon, nous voudrait du mal et serait assez fou pour nous attaquer ? L'excommunication et la mort sont à l'évidence une protection plus efficace que de hauts murs !

— Sans doute pour n'importe quelle commanderie, mon cher Guillaume, mais Corbos est différente. Plus riche et plus convoitée que les autres, elle mérite ses palissades. N'as-tu pas vu toutes les merveilles que ses murs abritent ? Viens, suis-moi et montons, j'ai du temps à perdre et des choses à te faire voir.

Curieux d'en savoir plus sur le mystère qui semblait décidément planer sur ces lieux, je mis mes pas dans ceux du forgeron.

— Vois-tu, me dit-il, il n'y a ici que des vieillards. La petite noblesse, qui nous donnait volontiers ses cadets, nous délaisse de plus en plus. La perte de la Terre sainte a brisé notre idéal. Le Temple vieillit et nous ne faisons plus rêver. Comme les autres, je suis bien inquiet !

— Le grand chapitre cet automne devrait trouver des solutions, il faut espoir garder !

— C'est mot pour mot ce que maître Jacques nous a dit tantôt, d'ailleurs, c'est depuis longtemps la seule chose qu'il sache dire. Avec ça... on n'ira pas loin !

— Pour l'avoir côtoyé plusieurs fois à Chypre, je le crois bon chef.

— C'est un homme vieillissant, soucieux et semble-t-il contrarié de notre sire le roi et même du pape. D'après son entourage, qui m'en a parlé, ils lui tannent dur le cuir !

— C'est tout de même curieux que sire Jacques ait fait un détour pour vous visiter ?

— Il avait à faire non loin d'ici, en Catalogne ou en royaume de Majorque sans doute...

— Étrange aussi qu'il l'ait fait officieusement et en petit équipage !

— Détrompe-toi... Sa maison était au complet. Il y avait Guillaume de Bissey, son chapelain, les frères Aimon de Barbonne et Pons de Bonnoeuvre, ses chambriers, et deux frères servants, Guillaume de...Giaco et Pierre de Safed, son maître queux. Ce sont, à ce que je crois, les gens qui l'entourent tout le temps. Trois autres hommes, des soldats comme toi, formaient sa garde, un éclaireur et deux turcopoles. Ils étaient tous fortement armés et deux chevaux de rechange les suivaient.

— Rapide et discret !

— C'est ce que je me suis dit en les voyant. Mais que tu t'interroges ne m'étonne point, me dit Pierre en m'invitant en direction de la forge, d'amples capes recouvraient les manteaux.

— Donc ils voyageaient secrètement ?

— Très certainement...

Arrivé devant la porte, Pierre s'effaça pour me laisser entrer. L'odeur âcre du charbon de bois raviva mes souvenirs d'enfance. L'antre de Vulcain était semblable à celle de Vaour, tout était recouvert d'une épaisse couche de suie grasse. Même les toiles d'araignées chargées de poussière pendaient lugubrement aux poutres du plafond.

— Assieds-toi sur cette pierre qui est là, le temps que je ranime mon feu.

Actionnant d'une main la chaîne du soufflet, le forgeron tisonna la braise.

— Dès que ma jambe me le permettra, lui dis-je, je me ferai une joie de retrouver l'enclume. Tu sais, j'ai pour habitude de ferrer mon cheval et de forger les pointes de mes flèches.

— C'est plaisir de reconnaître en toi un fils de forge, me dit-il, quelque chose m'incite à croire que nous allons devenir plus que des frères… de vrais amis !

Disposé dans un angle de la pièce, un étrange monticule de barres qui s'empilaient proprement attira mon attention.

— Les massés* qui sont là, lui demandai-je, proviennent de vos mines ?

— Oui ! Ils sont à nous.

— Guilhaud m'a dit que le Rouzeau, que j'ai vilainement blessé, trafique, en faisant passer en douce par un col sur la frontière du fer qu'il vous volerait. J'en déduis, après les présentations d'hier, qu'en plus des deux mines où travaillent vos gens, vous avez aussi une forge à minerai ?

— Évidemment ! Et ce sont les massés que nous fabriquons à celle de Sorhnia, que ce filou rapine.

— Personne ne les surveille ?

— Si ! Mais le site d'une forge catalane est difficile à défendre.

— Et ce voyou profite du manque de surveillance pour vous voler !

— Bien sûr ! Aussi, pour l'en empêcher, nous venons depuis peu d'installer des bories pour abriter de futurs gardiens.

— Je vois, dis-je, en pensant à ma future et probable tâche.

Pierre ajouta, pour être complet :

— Le nom de Sorhnia tirerait son origine d'une peuplade antique, les Sordons. Ils travaillaient le fer jadis dans nos montagnes. Une légende affirme que sur le chemin de Rome, Hannibal aurait fait forger ici même les armes de ses soldats. Les gisements étaient nombreux dans la région, hélas les meilleurs sont épuisés. Azmet furète en ce moment vers Arsa, sur un coteau que les anciens nomment la Ferrère. Il espère trouver un gisement plus proche de chez nous.

— Et ces lingots brillants qui occupent l'autre coin ?

— C'est ce qui est le meilleur, le plus riche. Ils me servent pour des tâches nobles.

Pierre, au nom prédestiné de La Fage, qui veut dire « la forge », m'invita à le suivre du côté du vieux donjon.

— Ce que je vais te montrer, me dit-il l'œil pétillant, est une pièce unique, un chef-d'œuvre. Mon chef-d'œuvre !

Il ouvrit avec une grosse clé prise à sa ceinture la porte basse de la tour où il me fit entrer, et avec son briquet d'amadou qui ne le quittait jamais, il alluma une lanterne de corne.

— Cette salle basse, c'est notre armurerie, c'est ici que l'on remise les malles vides. Deux fois par an nous les renvoyons remplies d'armes que je fabrique.

— C'est toi qui fais tout ça ? demandai-je, en soupesant une hache et en découvrant toutes sortes d'armes disposées dans des coffres.

— Oui ! Avec l'aide du Bègue pour attendrir les massés… Regarde-moi ça ! me dit-il, ému, en ouvrant un étui.

L'arme qu'il sortit de sa protection de tissu reposait dans un fourreau de cuir damassé.

— Elle est mienne ! Enfin… elle est au Temple, puisque j'ai fait vœu de pauvreté. Prends-la, dit-il après l'avoir extraite.

L'objet qu'il me tendit était extraordinaire.

— Cette épée est exceptionnelle, légère et bien en main, d'un équilibre parfait, c'est une lame fantastique… C'est incroyable !

— C'est ce que j'ai fait de mieux, m'avoua-t-il, avec dans la voix une fierté non dissimulée.

Émerveillé à voir son visage transfiguré, il me vint à l'esprit que tout comme le bibliothécaire avant lui, notre forgeron ne vivait que pour son métier. Totalement dévoué à la métallurgie et à sa transmutation mystérieuse : si parfois la forge lui brûlait la peau, à n'en pas douter, un métal en fusion au plus profond de son corps coulait bien dans ses veines.

Des armes, j'en avais manié, mais celle-là, c'était un bijou. Le fourreau à lui seul, avec sa bouterolle et sa chape en argent, donnait le ton. L'arme était sobre et envoûtante, elle avait à la lumière de la lanterne des reflets chatoyants. Son pommeau gainé de cuir noir se terminait comme la plupart des épées de l'Ordre par un cabochon cylindrique. Les quillons de la garde, sculptés d'une tête de loup, s'incurvaient légèrement. La lame, que l'on nomme fusée, était polie comme un miroir. Fort, gouttière, tranchant et faible étaient des modèles de l'art.

— C'est la plus belle chose que j'ai vue de ma vie !

Pierre de la Fage, les yeux luisants, admirait sa création avec émotion.

— Ce fut un défi, me dit-il, une longue épreuve. J'ai recommencé des dizaines de fois pour atteindre la perfection. Avec l'inspiration, les techniques héritées de mon père et le travail d'un fer exceptionnel, j'y suis arrivé. J'ai mis ma force, ma sueur, mes larmes et même mon sang dans cette lame… Elle est plus qu'une épée… elle est mon éternité !

— Même sans pierreries, elle est digne d'un roi ou d'un grand maître.

— J'ai failli la lui donner ! m'avoua-t-il. Et puis, à le voir imbu de sa personne, j'ai vite changé d'avis. De toute façon, il en porte une très belle.

— Pour sûr! Il porte une épée où est gravée la devise de l'Ordre, celle du sire de Beaujeu.

— Comment sais-tu cela ?

— Je le sais parce que j'étais là quand on a inhumé son propriétaire… C'était une arme forgée en Orient, à Saint-Jean-d'Acre, je crois…

Un sourire naquit sur ses lèvres.

— C'est là-bas que je suis né ! C'est à Saint-Jean-d'Acre que mon père a forgé l'arme dont tu parles. C'était un grand taillandier, dit-il l'œil humide, mort sur les remparts de la ville.

— Moi aussi, j'ai failli mourir sous la Voûte. Enterré vivant dans les murs effondrés de la tour du Grand Maître. Le plus sale moment de ma vie !

Nos regards se croisèrent et Pierre de la Fage, après avoir reposé l'arme dans son étui, se tourna vers moi. Inattendu de la part de cet homme rude, tendrement, il me prit dans ses bras et me serra très fort contre lui. Avec des trémolos dans la gorge, il ajouta :

— J'aurais tant voulu avoir un fils dans ton genre !

Cordes, août 1348

— C'est en effet, messire, un bel objet, une arme de toute beauté. Elle trône sous vos armoiries et attire invariablement le regard. C'est bien elle, n'est-ce pas ?

— C'est bien elle ! Elle ne m'a pas quitté depuis plus de quarante ans. Mon fils, à qui je l'ai voulu offrir, l'a refusée. Il ne la veut prendre qu'après mon trépas…

— Voilà un fils bien élevé. C'eût été sacrilège, pour sûr, de vous la retirer.

— C'est le seul souvenir qu'il me reste de cette époque et avec mon fils et une bague, les seules choses qui me rattachent au passé. Je l'ai placée là pour que chaque jour que Dieu fait, les souvenirs de cette année à la fois funeste et très belle ne quittent mon esprit. Pour que jamais, je n'oublie mes frères de Corbos et les moments particuliers que j'ai passés à leurs côtés. Pour que perdurent la noblesse de leur engagement et l'immense valeur de toutes les connaissances qu'ils avaient accumulées. Sur ce plateau retiré, il y avait l'élite de l'élite. Des hommes savants, choisis pour leur immense expérience. Des hommes non seulement au service des autres, mais aussi au service de l'humanité tout entière. Des hommes dévoués à ce siècle, mais surtout destinés à laisser, par les vertus de leurs connaissances, une trace de notre savoir pour les temps à venir. Les quelques mois que j'ai vécu dans les hautes collines du Fénolhèdes furent les plus beaux jours de ma vie… C'était avant que l'orage ne gronde et que la tempête ne se lève, c'était avant que le malheur ne s'abatte sur l'Ordre… et que tout ne vole en éclat.

— La vie est ainsi faite, mon maître, le bon et le moins bon se succèdent sans fin.

— Écris donc, Garin de Carcassonne, écris avant que je n'oublie le fil de mon histoire, écris, combien après un rude hiver, la douceur du printemps, cette année-là, vint me redonner du courage et une féroce envie de vivre.

Courbous, d'avril à juin 1307

Quelques jours après, délaissant ma béquille, je n'eus de cesse d'affermir ma cuisse et c'est en claudiquant que je participais aux travaux journaliers. Le mauvais temps revint quelques jours après Pâques, mais dans l'ensemble les activités n'en pâtirent plus. Par les routes enfin dégagées, la commanderie reçut un plus grand nombre de visiteurs. La vie reprenait un cours normal et peu à peu, ma jambe retrouva toute sa motricité.

L'opportunité d'une sortie à cheval se présenta enfin un beau matin. Jourdain de Nougayrol, notre intendant, m'invitait à la chasse. Pas n'importe quelle chasse. Je parle de celle rare, qui ne se refuse pas... la chasse de haut vol, liée à la fauconnerie.

Hormis le droit du sang, la marche à pied étant uniquement réservée aux manants, c'est, comme chacun sait, par le truchement des armes, du destrier et de la chasse que se conçoit la noblesse. Ainsi, pour rien au monde je n'aurais refusé l'invitation du chevalier.

Après Jean le copiste et Pierre le forgeron, Jourdain à son tour m'emmenait dans son univers, un monde nouveau pour moi.

— Avec tout le respect que je te porte, lui dis-je en chevauchant à ses côtés, j'ai ouï dire, mon frère, que notre ordre interdisait la volerie et la chasse…

— Et tu t'étonnes de me voir transgresser nos sacro-saintes règles ?

— En effet, s'il y a quelqu'un ici qui les respecte à la lettre, je crois bien que c'est toi !

— Sache alors que sur les causses du Quercy, ma famille depuis toujours élève des rapaces et, qu'à la condition de rester discret, j'ai la permission exceptionnelle de nos maîtres de faire voler mon oiseau.

C'est ainsi que je passai en compagnie du dénommé Gaspar et de Jourdain une journée à la fois instructive et délicieuse à grimper les collines et à scruter le ciel. Depuis l'épervier pour le bas vol, jusqu'aux gerfauts, faucons pèlerins ou faucons sacres, qui en haut vol attaquent, en buffetant* ou en liant leur victime, rien de sa passion ne me fut épargné. J'eus même la satisfaction d'affriander l'animal en lui donnant la beccade et en faisant tournoyer le leurre. Rassuré sur l'état de ma cuisse, je sortis grandi et ravi de ma première expédition équestre.

La découverte du plateau et de ses habitants m'enchantait de plus en plus. Ce lieu m'acceptait, je commençais à m'y faire et de plus en plus à l'aimer. La tête tournée plus souvent que d'habitude vers le Carbonibus, j'eus l'occasion plusieurs fois de revoir Sébélie.

Au cours d'une promenade que nous fîmes, elle me parla d'elle, de son frère Raymond et de la tendresse qu'elle lui portait.

— Je n'ai, messire Guillaume, avec mon vieil oncle Othon et Raymond, que mon fils comme famille. À la mort de mes parents, notre frère Louis a vendu ses terres et a laissé à notre vieil oncle les murs de son castel en location. Il est le seigneur d'un fief hérité du côté de sa femme. Il est parti d'ici quand nous étions enfants, en nous prenant avec lui dans ses bagages. Nous avons grandi à Perpinya. Raymond a fait ses études au collège des frères et moi au couvent. Avec l'âge, il est entré au Temple. Moi, dotée de quelques biens en souffrance dans la vallée, on me maria au jeune seigneur de Sorhnia, une de nos connaissances qui voulait bien de moi…

— Je sais votre solitude actuelle. Les frères m'ont parlé de l'égoïsme de votre aîné, de vos malheurs et surtout de votre retour précipité sur le plateau.

— Louis n'a cure de mes problèmes et après m'avoir, à ses yeux, suffisamment dotée, il ne veut plus me voir, m'avoua-t-elle attristée.

— La vie s'impose parfois avec toute sa cruauté. Le bonheur… se paye cher !

— Fors l'honneur, je n'ai, comme veuve sans bien ni fortune, aucune illusion. Ma vie se limite à mon fils et à l'oncle. J'entretiens le linge des frères et donne de mon temps à l'enfermerie. J'apprends aux enfants des deux bourgeois du village à lire et à écrire trois fois la semaine et j'élève des chèvres, des poules et des cochons. Les Carbonibus n'ont jamais eu de vêtements de soie cousus d'or ni d'orgueil démesuré. Pourtant, j'ai honte pour mon fils. J'ai bien peur que sans fief ni terre, il ne soit contraint de se louer ou de servir au Temple.

— Je serai à Paris cet automne, dis-je, plein de compassion. J'irai voir Raymond et je le supplierai pour que pareille injustice ne se poursuivre longtemps. Je demanderai s'il le faut audience au grand maître afin qu'il le libère pour vous.

— Il est doux, après tant de désillusions, d'entendre ces quelques mots d'espoir. Votre sollicitude, me dit-elle, est chère à mon cœur !

— J'en suis honoré, madame, je n'ai qu'une parole et pour vous, je la tiendrai !

— Merci, messire, je vous crois. Mon frère, j'en suis persuadée, trouvera en vous un allié sans failles. Il est comme vous semblez l'être, un homme à part. Il est fait de droiture et de pugnacité. Moine chevalier, il est inébranlable dans ses convictions et solide en amitié. C'est un homme qui attire le respect et qui, pour aimer Dieu, aime les autres plus que lui-même.

— Il est près du roi, m'a-t-on dit ?

— Il travaille avec les hommes de loi de notre sire Philippe et plus souvent en son palais qu'au Temple de Paris. Il passe sa vie à débrouiller les querelles des grands de ce monde et à les conseiller. Par là même, il ne trouve point le temps de venir me voir.

— Il est aux ordres et sans doute ne fait pas ce qu'il veut.

— Peut-être ! Mais seule comme je suis, le fardeau est lourd à porter. Il me laisse sale et honteuse aux yeux de tous.

— Lutter pied à pied pour votre honneur et celui de votre fils n'a rien de méprisable. Si cela, dis-je en lui prenant les mains, occasionne une juste et noble angoisse et dessine quelques fines rides autour de vos yeux ou quelques fils d'argent dans vos cheveux, cela donne aussi à votre beauté naturelle une aura qui sublime vos traits. De grâce, ne soyez point honteuse, mais uniquement courageuse. Restez dans l'espoir de jours meilleurs.

— Il est doux… de vous entendre parler ainsi de moi.

— C'est à la fois sincère et naturel. Solitaire comme vous, je crois ardemment qu'au-delà des tourments, chacun reçoit au moins une fois en visite, ce que ma mère appelait « un papillon sur l'épaule ».

Ce merveilleux cadeau, que chacun espère fortement des autres, puisque, pour se nommer bonheur il se partage, de tout mon cœur, ma chère amie ! De tout mon cœur, je l'espère pour vous ; car vous le méritez !

Émue et ravie, Sébélie me répondit spontanément :

— Je n'ai pas d'amis, ou si peu... En tout cas, aucun qui me parle comme vous le faites. C'est plaisir d'être comprise et rassurée.

— Le plaisir est partagé. Si je crois vous comprendre, c'est sans doute parce que mon âme est aussi tourmentée que la vôtre. Parce que j'ai vécu, ma vie durant, ce qu'Amaury ne doit point vivre à son tour... Il n'est déjà pas facile d'être orphelin de père, ou comme moi, à son âge, de mère ; alors, vivre avec un nom d'emprunt, sans savoir qui l'on est vraiment, cela devient le pire des malheurs.

— Je ne sais quoi dire ? Nous voilà deux âmes en peine.

— Ne dites rien de plus ! Permettez-moi seulement de vous revoir. Ma jambe est guérie et j'aimerais découvrir en compagnie votre beau pays.

— J'aurai grand plaisir à chevaucher avec vous, j'accepte avec plaisir votre proposition, mais rentrons maintenant, voulez-vous ? Il est tard... et l'on pourrait jaser.

Ce soir-là, nous rentrâmes sans plus trop savoir quoi nous dire, mais assurément avec le sentiment confus qu'entre nous quelque chose pouvait se passer. Au fil des jours et malgré moi, dès la fin de mes tâches, je sellais ma monture et descendais récupérer Sébélie à Sorhnia où elle officiait.

Nos rencontres sur cette route se firent plus nombreuses et parfois, avec Amaury, fier de monter contre moi, nous chevauchions sur les crêtes et les prairies jusqu'à tard le soir. Je crois bien que c'est lui, qui, tel Cupidon, décocha dans mon cœur et dans celui de sa mère cette flèche que j'ai encore en moi.

C'est tout naturellement à la fin d'une de ces courses folles que nous nous sommes enlacés et que pour la première fois, nous nous sommes embrassés. Ses lèvres étaient d'une douceur exquise et le plaisir si grand, que sans plus réfléchir, je me mis à genoux à ses pieds. Ce soir-là, je lui ai déclaré ma flamme et mon désir de la marier, de la chérir et d'aimer son fils comme s'il était le mien.

Soulagée par mon audace, elle m'avoua, intimidée, ressentir pour moi un sentiment réciproque et profond.

— C'est comme une renaissance pour moi, me dit-elle, et depuis que je vous ai vu, une merveilleuse évidence.

Comme chacun peut le comprendre... le dire au clair de lune est une chose, le vivre en est une autre. Nous n'étions plus de jeunes tourtereaux et nous avions, elle comme moi, toujours fait face à la réalité. Les ailes du papillon qui grandissait sur nos épaules ne nous cachaient pas les difficultés à venir. Il n'était plus question d'habit blanc, ni des trois vœux que tous souhaitaient me voir prononcer. Maintenant que l'on me promettait l'enclos du Temple à Paris, je n'en voulais plus.

« *Il faudra bien*, me dis-je, *que l'Ordre me garde comme je suis* ».

L'amour que nous nous portions, Sébélie et moi, devait se vivre au grand jour. La cérémonie religieuse, pour ne pas ajouter aux difficultés de la mère et de l'enfant, devait se faire avec l'accord de Raymond de Corbos qui se trouvait au loin. De la même façon, les maîtres de qui je dépendais devaient être avertis. Leur bénédiction et peut-être aussi celle de ma lointaine famille à Castres augureraient d'un consensus qui nous ferait un avenir meilleur. Encore fallait-il que j'arrive à convaincre tout ce petit monde. Décidément, rien dans ma vie n'était simple !

Sur les conseils avisés d'Azmet, que Sébélie avait mis dans la confidence, j'avais demandé audience au père Guilhaud pour l'avertir officiellement de la chose.

— Je sais ce que tu veux me demander, Guillaume, me dit-il. Depuis trois mois que je t'observe, j'ai eu le temps de savoir comment tu fonctionnes. Le plateau n'est point assez grand pour que quelque chose m'échappe. Je suis, comme tu t'en doutes, le confesseur de la plupart de ses âmes et, entre autres, celui de celle que tu veux épouser. En te recevant ici comme en confession, je vais te dire ce que je lui ai déjà dit. Ne te presse pas ! Le temps renforce ou dénoue les sentiments. Les vôtres sont naissants, nous aviserons plus tard.

Il ajouta, quelque peu contrarié, alors que je lui disais la profondeur de notre lien :

— Passons les moissons et les vendanges et nous en parlerons après. Si tu réitères dans quelques mois ta demande, je la prendrai en considération et je la soumettrai au chapitre de Centernach qui statuera. Réfléchis à ton avenir, et prie le Très-Haut de te venir en aide. Profite de ce temps pour peser dans ton cœur le pour et le contre. Pour l'heure, je ne te cache pas mon dépit et mon regret de te voir t'éloigner de l'habit. Réfléchis, et nous reparlerons de tout cela plus tard.

J'eus de la rancœur devant ce refus habile. Sébélie, plus patiente que moi, me rassura en tempérant de sa douce voix mes ardeurs et mon empressement :

— Patience, sire de mon cœur, tout vient à point nommé pour qui sait attendre. Azmet parlera pour nous et tout s'arrangera !

— Si vous le dites, ma mie, je vous crois ! D'ailleurs, Azmet, qui fait ici la pluie et le beau temps, m'appelle sur son chantier d'Arsa. Avec le souci de ne plus contrarier quiconque, j'y vais donc de ce pas.

Le cortal, fort d'Arsa où travaillait le colosse

noir, était une très vieille fortification de type pastoral. Pour augmenter sa position et en faire un élément défensif sur la frontière, il avait été décidé de le consolider avec de vraies meurtrières et un chemin de ronde en bois. Le cortal n'appartenant à cette époque à aucune famille ni à aucun seigneur, les travaux tout naturellement avaient été mis en œuvre par les Templiers proches. C'était à leur instigation que, ravis, les hommes de la sénéchaussée de Saint-Paul, au nom du roi, avaient accepté le projet.

Azmet qui m'accueillit m'expliqua que le monarque avait mis tout son budget dans l'édification de son fort et dans la *clausurae* de Sorhnia qui se terminait.

— Il n'est pas prêt d'armer le reste de sa frontière, me dit-il moqueur.

— Ainsi, personne ne viendra s'installer sur les hauteurs de la commanderie et nul ne se mêlera de nos affaires, n'est-ce pas ? Car en fait, c'est bien de cela qu'il s'agit.

— Pour de multiples raisons qui se veulent discrètes, je dirais, mon cher Guillaume, que Corbos doit rester méconnu. Moins il y aura foule autour de nous et mieux nous nous porterons.

— Tu ne m'enlèveras pas qu'il y a sur ce plateau un secret. Un mystère qui fait de cette maison un lieu particulier. Aux dires de certains, le « corbos », le corbeau, cet oiseau tout de noir vêtu, est le symbole de la connaissance et du secret. Ce n'est donc pas pour rien que vous entretenez l'antique Carbonibus et que vous vous êtes retranchés ici ! Même s'il y a une hospitalité à la commanderie, vous faites le vide autour de vous dans un but bien précis ! Lequel ?

— Si tu veux épouser la femme que tu aimes et rester ici, laisse-moi faire et ne te mets pas martel en tête pour d'éventuels mystères. Mystères qu'un jour, peut-être, je te raconterai… Mêle-toi de tes affaires et prends patience.

— Vous vous êtes tous donné le mot. Patience, confiance, attendre… Les promesses rendent les fous joyeux et n'interpellent que ceux qui les croient !

— Au lieu de t'indigner inutilement en rabâchant des bêtises, viens plutôt sur l'échafaudage voir le travail qu'avec mes maçons je mets en œuvre. Manier le ciseau et le marteau calmera ta colère et tes ardeurs, et soulever du poids toute la journée te fera le plus grand bien.

Azmet taillait les pierres que maçonnaient le père et les fils Crambes. Approvisionnant l'un en moellons et les autres en pierres taillées, j'allais au bout de mes forces. Au fil des jours, avec un entrain soutenu, la muraille, lentement mais sûrement, s'éleva. Le maître d'œuvre, qui m'expliquait un beau matin les rudiments de son art, voyant mon manque d'intérêt pour ses leçons, en vint à me sermonner.

— Quand je te parle, j'aimerais bien que tu m'écoutes ?

— Je ne fais que ça ! dis-je, pour me justifier.

— Non ! Tu rêves, tu es ailleurs... Sébélie accapare toutes tes pensées, n'est-ce pas ?

— Oui, c'est vrai ! avouai-je. C'est plus fort que moi, je n'arrive pas à me concentrer sur autre chose. C'est la première fois qu'une femme me fait cet effet !

— Attention, Guillaume, ne t'engage pas à la légère. Il y va de ton avenir, mais aussi de celui de Sébélie et d'Amaury.

— J'entends bien, mon ami ! J'entends bien et tout comme moi, elle aussi. Notre intention, crois-moi, pour être noble, est mûrement réfléchie. C'est pour cela que nous t'implorons de convaincre les maîtres du Temple.

— Guilhaud, mon frère en amitié, m'en a fait part... Il est vexé ! Il pensait te rallier tout entier à l'Ordre et comme chevalier t'expédier dans l'entourage de Jacques où tu aurais pu être très utile pour nous.

— Il y a quelque temps, j'aurais pu me laisser convaincre, maintenant c'est trop tard ! De plus, en allant visiter Raymond à Paris, je dois revoir les miens à Castres et définitivement savoir ce que je représente pour eux. Ensuite, suivant la tournure des choses, je déciderai avec Sébélie, et avec ton accord et celui des commandeurs, de la place qui sera la meilleure pour moi, pour elle, et pour le Temple.

— Guilhaud et Pierre de Camprodon, qui ont

de l'amitié pour Sébélie et de la compassion pour Amaury, s'accorderont de l'évidence et s'inclineront devant votre future union. Je recherche déjà une solution qui pourrait plaider en votre faveur.

— Guilhaud veut que nous attendions les vendanges pour reparler de tout cela.

— Il a raison ! Il ne veut pas s'avouer trop vite perdant, mais rassure-toi, le sourire lui reviendra quand tu lui demanderas de bénir votre union.

— Et pour Raymond à Paris, crois-tu que j'ai une chance de le convaincre de me donner sa sœur et son neveu ?

— Sa sœur, sans doute quand il saura que tu es un Montfort. Pour Amaury, je ne sais pas, il le voudra peut-être pour le Temple.

— Qu'en ferait-il ? Il est de droit le seigneur de Sorhnia, c'est de cela qu'il doit s'occuper !

— Le destin est implacable et celui d'Amaury est déjà en marche.

Brisant là la discussion, il ajouta :

— Ne te préoccupe pas de son avenir, contente-toi de veiller seulement sur lui.

Débrouiller l'écheveau de la vie et triompher à coup sûr est chose difficile. Azmet lui-même en convenait. Comme tous, il éludait savamment les questions et comme Guilhaud, il reportait à plus tard les réponses en attendant des jours meilleurs. Ce que je n'arrivais pas à comprendre, c'était le secret qu'il s'évertuait à cacher, les implications qui se rattachaient à la commanderie et maintenant à Amaury !

La journée finie, alors que nous enfourchions nos montures pour redescendre vers le plateau, Azmet m'invita à voir son travail sur la chapelle proche.

— Tu connais la chapelle de Saint-Laurent, je crois ?

— Oui, nous y allons souvent prier Sébélie et moi.

— Viens, avant que la nuit ne tombe je vais te montrer mon travail, celui que j'ai fait sur la frise extérieure de l'abside.

Situé au bord d'une forêt de chênes, l'édifice campait fièrement sur son éminence.

— Elle a été bâtie sur l'emplacement d'un énorme dolmen, me dit-il. Il aurait été édifié par des peuplades antiques et contrairement à une légende ancestrale qui plane sur ces lieux, ce serait de lui et par sa forme que viendrait plus vraisemblablement l'origine du nom d'Arsa. *Archano* voulait dire arche. Les trois monolithes débités auraient servi pour construire la chapelle. Comment la trouves-tu ?

— Elle est belle. Harmonieusement équilibrée et son appareillage de pierre est soigné, dis-je.

— C'est un petit édifice, mais il est très bien fait. La frise était mal en point, j'en ai rénové la plupart des pierres ainsi que certains modillons et torsades qui étaient cassés. J'ai souligné en les ciselant les cordes, les damiers et les billettes qui s'estompaient. Je crois avoir fait du bon travail.

— Cette chapelle est splendide, dis-je en me tournant vers la vallée. Elle règne sur les collines et même sur le pays. Les anciens l'ont mise au bon endroit.

— C'était à n'en pas douter un endroit sacré, un endroit où les forces de la terre affleurent le sol. Un endroit où passe la Vouivre*. Un lieu dédié par les hommes aux dieux !

— Tu as fait un très bon travail. C'est très finement sculpté et certainement plus intéressant à faire que de bâtir des murailles…

— C'est un autre cheminement. Une création ornementale destinée à être vu. Un cheminement d'éternité. Vois-tu, Guillaume, me dit-il à voix basse en approchant sa monture, ici ce n'est pas comme ailleurs ! Ici, c'est un lieu où le temps est à jamais figé, un lieu particulier qui indiquera par sa présence et longtemps après nous le chemin des secrets, celui de la foi et de la connaissance.

Fin juin 1307

Au tout début de l'été, un pigeon voyageur en provenance de Centernach nous fit savoir que des malles en attente étaient prêtes à être convoyées. Ma présence était souhaitée. Ma part de travail, qui alternait entre la mine où je convoyais les massés et le fort d'Arsa où j'élevais des murs, fut laissée au maître d'œuvre et à ses maçons. Armés de pied en cap, Guilhaud et Jourdain en tête, Pierre et moi à la suite, nous refîmes le trajet inverse à celui qui m'avait valu une sévère blessure.

Passé la rivière à gué, nous arrivâmes aux abords des vieilles chapelles wisigothes de Saint-Michel de Valéta qui était à nous et à Sant Miquel de Cuixà pour partie.

— C'est ici que l'on a retiré de ta cuisse le trait d'arbalète, me dit Pierre, en me montrant du doigt l'édifice. Le moine qui t'a recueilli à Sorhnia, devant la gravité de ta blessure et sur les conseils de

Paul Blanc, le mire du village, en s'arrêtant ici, a fait mander Azmet qu'il savait au Putch. Notre ami, en vrai chirurgien, s'est penché sur ta jambe et a incisé la plaie.

— J'ai vu plusieurs fois le mire et les moines sans savoir leur dévouement, sinon je me serais arrêté pour les remercier.

— Tu en auras la possibilité à notre retour. Comme tu vois, m'expliqua le forgeron, l'édifice est ancien, il se compose de deux chapelles accolées et d'une tour. C'est une construction qui comme Sainte-Félicité semble venir en droite ligne du Conflent et sans doute de Sant Miquel de Cuixà. Leur abbaye vers le milieu du neuvième siècle rayonnait déjà sur toute la région... Azmet aime à s'y recueillir, les arcs outrepassés lui rappellent son pays et ses origines.

Après le Putch de Galba, la vallée de Soriniano, au détour du chemin, s'étala devant nous. En suivant la rivière en contrebas du village, nous remontâmes le coteau vers un hameau que Pierre de la Fage nomma Tavernulas. Nichée près d'une fontaine, une petite église entourée de quelques masures donnait accès à un plateau où se pressaient des troupeaux de chèvres et de moutons.

— *Lou cami del Pujol*, m'informa Pierre, en me montrant une sente, c'est le chemin qui mène vers Campourcino et plus haut, le col de Gelera vers le

Conflent. L'église que tu vois devant nous est dédiée à Saint-Pierre. C'est ici que l'on rassemble, parce que c'est plat et herbeux, les troupeaux du village. La *foun* de Taberne, qui est une des quatre sources de la vallée, donne suffisamment d'eau pour les animaux. On y parque les caravanes chargées des massés de fer qui vont traverser le col et quelquefois les troupes du roi ou de la sénéchaussée qui patrouillent.

— Et le village ?

— Sorhnia, là-bas, est édifié à mi-chemin de ses deux sources, le Rial et le Pou. Et même si les gens d'ici qui vivent des travaux de la terre et de l'artisanat du bois sont pauvres, et que stratégiquement le village contrôle par sa position toute la vallée, rien, ne t'y trompe pas, rien ne se passera jamais ici.

— Si je comprends bien, dis-je en me souvenant de ma conversation avec Azmet, pour vivre heureux, vivons cachés.

— Tu as tout compris !

— Je n'en suis pas si sûr ! Il y a des choses ici qui m'intriguent, dis-je en éperonnant mon cheval pour rattraper nos amis qui nous distançaient.

Après la mine, la chapelle de Sainte-Félicité, aussi vieille que Saint-Michel et plus loin, le lugubre castel de Saïcha, nous atteignîmes la combe de Roquabert. Franchissant le pont, l'œil aux aguets, je dus montrer au maître de Corbos et à mes compagnons comment je m'étais échappé du piège que l'on m'avait tendu. Nulle flèche heureusement ne siffla à mes oreilles sur la route qu'empruntaient en cette saison de nombreux troupeaux et que nous poursuivîmes sans encombre vers Centernach.

Dans sa commanderie, quelques heures après et dans l'enthousiasme général des retrouvailles, Pierre de Camprodon, le visage pour une fois expressif, m'avait souri.

— La main de Dieu est toujours sur toi, mon fils ! Je commence à croire que ton destin est vraiment écrit par notre Seigneur lui-même, me dit-il en guise de bienvenue.

Si l'accueil fut cordial et enjoué, l'abstinence à midi fut de mise.

— Rassure-toi ! me reprit frère Arnald de Rasiguères à qui je m'en plaignais, tu auras tantôt l'occasion de manger et boire tout ton soûl. Pierre a choisi votre venue pour réunir nos gens à la veille des moissons. Vois. Certains dressent déjà les tables pour ce soir. Le vent embaume. Ne sens-tu pas l'odeur caractéristique des oreillettes qui cuisent ?

En effet, à bien y regarder, la prairie où d'ordinaire on parquait les bêtes s'animait d'une foule de serviteurs. Ils s'employaient à fourbir des planches et des tréteaux et à porter une pleine charretée de bois pour en faire un feu.

— Nappées du miel de tes ruches, mon cher, ajouta le forgeron qui se joignit à nous, ces agapes seront un mets royal. Mais avant, dit-il en fanfaronnant, j'ai bien l'intention de battre mon record.

— De quel record parles-tu ?

— Des cent *scagarrels* que je compte ingurgiter, bien sûr !

— Des quoi ?

— Des escargots ! Tu sais… ces limaces, qui portent leur maison sur leur dos.

— Hein ! Tu manges des escargots ! dis-je, horrifié.

— Je ne mange pas ! Je savoure. Je déguste, je me pourlèche les babines. Je me régale le ventre et avec le vin de Carmagn*, je m'humecte le gosier à la régalade. Et cela, comme chaque année à pareille époque. Un festin, tu entends petit, un festin, ha, ha, ha !

Le soir venu, à la vesprée, nous nous retrouvâmes hommes et femmes rassemblés autour d'un grand feu. L'heure était conviviale. Les tables du festin, disposées çà et là, s'alignaient chargées de victuailles et de mets odorants. Devant le brasier, Pierre de la Fage, tel Vulcain devant sa forge, le visage cramoisi, la sueur perlant au front, disposait sur le sol terreux, à l'aide d'une pelle, la braise qu'il retirait du feu. Près de lui, serviteur zélé, Arnald étalait sur des grilles des côtelettes d'agneau, des tranches de jambon et des anneaux de saucisse qu'il saupoudrait d'herbes de la garrigue.

Sur le coin dégagé d'une table, deux femmes s'activaient à couper d'une main ferme avec un large coutelas des tranches de pain qui étaient aussitôt recouvertes d'une épaisse couche d'aïoli. Proches du foyer, des enfants plaçaient adroitement un par un sur la *cargole*, une fine grille, les célèbres escargots que le sel et le poivre dans lequel ils avaient été roulés faisaient baver d'une salive gluante et jaunâtre. Les grilles posées maintenant sur la braise, à la satisfaction générale, dégageaient un fumet odorant que renforçaient l'odeur des cistes et celui des ceps de vigne dont on alimentait le feu. Bientôt, la *cargole*, sous l'effet de la chaleur, se mit à « chanter ». Habilement positionnés par Arnald, qui n'aurait laissé sa place à personne, les sublimes escargots cuisaient lentement.

D'abord réservés, puis attirés par l'odeur alléchante des viandes cuites et aussi par la proposition d'un vin capiteux, tous s'approchèrent. Le silence timide, rompu par le bénédicité, en un instant fit place aux voix fortes des hommes, aux rires des enfants et aux conversations volubiles des nombreuses femmes qui se pressaient près des tables.

Rires et bonne humeur s'exprimaient maintenant dans la prairie où des groupes s'étaient formés. Le sire de Centernach, dans une coule enfin propre, devisait avec le chevalier et le chapelain de Corbos. Près de la rivière, mes amis à la cotte noire goûtaient les petites bêtes que l'on sortait de leur lit de braise.

Plus loin, des serviteurs en se frappant l'épaule riaient aux éclats. Seul et un peu à l'écart, je regardais tout ce petit monde où l'on m'avait plongé. J'aurais bien voulu participer avec plus d'enthousiasme à la fête et à l'allégresse générale, mais loin de Sébélie, avec qui j'aurais eu grand plaisir à partager la soirée, je n'avais pas l'esprit totalement libéré. Intimidé et songeur, je restais sagement dans mon coin. Cette délicieuse femme encombrait tellement mes pensées que sans elle tout me paraissait fade. À l'opposé, Pierre et Arnald, le visage rouge et congestionné, le menton luisant de graisse et le bliaud taché de vin, s'en donnaient à cœur joie.

— Guillaume ! m'interpella Pierre, arrête de faire ton béjaune et viens nous tenir compagnie. Arnald aimerait te voir lever la gourde à la régalade et t'a réservé une poignée d'escargots.

— J'ai bien peur de ne pas aimer…

— Dis-moi, mon cher Pierre ! s'écria Arnald, en le prenant à témoin, ton ami ne serait pas en train de m'insulter, et par là même insulter tous nos compères rassemblés ici ?

— À bien y réfléchir, mon cher, je ne le crois pas ! C'est un type bien, cet « étranger », il ne nous ferait pas l'outrage de laisser penser que ta cuisine ne vaut rien et que ma cuisson est limite. N'est-ce pas, mon grand ? dit-il en remontant ses manches et en roulant des épaules avec un air qui se voulait méchant.

— Eh bien… dis-je, subitement convaincu en les voyant s'approcher, menaçants, je suis trop bien élevé pour ça ! C'est bien, je vous suis de bon gré avant que vous ne me fassiez de grosses misères.

Un clou à la main, je fus convié à retirer de sa coquille l'objet de tant de convoitise que chacun dégustait en se léchant les doigts. Malgré une certaine appréhension et le jus gluant et jaunâtre qui s'en échappait, sous les yeux de mes amis impatients, je le portai… courageusement à la bouche.

À mon grand étonnement et contrairement à ce que je croyais, la chose était savoureuse.

— Incroyable ! Ce croquant, cette sauce, ça éclate en bouche, c'est… c'est très bon !

— Un peu que c'est bon ! s'exclama Arnald. Et avec du pain frais et de l'aïoli ! Humm…

— Ce n'est pas que bon, ajouta Pierre, et bien que ce soient les tout premiers de la saison, c'est un enchantement, une délectation. Tiens, à partir de quarante ça devient un péché ; le péché de gourmandise.

Il s'en fallut de peu que je ne pèche à mon tour. La gourde de vin d'où jaillissait un jet vermeil fut portée à mon gosier à bout de bras. Le vin qui coulait dans ma bouche sans arrêt devait, sous peine de tacher mon habit, être habilement ingurgité, ce que je fis. C'est au grand plaisir de mes hôtes et sous les hourras de la foule que l'on acclama mon exploit.

— Te voilà adoubé ! Tu es maintenant comme nous tous. Aïoli, cargolade et régalade sont les trois vœux qui font de toi et à jamais un enfant du pays. La cargolade est une tradition qui nous vient de la nuit des temps et qui est notre symbole le plus fort. Seuls les hommes sensibles, généreux et fiers, comme toi, sont conviés au partage.

Le repas se continua avec des côtelettes et de la saucisse et toujours avec cette pommade à l'ail qui taquinait les papilles. Tard dans la nuit, alors que les villageois chantaient et dansaient autour du foyer et avant que nous ne rentrions, je remerciai mes amis pour cette belle soirée.

— Tout le plaisir est pour nous, mon fils, il n'y a rien de plus beau que le partage, répondit Pierre avec émotion en me serrant contre lui. La timpane nous appelle à la prière. Avant de nous coucher, allons à notre tour remercier le Très-Haut pour ses bienfaits.

À la lumière mouvante des cierges de la petite chapelle, j'eus l'intime conviction que quoi qu'il m'arrive, comme me le disait Pierre de Camprodon, un ange, là-haut, veillait bien sur moi.

C'est lui qui me prit à part, alors que mes compagnons préparaient notre retour à Corbos.

— Les voies du Seigneur, en ce qui te concerne, sont indiscernables. L'Ordre, malgré sa puissance, ne peut lutter contre l'amour que la dame de Corbos et toi vous vous portez. Guilhaud m'a fait part de votre désir de mariage. Azmet lui-même, qui voit un risque de te voir quitter l'Ordre, dans une missive m'exhorte d'accepter l'évidence et dit qu'au fond, cela ne changera pas fondamentalement nos plans. Nous t'avions prévu dans l'entourage du grand maître pour améliorer notre influence auprès de lui… Tant pis ! dit-il avec dépit. En restant ici, par ta science des armes, tu protégeras nos biens. Intelligent comme tu es, tu seras initié par Azmet qui te veut. Le moment venu, tu deviendras le « gardien » avant, à ton tour, de passer le flambeau à Amaury.

— Azmet, demandai-je, est le gardien de quoi ? Ce n'est pas la première fois que j'entends cette appellation le qualifier ?

— Je n'ai point, Guillaume, le pouvoir de te répondre, lui seul peut le faire. Il est pour cette maison si particulière des choses qu'il m'est impossible de divulguer.

— Que vient faire dans vos plans Amaury de Sorhnia ?

— Ne cherche pas plus et prends patience. Tu apprendras tout cela en temps utile et ce jour-là, tu en sauras, je te prie de me croire, plus que moi et plus que tout le monde ici.

— Je vous crois ! J'espère seulement que vos secrets et vos plans ne nuisent en rien à ceux que j'aime et que je chéris.

— Par mon bâton de commandeur, la main sur le cœur et par le Christ qu'ici je représente et que je sers, je te jure que tu n'as point d'inquiétude à avoir, ni pour toi ni pour quiconque. Je te prie seulement d'arrêter de chercher, de fouiner, de poser des questions qui pourraient attirer l'attention sur Corbos et ses secrets ! Pour l'amour du Christ et le bien de l'Ordre, tu dois promettre la discrétion et le silence. Allons ! Promets à genoux, promets.

— Je... je...

— Promets, ou par le Christ, tu le regretteras !

— Sur mon honneur... je vous promets.

— Bien ! Je vais en avertir Saguàrda au Mas Déu, et rédiger des lettres pour le grand maître et pour notre frère Raymond de Corbos. Nanti de tout cela, d'un sauf-conduit et d'une lettre de change qui sera notre contribution à ton voyage, tu partiras à Paris. D'abord, pour t'excuser auprès de sire Jacques de ne point rejoindre sa maison et surtout, pour te faire reconnaître comme un éventuel gardien. Chose faite, tu en profiteras pour demander par la même occasion à frère Raymond s'il veut bien te donner la main de sa sœur.

— Votre décision, mon père, dis-je agréablement surpris, me transporte de joie et je vous en remercie. Je vous prie d'excuser mon attitude.

Radieux, j'ajoutai, souriant :

— J'attendrai avec impatience vos ordres pour partir.

Humble et satisfait, c'est un genou au sol que je lui demandai sa bénédiction.

Il nous fallut toute la journée, à convoyer un chariot, pour rejoindre le plateau et la commanderie. Elle allait devenir ma raison et mon lieu de vie, pour ce que je croyais être alors le reste de mon existence. C'est en pensant à cela qu'à peine arrivé, les malles déchargées et en sécurité dans le donjon, je rejoignis à bride abattue la vieille demeure de ma promise.

L'antique Carbonibus, qui comme son nom l'indiquait devait être à l'origine un repaire de charbonniers, n'avait rien d'un véritable castel. Loin de là ! Même le terme de manoir n'était pas approprié. Adossées à un éperon rocheux, plusieurs bâtisses disparates s'agglutinaient au sommet de terrasses inégales en forme d'espalier. De ces constructions hétéroclites, seule une tour crénelée, flanquée au faîte de l'édifice, lui donnait un air dérisoire de cortal fort.

Amaury, entre deux leçons de lecture ou d'écriture, après avoir guetté de loin le convoi, s'était précipité pour prévenir sa mère de mon retour. Appuyé au portail, il criait si fort que tous étaient là à mon arrivée. À peine étais-je descendu de cheval que Sébélie se jeta à mon cou. Surpris, mais ravi de sa spontanéité, je la pris à la taille et la soulevant du sol, je la fis tourner autour de moi en riant de bonheur.

— La messe est dite, ma chérie ! Ils me donnent la permission de vous épouser et vont prier votre frère d'en faire autant.

— C'est merveilleux ! Je t'aime, dit-elle en m'embrassant.

— Moi aussi maman… je t'aime ! répliqua l'enfant qui, jaloux, s'invita entre nous.

— Eh bien moi ! Je vous aime aussi très fort, dis-je en les prenant tous les deux entre mes bras, j'aime le monde entier. Je n'ai jamais été aussi heureux de ma vie !

Sur la demande de sa nièce et l'insistance de sa vieille gouvernante, Othon m'invita à sa table. Je dus conter à ce vieil homme grabataire, qui voulait me connaître, les moments essentiels de ma vie de soldat. Campagnes, blessures, voyages et emprisonnement furent donc au menu. On m'écouta dévotement dans le silence et la gravité sans jamais m'interrompre. Ce soir-là, j'eus la certitude, en les voyant si sérieusement me considérer, tout comme la veille au soir pendant l'office, que mon destin d'homme enfin se dévoilait.

— Même si tu n'es point chevalier, Raymond acceptera notre union. Arrête de t'inquiéter, me signifia Sébélie, quand sur la terrasse, la nuit venue, je prenais congé. Tu es fils de haut lignage et surtout à ses yeux enfant du Temple. Ta demande sera accueillie avec tout le respect que l'on doit à un homme de ta valeur et de ta trempe. De toute façon, je ne lui laisserai pas d'alternative. S'il le faut, Amaury et moi te suivrons, avec ou sans son accord, jusqu'au bout de la terre.

La dame de Corbos avait parlé et tous devraient s'incliner devant elle. Cette femme entêtée et fière imposait par la seule force de son amour une volonté trop longtemps bafouée. Personne, si ce n'était son fils, ne pourrait la détourner de ses désirs, de ses espoirs et de ses souhaits. Elle n'accepterait plus jamais que l'on décide à sa place et qu'on lui refuse le chemin du bonheur. Fini le temps de la peine et de l'opprobre. Finies les larmes au goût amer. Finies les inquiétudes et l'incertitude du lendemain. Son seigneur, son homme, l'amour de sa vie était là pour elle et aussi pour son fils. Elle ne laisserait pas passer sa chance, à son âge, elle n'en avait plus le temps. De toute façon, dans le secret de son cœur, au moment même où elle l'avait vu gisant dans son lit, le corps fiévreux, elle avait su qu'il n'était pas comme les autres et que son destin et le sien seraient à jamais liés. Petite, dans son enfance, sa grand-mère ne lui avait-elle pas dit que sa vie, pour être protégée par un ange chevauchant un lion fabuleux, serait douce et très belle ? Il était là, le lion. Il lui tiendrait la main et le bon ange qu'elle devinait en lui, sans retenue, elle lui donnait son cœur.

Rejoignant la commanderie au pas dolent de ma monture, sous les dernières lueurs du jour, j'étais fier et tout simplement heureux. Ma venue dans ces collines faisait de moi un autre homme, comme un messie que tous attendaient. Sébélie pour m'épouser, Pierre de la Fage pour se trouver un fils, les pères Guilhaud et Pierre pour successeur d'Azmet, à garder je ne sais quoi, Othon à voir en moi un sauveur et jusqu'à Amaury qui demandait à sa mère, tout heureux, si c'était vrai que j'allais devenir son père !

Toute ma vie, ma destinée m'avait échappé. Aujourd'hui qu'enfin elle me souriait, je devais la partager et sans y être préparé, endosser la lourde responsabilité de ne plus vivre que pour moi. Décidément... les voies du Seigneur étaient vraiment impénétrables !

Juillet 1307

Avec les beaux jours, l'hôtellerie ne désemplissait pas. Bertrande, l'épouse de Phalip, veillait au bien-être des gens qui faisaient halte chez nous. En compagnie d'Alié, qui la secondait aux fourneaux et dont les mérites culinaires n'étaient plus un secret, l'affluence atteignait parfois des records. Pèlerins de passage, pieds poudreux et autres voyageurs se mêlaient aux vagabonds, coquillards* et va-nu-pieds, qui défilaient eux aussi sur nos routes. Seuls ou en cortège, ils portaient avec la poussière du chemin leur histoire et leur bonne humeur et réveillaient à leur passage le plateau endormi.

La dîme étant à payer au Temple à cette époque, chacun montait en foule à Corbos. Après avoir livré son dixième, le plus grand nombre décidait de rester un temps à l'auberge. Attirés par l'affluence, des joglards aux allures grotesques et à la main fine, des ménestrels ou des musiciens qui jouaient de la cornemuse ou du frestel, avec l'accord du chapelain, amusaient le public sur l'aire de battage. Colporteurs de passage et autres bonimenteurs, la hotte chargée de colifichets, de rubans ou de fils et d'aiguilles, distrayaient eux aussi le chaland et faisaient de cette corvée imposée un moment de rencontre et à la fin de plaisir. Soupes à l'ail ou fromages frais, lapins en sauce, tourtes à la crème, venaisons, poulardes et canards rôtis passaient à la casserole et pour un prix raisonnable, se retrouvaient sur des tranchoirs juteux que les convives dégustaient dans un chahut indescriptible en refaisant le monde.

Sous les ordres d'un Jourdain impérial, tous nos journaliers vaquaient maintenant aux travaux agricoles. Si la moisson éreintante touchait à sa fin et que sagement les sacs de blé, d'orge et d'avoine s'entassaient dans la grange aux dîmes, avec les beaux jours, Jorda, dépassé par le nombre de ses patients, incisait ici un furoncle, arrachait ailleurs une dent ou le plus souvent, soignait des pieds maltraités. Une fin d'après-midi, comme il criait et tempêtait contre Thomas qui, insouciant, tardait à lui livrer les pommades promises, proposant mon aide, je décidai d'aller retrouver l'herboriste dans son enclos.

La coule recouverte d'un tablier, un chapeau de paille tressé à large bord, notre jardinier bedonnant arpentait les allées du potager. Étonné de me voir, il s'approcha.

— Ton horte est magnifique, dis-je en découvrant l'ordonnancement des allées. Cette façon de séparer les parcelles donne à cet endroit une élégance raffinée.

— Mon cher, tout ce qui naît en ce lieu est œuvre de Dieu. C'est pourquoi mon enclos doit, comme un reflet de l'Éden, ressembler le plus possible au jardin céleste et être présenté avec goût.

— C'est plus qu'un simple jardin, c'est très beau.

— Merci ! J'en tire, le Seigneur me le pardonnera, une fierté bien naturelle.

— À y songer, je me demande, à regarder l'harmonie des terres cultivées qui s'étalent devant moi, si je ne devrais pas échanger mon épée contre ton sarclet et changer de métier.

— Si tu veux mon avis, me dit-il, au lieu de faire la guerre pour nous enrichir et tuer des hommes, nous ferions mieux de nous intéresser à les sauver et faire de notre ordre une organisation incontournable et indispensable pour le bien des peuples et des royaumes occidentaux.

— C'est en effet une solution ! Toutefois, j'ai le sentiment qu'avant d'ouvrir d'autres voies, nous devrions d'abord regagner la confiance de tous.

— Et nécessairement lutter contre la jalousie qui nous mine.

Un ton plus fort, il ajouta :

— On nous poignarde, on nous attaque sans vergogne, il serait grand temps de bouger.

En s'essuyant le front d'un revers de manche, il continua d'une voix rauque, comme pour se parler à lui-même :

— C'est à la tête qu'il faudrait frapper... Jacques est un mou. Il hésite, il courbe l'échine et en pleutre, tergiverse. Ce type n'est pas à la hauteur. Si pendant deux siècles, nos frères furent l'honneur de la chevalerie, tout cela est maintenant oublié, renié, parfois même bafoué... Quelle ignominie, quelle tristesse.

— Frère, tu prends tout cela trop à cœur. Les choses ne vont pas si mal que ça !

— Tu as peut-être raison, mais j'en doute.

— Rassure-toi, mon ami ! Je porterai tes paroles et tes idées à Raymond et, pendant le grand chapitre, à nos frères de Paris... Pour l'heure, Jorda attend toujours la pommade promise et je ne voudrai point perdre sa considération.

— C'est vrai, je te la donne tout de suite... viens.

Nous quittâmes la chaleur torride du potager pour pénétrer dans l'herboristerie. Onguents, huiles parfumées et poudres diverses s'alignaient sur les étagères dans des pots de grès de toutes formes et de toutes tailles. Herbes ensachées en abondance envahissaient l'espace. Foudres, barriques et tonneaux fermaient le fond de la salle où se distinguaient un pressoir et de multiples comportes. Dans une petite pièce contiguë, mortiers, pilons, cornues, livres et autres instruments étranges se disputaient la place sur un établi où l'on voyait un foyer portatif.

— C'est ici, m'expliqua Thomas, que je passe la majeure partie de mon existence à bouturer, à greffer et ensuite à récolter. Alors, pour répondre à la demande avec toute la rigueur nécessaire, je pile, j'infuse, je confectionne confitures, tisanes, sirops, pommades et autres panacées nécessaires aux maladies des hommes et aussi à celles de la ferme.

— Incroyables, les connaissances que demande pareil travail !

— Toute ma vie est sur ces étagères, dit-il avec fierté, en me donnant un petit pot rempli d'une étrange mixture.

Cordes, septembre 1348

Avec la saint Michel, l'automne arriva, les grosses chaleurs disparurent et avec elles, les odeurs infectes de la rue et le bourdonnement incessant des mouches. Les orages lavèrent le pavé de nos rues, emportant les immondices que plus personne, faute de bras, ne ramassait. L'épidémie marquait un temps d'arrêt et les corps à emporter se faisant plus rares, chacun y vit un espoir ; comme la fin d'un long calvaire. Lentement, en tâtonnant, la ville se réveilla de l'horrible cauchemar qu'elle venait de vivre ces derniers mois. Les autorités, les bourgeois, les commerçants qui l'avaient quittée au plus fort de la crise, chaque jour revenaient plus nombreux. La cité enfin reprit goût à la vie.

Les consuls firent ouvrir en grand les portes et il fut ordonné à notre Jacquou de quitter la prison, pour surveiller qu'aucun malade ne s'introduise frauduleusement et que la contagion ne reprenne.

À quelque distance des poternes, chacun avant de franchir le porche devait montrer son torse et ses aisselles. Hommes, femmes, enfants, vieillards, d'aucuns, s'ils voulaient entrer, n'évitaient l'inspection. Une bâche fut tendue à cet effet sur une corde pour séparer les femmes du reste de la population. Mais le premier jour, même si cela partait d'un bon sentiment et qu'une matrone assermentée était commise à chaque porte, cela mit la confusion dans les esprits de certains maris. Exhiber leurs épouses à proximité des hommes du guet, réputés pour n'être que des soudards, n'était pas du goût de la plupart, ni – et on le comprendra – pour ces dames honteuses et gênées, de montrer leurs seins à chaque passage. À la fin, devant le courroux des bien-pensants et à force d'insultes, il fut décidé, au grand soulagement d'un Jacquou qui ne cessait de se faire traiter de benêt par ses camarades, que cela ne se ferait qu'avec les étrangères à la ville et tout rentra dans l'ordre.

Éviter pour une fois que le guet* ne regarde était pour le moins cocasse et ne laissait personne insensible à la raillerie. Timoré, notre pauvre Jacquou ne savait plus que penser quand certains de ses camarades, goguenards, lui firent remarquer que loin de déplaire à toutes, cet effeuillage était pour certaines femmes, veuves et en quête de maris ou de compagnons, une ultime façon de se distinguer.

— Je n'en reviens pas, nous dit-il, il y en a même

qui n'hésitent pas à relever nonchalamment la bâche pour que l'on se rince l'œil, et d'autres qui sortent d'une porte pour rentrer par une autre pour renouveler l'exploit.

— Et bien sûr, tu ne rabats pas la visière de ton casque à ce moment-là ! s'empressa d'ajouter malicieusement Garin, en entendant gronder Guillemette qui, faussement vexée, entrait dans la pièce, devant un Jacquou cramoisi.

La bonne humeur était de retour dans la maison et je m'en réjouissais. Les mauvais jours étaient passés, et à ma grande satisfaction, mon codex alignait ses feuillets en nombre. La damoiselle, voyant le temps splendide, me proposa une promenade dans la cité. Alors que bras dessus, bras dessous, nous cheminions sous la halle, où le marché battait à nouveau son plein, trois cavaliers émergèrent de la cohue. Montés sur de superbes bêtes, un dominicain de la sainte Inquisition ainsi que deux soldats passèrent près de nous au pas lent de leurs montures. La foule à leur passage s'était tue. La venue de ce *Domini cane* ou « chien de Dieu », comme les gens de l'Inquisition aimaient à se faire appeler, n'avait rien de bien rassurant. Ce fut d'ailleurs confirmé pendant le repas du soir par Jacquou, qui nous annonça qu'officiellement l'inquisiteur était bien dans nos murs.

— Sais-tu ce qu'il vient faire céans ?

— Pas exactement, mon maître, mais une rumeur circule qui fait état d'une enquête suite à la découverte d'un cadavre suspect.

— Une histoire de crime ?

— Nul ne sait vraiment ! Un homme atteint de la *bossa* serait en fait mort étouffé par un de ces nouveaux vélins de papier qu'il s'évertuait à avaler, ou qu'on lui aurait fait de force avaler ; d'où l'enquête.

— Non ! répondis-je après réflexion, il doit y avoir autre chose. L'Inquisition ne se déplace pas pour si peu. Le prévôt ou la sénéchaussée aurait suffi. Non, croyez-moi… il y a autre chose !

— C'est peut-être, répondit Jacquou, parce que le papier contenait un étrange dessin. L'encre avait coloré les lèvres et le menton du trépassé, au point que l'on croyait qu'il avait vomi du sang. Sorti de la bouche et déplié, le morceau mâchonné qui restait montrait un dragon. C'est peut-être ce dessin qui a donné à cette affaire un côté démoniaque ? En fait, d'ici peu, j'en saurai plus !

Le mot « dragon » me fit frémir et je faillis en lâcher ma cuillère de surprise. Garin et moi, nous nous regardâmes, l'œil subitement inquiet.

— Sais-tu où cela s'est passé ? Où habitait le bonhomme ?

— L'homme ? Il habitait un entresol dans une des nouvelles maisons, face à la Bride, dans la Grand Rue.

Un frisson me parcourut la nuque, et je vis Garin

se ratatiner sur son siège et gémir.

— Misère de misère…

— J'ai bien peur que nous ayons un problème, dis-je.

Ce à quoi le scribe répondit :

— Je me doutais bien que ce type m'attirerait des ennuis.

— Reste calme, ne panique pas, je me porterai garant, s'ils remontent le fil de l'affaire ! Dessiner un dragon n'est pas en soi un délit. De plus, des dragons, il y en a plein de sculptés sur les belles façades des nouvelles maisons sans que cela ne gêne personne ni ne fasse l'objet d'enquête.

À Jacquou, qui ne comprenait pas notre inquiétude, nous dûmes faire le récit des exploits nocturnes de notre scribe.

— Ton goût de l'argent te perdra, mon cher Garin, te voilà dans de beaux draps !

— Je n'ai rien fait de répréhensible… j'ai seulement fait mon métier.

— Bien sûr ! La nuit, en cachette, et après la cloche. À qui feras-tu croire ça ?

— Si l'inquisiteur est ici, ajouta Guillemette, c'est pour une bonne raison, et non un simple dessin ! Tu devrais aller innocemment pêcher de nouvelles informations et nous reparlerons de tout cela à ton retour.

— À part la servante qui t'a reçu le premier soir, dis-je à Garin, quelqu'un d'autre t'aurait vu ?

— Non, messire, je ne pense pas, j'ai pris mes précautions chaque fois pour entrer comme pour sortir. L'homme m'avait mis suffisamment en garde pour que je suive ses instructions à la lettre.

— Vous vous souvenez, pour la couleur de la mort, de notre discussion ? Eh bien j'avais raison ! ajouta Guillemette. La couleur du trépas, c'est bien le noir. La même couleur que la bure dominicaine, la couleur de l'Inquisition !

Il y eut pendant un long moment un silence de mort, qu'agacé je rompis en me levant de table. Inutile de dire que le reste de la soirée fut morose. Une chape de plomb s'abattait à nouveau sur nous, au moment même où l'espoir renaissait dans nos cœurs.

Au petit matin, après avoir livré son bois, Garin eut enfin quelques réponses à nos interrogations.

— C'est le nouveau prêtre de la paroisse, nous dit-il à son retour, averti par le bourreau et fortement intrigué de sa découverte, qui a fait savoir à l'évêque ses soupçons. Le prélat qui nous visitait à l'occasion de la réouverture des portes, interpellé à la fin de la célébration d'action de grâce à saint Michel, a lui aussi admis que cette mort était suspecte. De retour dans la soirée à Albi, il a convoqué les dominicains et la machine à broyer s'est mise en marche.

— Les choses n'ont pas traîné ! dis-je.

— À cause de la chaleur, le mort a été enterré sur

un terrain en bordure du cimetière. Ils attendent de voir, avant de le mettre en terre consacrée.

— J'imagine que l'inquisiteur habite au presbytère ?

— En effet, chez le nouveau curé. Ses deux sicaires logent quant à eux à l'auberge du Cochon-Dodu où ils posent moult questions sur le trépassé. Trépassé, qui aux dires du tenancier, était un client assidu mais semble-t-il très discret... Et ce n'est pas tout !

— Qu'as-tu trouvé de plus ? demanda le scribe, angoissé.

— Tous les trois sont venus ce matin à la prison pour vérifier si nous pouvions fournir une salle pour les interrogatoires, et s'assurer aussi du matériel mis à disposition.

— De quel matériel parles-tu ?

— Ils voulaient savoir si nous avions des brodequins. Ils ont paru contrariés parce que nous n'en avions pas. Ils sont partis fouiller la maison que le bonhomme avait louée. Comme le sergent du guet, sur ordre du bayle, voulait participer à l'enquête, il s'est vu écarté par un refus catégorique. « Les faits pour lesquels je suis là, lui a dit le dominicain, sont du seul ressort de l'Inquisition. La prévôté n'a rien à voir là-dedans. » Après de longues palabres, le vilain moine a accepté qu'un d'entre nous soit témoin de la fouille, mais pas plus. Je me suis d'emblée proposé et je les ai suivis.

— Sacré Jacquou, je n'en attendais pas moins de toi.

Je n'ai eu aucun mal à le faire, personne ne m'a disputé la place. J'ai entendu le propriétaire affirmer que le sieur Molinier, c'était le nom du mort, lui réglait rubis sur l'ongle son loyer quatre fois l'an et qu'il s'était présenté à lui comme un honnête commerçant qui vendait des poudres pour teinter les textiles. Il affirma, ne le connaissant pas vraiment, qu'il n'avait qu'à se louer de lui jusqu'à présent. Invité à visiter le sous-sol, il nia connaître la présence des cornues, des fioles et des sachets de poudres colorées qui s'étalaient sur les étagères. Pas plus que des creusets, des sacs de charbon de bois et du soufflet de forge fixé sur l'arête de la cheminée.

— Tu affirmes ne rien savoir de tout cet attirail ? demanda l'homme en noir.

— Sans doute ! répondit le propriétaire. La cave était vide quand je l'ai louée, tout cela n'est point à moi, je ne suis pas descendu dans cette partie de la maison depuis longtemps.

— Tu venais pourtant te faire payer régulièrement ?

— Oui… comme je vous l'ai déjà dit !

— Et tu n'as jamais rien soupçonné de bizarre ?

— Non ! Même si j'étais descendu, je n'aurais rien remarqué. Il disait vendre des poudres de teinture, j'en vois là, plein la pièce.

— Reconnais-tu cette poudre jaune, qui est du soufre et celle-ci, qui ressemble à du sel ? lui cria un des sbires en le prenant violemment par le col et en lui faisant renifler de près les deux sacs.

— Je ne sais pas ! Je ne connais rien à tout cela… bre-

douilla l'homme, tout à coup inquiet.

— Et ça ! Reconnais-tu cela ?

— C'est… C'est un bonnet de toile, dit-il en se redressant, les mains tremblantes.

— Bonne réponse ! lança le second en le gratifiant d'une chiquenaude appuyée sur la tête, tu fais des progrès.

— Pas de chance pourtant, ajouta le dominicain, nous sommes de toute évidence devant l'officine d'un alchimiste. Ce bonnet phrygien en est l'emblème patenté et la preuve irréfutable. Ces poudres et ces liquides aux odeurs sataniques le confirment largement. L'homme que tu abritais, j'en suis sûr, est un suppôt de Satan. Un de ces fous qui, bravant les édits de notre sainte mère l'Église, cherche la pierre philosophale ou à faire de l'or par la transmutation des métaux. Toutes choses qui ressemblent à de la sorcellerie et qui sont interdites. Toutes choses qui peuvent, le sais-tu, te mener au bûcher.

Stupéfait de la tournure des évènements, l'homme, mon maître, se ratatinait sous la menace du doigt vengeur que cet ange de mort pointait vers lui.

— Nul n'a le droit, criait-il en martelant ses mots, de se prendre pour le Créateur sans avoir à en répondre devant notre juridiction et notre jugement.

Écrasé par la poigne d'un des sbires, qui maintenant le maintenait par le col à genoux, le pauvre propriétaire, le visage en sueur, les mains jointes, suppliait à nouveau, clamait son innocence. Livide, le visage ravagé, l'homme, tournant difficilement la tête vers l'inquisiteur et ses sicaires, quémandait une pitié qu'on lui refusait cruellement.

— Ne quitte point la ville ! Ton attitude fait de toi

un suspect, et tu devras à nouveau comparaître devant moi, répliqua vertement le chien de Dieu… Allez ! Disparais de ma vue… tu pues la couardise.

Ne se le faisant pas dire deux fois, le col libéré, c'est sous les quolibets des trois hommes que le propriétaire, prenant ses jambes à son cou et sans demander son reste, s'engouffra dans l'escalier en gémissant.

— C'est ignoble d'instruire de cette façon ! dis-je. Et je peux en parler en connaissance de cause. J'ai passé trente ans à la sénéchaussée de Castres. Ce type est un porc !

— Ses compains ne valent pas mieux, messire. Après avoir fureté partout, il s'est mis, une ardoise de cire à la main, à faire la liste des objets et à demander aux deux hommes de se renseigner auprès des voisins pour savoir qui faisait le ménage et les repas dans cette maison, puis, d'un vague geste de la main, il m'a renvoyé.

— Misère… dit Garin, s'ils trouvent la femme, ils auront mon signalement et auront tôt fait de remonter jusqu'à moi.

— Pas sûr ! Peut-être ne fera-t-elle pas le rapprochement.

— Il n'y a pas trente-six mille scribes à Cordes capables, alors que les portes étaient fermées, d'effectuer pareil travail, dis-je. Il faut, mon cher Jacquou, que tu en saches plus sur cette femme. Demande discrètement aux voisins où habite la servante et tâche de savoir ce qui se trame. Allez va.

La menace se précisait. Il fut donc décidé de faire disparaître notre ami momentanément. Atterré, Garin s'excusa plusieurs fois de nous causer tracas et inquiétude. Alors que chacun y allait de son plan et de sa solution, le scribe parlait de faire ses bagages. Il me promettait un prompt retour pour finir le livre et pensait se cacher, comme le lui suggérait Jacquou, dans la Grésigne, non loin de notre maison forestière. Guillemette, elle, le voulait chez sa parenté au bas du Fourmiglier.

— En se faisant passer pour un journalier, il pourrait, disait-elle, tromper son monde.

Ces solutions ne me plaisaient pas. À peine sorti de la ville, s'il était rattrapé, sa culpabilité ne ferait aucun doute. Quant à la teinturerie, à cause des poudres, l'enquête pouvait s'y intéresser… non, il fallait être finaud et mon livre devait se finir avant la Noël, date du retour de mon fils de Vendôme, où il était. Finalement, après concertation, c'est mon idée qui fut retenue.

Jacquou revint de sa pêche aux nouvelles et nous annonça que la femme qui faisait office de gouvernante, de servante et certainement plus encore auprès du bourgeois de l'entresol, habitait l'appartement au-dessus du forgeron de la rue Obscure.

— J'en viens ! dit-il, tout essoufflé. Porte de bois, messire. J'ai toqué, mais personne ne m'a ouvert. Tout est calme dans la rue, ils n'y sont pas encore allés.

— Bien ! Il est temps que tu reprennes tes fonctions et que j'invente une mise en scène.

Un peu avant none, alors que le soleil était au zénith, impatient de quitter la ville, un écrivain public, reconnaissable à sa boîte portative, se présenta à la porte de la Jane. Maugréant contre la lenteur que mettaient les gardes à libérer le passage, il eut droit à une bordée d'injures, qu'il chassa de son bras comme on chasse les mouches. Une heure plus tard, à l'opposé de la ville, le même personnage, habillé différemment et sans escritoire, passait sous les yeux amusés de Jacquou, au bras d'une Guillemette radieuse qui jouait à la perfection l'amoureuse. De retour à la maison, elle alla ouvrir discrètement la porte du jardin à un Garin méconnaissable.

— Mon ami, dis-je en l'accueillant, te voilà officiellement parti. Si on te cherche chez moi, c'est ce que je dirai sans mentir. Vois !

Parchemins, plumes, encre et autres accessoires avaient disparu. Et comme le scribe s'inquiétait de la chose, je lui demandais de me suivre à la cave. Là, après que j'eus déplacé quelques fagots de sarments, une petite porte apparut dans le mur.

— Cette ouverture donne dans la maisonnette voisine, demeure de l'ancien propriétaire, celui-là même qui m'a vendu le terrain sur lequel j'ai fait construire ma propre maison. Parce qu'elle clôt par son mur notre cour, nous avons décidé mon épouse et moi de la garder intacte. Comme elle a un accès sur le rempart, par la petite porte de notre cave, nous pouvons ainsi sortir par l'arrière incognito.

— Un passage secret, en quelque sorte ?

— Si l'on veut… plutôt une issue discrète qui à l'occasion pourrait être utile, mon garçon !

À l'intérieur, si le chaume du toit sentait le moisi, par le volet ouvert sur le jardin, la lumière entrait suffisamment pour que Garin puisse continuer à travailler dans d'assez bonnes conditions. Posé pêle-mêle sur une vieille malle s'entassait son matériel avec tout le nécessaire à la rédaction de mon codex.

— Jacquou, ce soir, te fabriquera une couche. Vois avec Guillemette pour le ménage. Transporte avant peu tes maigres biens. Soit discret, ne te fais pas voir… Nous continuerons nos travaux dès que possible.

Ému, le jeune homme mit un genou à terre et embrassa un pan de mon habit.

— Merci, messire ! Ce que vous faites pour moi, je ne l'oublierai pas. Il n'y a point de sang noble en moi, mais je jure sur ce que j'ai de plus précieux que je serai pour toujours votre obligé.

— Évite de jurer, même pour me remercier, tu m'es trop cher pour que je te laisse partir en douce… et puis, je n'ai jamais aimé l'Inquisition et ses manières radicales. Voilà une bonne occasion de le prouver et, quelque part, de la narguer !

Courbous, septembre 1307

Septembre arriva enfin, et avec lui les vendanges, les labours et les semailles. Chassant les oiseaux du ciel, le temps depuis quelques jours changeait. L'arrivée tant attendue des missives de Centernach fut pour moi un grand soulagement. Il y avait là mon ordre de mission signé du sire de Saguàrda en personne et paraphé par Pierre de Camprodon. Il y avait aussi une lettre de change à livrer à Paris de la part du Mas Déu, avec la permission, si exceptionnellement le besoin s'en faisait sentir, d'en prélever une infime partie en cours de route. En paiement de ma solde, une bourse de voyage en numéraire y était jointe. Mon départ était imminent.

Azmet me donna le soir même la lettre qu'il m'avait promise pour le grand maître. À cette occasion, il m'avoua le bien connaître et partager avec lui quelques secrets qu'un jour je saurais…

— C'est à propos des malles et de ce qu'elles

contiennent, dis-je. Plusieurs chargements lourds à faire peiner les mules arrivent dans l'année et même s'il y a quelques livres qui se retrouvent au *scriptorium* et quelques biens qui nous restent, la majeure partie des objets transportés s'évanouit dans la nature.

Comme Azmet, silencieux, se troublait, j'enfonçai le clou.

— Tes absences répétées ne sont pas fortuites, tu es le gardien de quoi ? Parle, dis-moi !

— Un gardien ne parle pas. Je ne peux rien te dire ! Même si tes doutes et ta clairvoyance sont fondés, tu n'en sauras pas plus pour l'instant. Sache qu'un homme est déjà mort, tué de mes mains pour avoir découvert le secret que tu soupçonnes. La seule chose que je puisse te dire, c'est que Raymond dans son enfance a trouvé par hasard une profonde cavité. Il était, à cette époque, encore un enfant et peureux dans le noir. Ce fut notre secret à tous les deux. Plus tard, à l'occasion d'un passage chez nous de sire Jacques, je lui fis part de cette mine abandonnée. Contre toute attente, la tâche qu'il m'a confiée en la visitant est devenue ma raison de vivre. Aujourd'hui, elle est capitale pour l'ordre auquel tu appartiens. Savoir sans y être autorisé, c'est la mort assurée.

— Tu irais jusqu'à me tuer ?

— Non, idiot ! Pourquoi crois-tu que je propose ton nom dans ma lettre ? Tu seras le prochain gardien à connaître le mystère de Corbos et les raisons pour lesquelles cette commanderie véritablement existe.

— Je… et si Jacques de Molay refuse ma nomination ?

— Le gardien n'est, pour des raisons de sécurité, jamais un frère important dans la hiérarchie. Choisir un proche est plus indiqué et surtout plus discret. Parce que tu refuses la maison du maître et que tu décides de ton propre chef de rester ici et de te marier à demeure avec, qui plus est, la sœur d'un futur dignitaire de l'Ordre, tu t'imposes. Par ta naissance, ta bravoure et ton expérience, sire Jacques ne te refusera pas. Je peux même te dire, sous le sceau du secret, que Raymond sera nommé au prochain grand chapitre commandeur dans un premier temps, puis maître de province dans quelques années. L'avenir de Corbos passe par là.

— À Centernach et au Mas Déu, ils sont au courant ?

— Ils savent certaines choses, comme nos frères d'ici, mais pas tout. Le cloisonnement est nécessaire. En ce qui te concerne, j'ai réussi à les convaincre. Ils appuient ma demande et l'ont cosignée de leur sceau.

— Le maître de Centernach m'avait parlé de tout cela, et d'Amaury, aussi.

— Quand un gardien est nommé, la première de ses responsabilités est de se trouver un remplaçant. La chaîne très fragile ne doit pas se rompre. Avant que tu n'arrives, c'est Amaury qui était mon postulant.

— À moi, on ne m'a rien demandé, dis-je outré, tout se fait dans mon dos. Depuis le premier jour de ma naissance, ce sont les autres qui décident pour moi, et…

— Et, cette fois-ci, ce sera comme d'habitude, tu n'as pas d'autre choix ! À moins que tu ne veuilles plus épouser Sébélie, et que tu renies la main que je te tends ?

— Non… bien sûr que non !

Je ne pouvais encore une fois hésiter, je n'étais plus seul au monde. Azmet avait raison, des gens m'aimaient et comptaient sur moi. Le colosse noir, sourire aux lèvres, tenait toujours sa main tendue dans ma direction.

— Ma vie est ici, dis-je en le regardant dans les yeux, ma famille est ici, mes seuls amis sont ici et ma main que voici, je la mets dans la tienne. Je serai donc… le prochain gardien !

— Je suis sûr que mon choix est un bon choix, dit-il en me serrant contre lui. Va, et reviens-nous vite !

Mon départ fut fixé au matin du 20 septembre, un mercredi. Père de Llupia, qui connaissait bien Raymond de Corbos, m'indiqua où le trouver.

— Paris est grand, me dit-il, il a toutefois mentionné dans ses lettres qu'en dehors du Temple où il vit, il passe ses jours dans un estaminet où il va souvent manger et aider pour les aumônes. C'est près de l'église de Saint-Landry, *le Tonneau en Perce*. S'il n'est au Temple ou chez le roi, tu devrais le trouver là. Le tenancier est un « pays ».

Thomas, en cadeau, eut soin de me donner deux petits pots de mixtures odorantes de sa confection, une pour calmer l'irritation de la selle, l'autre comme emplâtre en cas de blessure. Jean, avec qui j'avais passé de longues heures à tracer mon itinéraire, m'avait fait une carte précise avec toutes les étapes. Il avait ajouté au parchemin en fine peau de veau une image magnifique de la Vierge qui pourrait, pensait-il, me protéger des dangers de la route.

Jourdain m'offrit une paire de gants neufs et quelques pièces d'argent de ses économies, pour, selon ses propres mots, « qu'arrivé à la capitale, tu puisses acheter une babiole pour Amaury et une cotte à la dernière mode pour Sébélie ». Mais c'est Pierre qui me fit le plus beau cadeau. Le plus beau de ma longue vie… son épée. Celle qu'il m'avait longuement montrée, dans la basse salle du vieux donjon.

— Tu vas côtoyer des maîtres, des barons, des comtes et peut-être le roi et ses fils. Alors, même si ton habit est commun, que cette lame fasse de toi le seigneur que tu es et que tous te l'envient. À partir de maintenant, elle est tienne.

Ému, c'est la larme à l'œil que je l'embrassai.

— Pierre, je ne te remercierai jamais assez ! Que

pourrais-je te donner en échange qui soit d'une telle valeur ?

— Ton amitié, me dit-il tout bas, et la permission de t'aimer comme un père… si ce n'est trop demander.

— Accordé avec grand plaisir. À mon retour, moi, l'orphelin de Vaour, j'aurai la chance d'avoir en même temps un père, une femme et un fils. Pierre, quel bonheur de te connaître, je t'aime d'amitié et plus fort encore.

Ma dernière soirée à Corbos se passa au Carbonibus, dans les bras de Sébélie, à essuyer ses larmes, à baiser sa bouche et embrasser son corps qu'elle m'offrit sans retenue. Unis charnellement pour la première fois, nous fîmes l'amour avec douceur et attention. Privés depuis trop longtemps de sexe, nous passâmes la nuit à nous découvrir, à nous enivrer de nos odeurs et de nos caresses. Jamais rassasiés de nos corps, nous avons fait de cette nuit un moment inoubliable. Avec la promesse d'une union éternelle mille fois renouvelée, j'eus la certitude d'avoir trouvé l'être rêvé. Celui qui m'était depuis toujours destiné. Il nous fallut bien du courage pour nous séparer au petit jour. Tandis que je m'habillais, elle coupa l'extrémité de sa tresse, et après avoir placé la mèche de cheveux dans un sachet de toile, elle me le donna avec une lettre pour son frère.

— Pour toi, mon amour, pour que tes nuits

soient les miennes. Reviens-moi vite, me dit-elle en se pressant contre moi, j'ai encore envie de toi, je ne pourrai jamais plus vivre sans toi !

Le jour pointait au-dessus de la vallée, il était temps de partir.

Quelques minutes après, devant le porche de l'écurie de la commanderie, Phalip ajustait mon camail et me tendait mes gants.

— Votre arc et son carquois sont fixés à la selle, votre paquetage posé et sanglé au troussequin et les fontes remplies de mangeaille, pour vous d'un côté et pour votre cheval de l'autre. Lettres et missives sont dans les poches intérieures du bliaud que voici... Sanglez votre arme au baudrier et passez ce manteau, le plus neuf que l'on ait trouvé.

— C'est celui d'un sergent, je ne peux !

— C'est celui de Pierre. Père de Llupia le veut ainsi. Allez, venez que je vous aide.

Quand je fus sur ma selle, Phalip vérifia mes éperons sur mes bottes, mes étriers et toutes les sangles sur l'animal.

Il me passa le bouclier que je fixai dans mon dos. Puis il précisa :

— J'ai soigné l'Ami comme jamais personne ne l'a fait. Il est fin prêt. C'est une belle bête. Que Dieu vous garde, Guillaume ! À bientôt de vous revoir.

Ils étaient tous là, devant l'hôtellerie, à m'attendre. Béni par le père, salué par Azmet et par tous, c'est chaudement vêtu et armé de pied en cap, dans une cotte de mailles brillante de mille feux, que je fis mes adieux. J'embrassais une dernière fois Sébélie et un Amaury en pleurs et, la gorge serrée, les yeux à nouveau mouillés de larmes, j'éperonnai ma monture. Comme ils m'avaient tous suivi hors l'enceinte, c'est sous un tonnerre de cris et d'applaudissements que je criai bien fort, pour que tous m'entendent : « Montfort ou Champeaubois, Temple, Temple ! », qui est mon cri de bataille.

Dans l'aube naissante, du fond de la vallée, un soleil éclatant monta dans le ciel. Alors qu'au galop je m'engageais enfin sur la route de Paris, tel un zéphyr, un vent léger souleva devant moi la poussière du chemin.

DEUXIÈME PARTIE

Le chemin de Paris

Septembre 1307

Ma première étape, par le col d'Aussières et la rivière Boulzane, me mena dans la vallée, non loin du puissant castel de Puig-Laurens. Remontant le versant opposé de la montagne par le col de Saint-Louis, j'atteignis, par la petite ville de Quillan, le moulin de Campagne-sur-Aude, une de nos possessions. L'étape suivante me mena à Carcassonne. Non point dans la Cité, mais dans le faubourg Saint-Antoine, en bas près du fleuve. Ma surprise fut aussi grande que mon bonheur d'y rencontrer Hitier de Roquefort. Mon ancien compagnon d'armes, glorieux survivant de Saint-Jean-d'Acre, était le commandeur des templiers de cette région. Maître de Douzens, maison mère de Brucafel où je logeais pour la nuit, il m'accueillit avec amitié, respect et nostalgie.

Au matin, sous une pluie fine et tenace, délaissant la route de Toulouse, je pris, par Montolieu et Saissac, sur la Montagne noire, la direction de

Castres-sur-l'Agout. Noire, comme la couleur de ses sombres frondaisons, la forêt laissait entrer heureusement dans ses sous-bois, malgré la brume épaisse qui caressait mes joues, la pâle et glauque lumière du jour. Lentement mais sûrement j'y cheminai sans que rien n'advienne. Passé le dernier col, c'est avec le soleil qui trouait faiblement les nuages qu'en fin d'après-midi j'arrivai à proximité de la paisible et riante vallée de l'Agout. Il était temps pour moi de rencontrer la dame de Castres.

Ma sœur Éléonore, de l'illustre famille des Montfort de Castres, était l'épouse de Jean V, comte de Vendôme. Elle avait hérité de la seigneurie à la mort de son frère Jean et depuis sept ans régnait sur Castres. Comme elle était trop jeune pour avoir trempé dans le meurtre de ma mère, je n'avais pour elle aucune rancune. J'avais donc décidé de la voir et de lui donner de mes nouvelles. Rencontre incertaine et qui, pour être la première, m'inquiétait fortement. Tout le temps du trajet, j'avais ressassé inlassablement dans ma tête les mots et les phrases qui m'attireraient son amitié et sa protection. Les Montfort avaient déchiré mon enfance et brisé mon cœur, je priai donc le ciel que la blessure ne se dévoile à nouveau. La rencontre était capitale, je devais réussir notre entrevue.

Il faisait presque nuit quand j'arrivais enfin, colline après colline, d'abord dans la ville et ensuite au couvent des Frères Prêcheurs. Mon père, Dieu garde son âme, qui l'avait fait édifier quelque temps avant sa mort, reposait sous une dalle dans l'église dédiée à saint Vincent*. Le moine portier m'avait reçu, et à la vue de mon manteau, m'avait octroyé une cellule. Mon cheval pansé et nourri par le palefrenier de service, je le rejoignis dans l'église qu'il s'apprêtait à fermer. Prier sur le tombeau de mon père me semblait une des premières choses à faire. Un gisant sur sa tombe avait été gravé et le représentait en armure. Alors que je récitais à genoux une auguste prière, le moine qui venait d'éteindre presque tous les cierges s'approcha.

— Le seigneur Philippe était un grand homme, me dit-il, il a marqué son temps, il a laissé son empreinte sur la ville et nous nous louons encore aujourd'hui de ses bienfaits.

Comme je me relevais, il ajouta :

— C'est lui qui a fait construire ce lieu et…

— Je sais, je sais tout cela, dis-je en remontant ma manche, c'était mon père !

Stupéfait, l'homme leva le bras, approcha sa lanterne de mon visage et scruta longuement mes traits. Les yeux subitement brillants, il me sourit.

— J'en connais un qui sera heureux de vous voir. Si vous avez fini de prier, venez, suivez-moi !

Passé le cloître, un couloir nous mena par un escalier de pierre dans un chauffoir où le père abbé du couvent me reçut. Mis rapidement au courant, celui-ci m'invita à m'asseoir en sa compagnie.

— À votre manteau, je vois que vous êtes du Temple, mon frère… puis-je en savoir plus sur vous et vos liens avec le fondateur de notre maison ?

— À la vérité, mon père, je ne suis point frère mais seulement soldat de la milice. J'ai l'autorisation de mes maîtres de porter l'habit, car je suis attendu à Paris, pour le grand chapitre où je suis convié.

— Louis, notre portier, vous voit une ressemblance avec le sire de Montfort, est-ce exact ?

Sans m'éterniser sur les détails, je racontai succinctement ma naissance et ma filiation. J'en vins à lui dire mon désir de rencontrer ma sœur au plus tôt.

— Hélas, mon fils, me répondit-il, Sa Seigneurie est à Vendôme chez son époux. Elle et ses gens sont partis depuis bientôt un mois et ne reviendront que pour la fête de la Nativité.

Comme je grimaçais à la nouvelle, il crut bon d'ajouter :

— J'ai maintenant, en vous voyant, souvenance d'une recherche qu'elle fit il y a longtemps auprès de monseigneur l'évêque d'Albi. C'était au sujet d'un parent qu'elle savait au Temple et aussi d'une messe. Oui… c'est ça ! D'une messe qu'elle avait commandée pour le repos d'un disparu de Saint-Jean-d'Acre. Je la vois encore en prière sur le tombeau de son père, c'était déjà moi qui officiais.

— Elle me croit mort !

Atterré par la nouvelle, j'en fus désemparé.

— Ne soyez point déçu, vos retrouvailles n'en seront que plus belles. Elle, qui se lamentait d'être la seule au monde de sa famille, s'en réjouira sans aucun doute ! La route de Paris n'est point trop éloignée de celle de Vendôme. Vous pourrez la voir bientôt !

— J'espérais, mon père, trouver ici un épilogue à mon histoire, il va me falloir encore attendre...

Coupant court, il demanda :

— Avez-vous déjà mangé ?

— Non, mon père, point encore, je n'en suis qu'au débotté !

— Alors, nous mangerons de concert et vous me parlerez de votre édifiante résurrection !

Sans doute fatigué par trois longues étapes et deux longues soirées, mon réveil tardif me fit manquer la messe de laudes*. La matinée bien avancée, je décidai, fourbu, malgré l'absence de ma sœur, de rester à Castres.

D'échoppe en échoppe, mes pas me conduisirent au bord de l'Agout. C'était l'endroit le plus animé de la cité et, à voir l'agitation qui y régnait, un lieu de travail intense. De part et d'autre de la rivière, un immense chantier s'étalait à mes pieds. Partout où je posais les yeux, c'étaient des cuves miroitantes d'eaux colorées, des rangées de draperies s'égouttant lentement, des ballots de cuirots, des baquets emplis de chaux (que l'on nomme ici *caoussino*), des chaudrons d'eau bouillante et de nombreuses fumerolles qui s'alignaient à perte de vue. Le spectacle féerique proposé par cette foule laborieuse était incroyable à voir. Malheureusement, l'odeur était insupportable et je dus, sous peine de vomir mon déjeuner, fuir ce cloaque infect. Fatigué de tourner en rond, de retour dans ma chambrée, c'est en rêvant de ma Sébélie et plus particulièrement de son corps merveilleux que je fis, le reste de la journée, une sieste bien méritée.

L'étape de ce dimanche, je la connaissais bien. Oubliant la route d'Albi, qui me retarderait d'autant, j'optai pour le chemin le plus court, celui des collines de Lautrec et de Gaillac. Vaour, en Albigés*, c'était chez moi. Autant dire qu'en fin de journée, passé le castel neuf de Montmiral, la montée vers mes souvenirs d'enfance me rendit fébrile. Délaissant le village, je franchis l'ultime côte qui menait à la commanderie.

Le sergent qui m'accueillit m'indiqua l'écurie et me confia son fanal.

— J'avertis de ton arrivée, me dit-il, j'envoie un servant et je reviens te montrer le chemin.

— Envoie le palefrenier, pour le reste, je sais !

Ma monture dessellée, j'allais la panser quand un serviteur entra.

— Laissez, mon frère, je vais m'en occuper.

Je reconnus l'homme, à sa façon de se gratter continuellement l'oreille droite avec l'ongle sale de son pouce.

— Une belle bête que vous avez là, mon frère. Des comme ça, on en voit pas tous les jours.

Tourné vers moi, il ajouta :

— Vous pouvez y aller, faites-moi confiance, je m'y connais, c'est pas le premier palefroi qui me passera dans les mains.

— J'ai confiance en toi, le Claude, je sais qui tu es !

— Vous me connaissez ? dit-il, intrigué.

— Ai-je donc tant changé ? dis-je en levant la lanterne.

— Guillaume... C'est toi, Guillaume ?

— C'est bien moi !

— Doux Jésus... Si je m'attendais, Champeaubois... Mon Dieu, mais tu es devenu un homme !

Le serrant dans mes bras, j'ajoutai :

— Eh oui ! Le temps passe.

— Ça alors, j'en reviens pas !

— À part toi, qui reste-t-il de mon époque ?

— Personne, j'en ai peur. Tous morts... ou partis ailleurs.

La porte de l'écurie s'ouvrit et le frère portier de tout à l'heure interrompit nos retrouvailles.

— Allez, mon frère, me dit le palefrenier, on vous attend ! Je vais la bichonner, votre bête.

— Merci, mon ami ! Comme je pars à l'aube, sois ici demain... j'aurai un travail à te confier, dis-je, en prenant mon paquetage.

Bernard du Gué, qui faisait office de précepteur, m'ouvrit la porte du réfectoire, et après m'avoir salué, me demanda :

— Que fais-tu seul, mon frère, sur les routes ?

Je lui tendis mon ordre de mission et en deux mots, je lui expliquai que je devais atteindre Paris au plus tôt. La fin de la journée se passa à parler de mes débuts dans cette illustre maison et après le repas, derechef, je montai me coucher.

Au petit jour, au moment de partir, en compagnie du Claude, je fis une visite au cimetière. Les ronces avaient tout effacé de la sépulture de ma regrettée mère. Seule la croix, que je reconnus, indiquait encore l'emplacement du corps.

— Tiens, dis-je au vieux serviteur après un moment de recueillement, voici quelques pièces pour toi. Je voudrais que tu refasses proprement la tombe et qu'en mémoire de moi, tu l'entretiennes de temps en temps... Vois-tu, les morts ne sont pas vraiment morts, tant que les vivants pensent encore à eux.

Je pris alors une nouvelle fois la route. Sachant ma sœur en désespérance de son petit frère, sourire crispé aux lèvres, le cœur gros, je mis mon cheval au galop.

Après Beaulieu-lès-Loches, et le soir suivant, Amboise, où je passai le fleuve Loire, j'atteignis, en fin de matinée le 7 octobre, qui était un samedi, la ville du sire de Vendôme. Le Temple y tenait un couvent, et dans le faubourg une maison où l'on me reçut. Mon cheval à l'écurie et mon repas avalé, je me débarrassai de mes vêtements de voyage passablement salis et m'inquiétai des estuves les plus proches.

— Sur les bords de la rivière, dans la rue proche du pont, me fut-il répondu par un servant.

À mon retour des bains, habillé de propre, prêtant mes bottes aux mains expertes d'un serviteur qui les fit reluire à force de graisse et de cirage, j'appris par lui que tournois et joutes étaient prévus dans la semaine à venir en l'honneur du second fils du seigneur des lieux.

— Vendôme est attendu sous peu. La ville pavoise, il est prévu de lui faire fête dès son arrivée de Paris. Sa Seigneurie, la dame de Castres, a fait les choses en grand pour lui faire surprise.

— Elle est céans, soupirai-je, rassuré.

Elle était là ! Ma sœur était là et j'allais enfin la rencontrer. Volontaire, je pris la route vers le château et sans le savoir encore, vers un nouveau destin !

Cordes, octobre 1348

Ce pauvre Garin, dans sa soupente, passa les nuits et les jours suivants sur le qui-vive permanent. L'oreille aux aguets, surveillant entre deux lignes d'écriture les bruits de la rue, il n'en menait pas large. Il se maudissait d'avoir cédé par cupidité à l'appât du gain. La plume en suspens, il s'invectivait lui-même de sa bêtise et tournait en boucle dans sa tête la plaidoirie qu'au besoin il énoncerait. Il se voyait, dans le meilleur des cas, très calmement expliquer à cet infâme chien de Dieu qu'il avait, par ignorance, basculé malgré lui dans l'erreur. Il s'accorderait sur tout ce que l'on voudrait qu'il confesse, pourvu que l'on ne le touche pas. Il jurerait de ne plus jamais dessiner une image interdite ou de travailler passé la cloche du soir. Il promettrait sur les Évangiles et respecterait son serment le restant de sa vie. Il irait jusqu'à faire amende honorable en demeurant au service des Dominicains le temps convenu pour expier sa faute. Oui… c'était cela, la solution. Ainsi, il garderait son corps intact et tout serait dit !

Au petit matin, quand Jacquou ouvrit le portail de la ruelle pour sortir les bœufs, réveillé en sursaut, notre scribe, oubliant les bonnes intentions de la veille, s'enfonça au plus profond de sa couche en tremblant. Terrorisé, en prévision des tourments à venir, il guetta, toute la matinée durant, les pas de l'inquisiteur et de ses sbires. Enfin, l'atmosphère se détendit un peu quand Guillemette revint de la boulange où elle s'approvisionnait en pain pour la semaine.

— J'ai des nouvelles, nous dit-elle, la femme recherchée a été retrouvée, elle n'a point été approchée ni questionnée pour une raison simple : elle est atteinte de la *bossa*, à un stade si avancé qu'il est miracle qu'à cette heure elle ne soit trépassée.

Jacquou, à la nuitée, nous confirma la nouvelle et ajouta que la servante était morte sans avoir parlé à quiconque. Le seul témoin disparu, Garin pouvait respirer plus librement. Nous décidâmes que les dispositions prévues seraient néanmoins maintenues tout le temps que l'homme en noir resterait dans nos murs. Notre soulagement, hélas, fut de courte durée et disparut totalement quand Jacquou, tout affolé, fit irruption le matin suivant, alors que Guillemette mettait la table pour le repas.

— Messire, messire ! Le fou de Dieu s'en vient

chez nous. Garin, à la cave, vite ! On descend et je camoufle derrière toi la porte sous les fagots.

Comme un moment après, tout essoufflé, il remontait nous dire que c'était fait, je lui demandai s'il savait pourquoi l'inquisiteur venait me voir.

— Je ne sais, maître, mais comme je finissais de décharger mon bois sur la Bride, j'ai vu celui-ci parler avec le scribe consulaire. À son air, ce dernier n'appréciait pas ses questions, ni la façon dont les acolytes de l'homme en noir le secouaient. Tourné vers le rempart, il a montré le toit de votre maison, alors j'ai compris qu'il parlait de Garin. Abrité par le tas de bois, je me suis approché, ils discutaient entre eux d'un pied poudreux. Un scribe qui avait eu maille à partir avec le guet et qui un temps avait porté la livrée de l'ancien templier. Inutile de dire que j'ai vite confié les bêtes à Petit Paul le rétameur et que j'ai couru vous avertir dare-dare.

— C'est bon ! dis-je, déterminé. Va-t-en, maintenant. Fais-le calmement et si possible sans te faire voir.

— Je reviens avec les bœufs et armé de ma guisarme, on ne sait jamais !

Quelque moment plus tard, on frappait à la porte. Guillemette, prenant sur elle, alla ouvrir. Le dominicain était seul et demandait à être reçu par le sire de Montfort. Quand il aborda l'escalier, je m'approchai pour le voir monter. Ce qui tout de suite m'intrigua, c'était sa jeunesse. Fait rare pour un inquisiteur, il devait tout juste avoir trente ans. Tonsuré, il avait cette allure sévère qui allait avec sa fonction. Avec des petits yeux chassieux, cachés en partie par des sourcils broussailleux, il avait le visage carré et une barbe de cinq jours qui laissait voir une cicatrice sur le menton. Mais ce qui, à la vue, mettait mal à l'aise, c'étaient ses mains, et singulièrement ses ongles démesurément longs. Une particularité étrange qui donnait au personnage une cruauté que son corps n'avait pas. L'ambiguïté s'accentua quand il me salua d'une voix de fausset.

— Votre Seigneurie… je vous salue ! dit-il en inclinant la tête. Je m'invite chez vous sans prévenir, j'en suis désolé et vous en demande pardon. Croyez, *messer**, que seule la vérité d'une affaire confuse m'attire en ce lieu… Puis-je entrer ?

— Bien sûr ! Ma porte est toujours ouverte aux gens d'Église, et la recherche d'une vérité est une tâche qui, pour moi, ancien lieutenant de la sénéchaussée de Castres, n'est point inconnue.

— Apprenant votre présence en ville, c'est ce qui me conforta dans ma démarche céans, à venir vous voir. J'ai en mémoire quelques affaires retentissantes, qui par vous furent élucidées et qui ont marqué fortement les esprits.

— Sans doute, mon ami, sans doute, mais tout cela est bien loin. Que puis-je pour la sainte Inquisition ?

— À vous, *messer*, je puis le dire. Je dépends du

tribunal inquisitorial de Toulouse, mais je ne suis point inquisiteur, seulement un collaborateur, avec titre d'enquêteur.

— Viens, allons nous mettre près de l'âtre, tu me conteras cela en détail.

Prévenant, l'homme m'aida à m'asseoir. Il en profita pour jeter un coup d'œil autour de lui et plus particulièrement sur mon arme et mon blason qui trônaient sur la hotte de la cheminée.

— Illustre famille que la vôtre, *messer* ! Bras armé de l'Église, au siècle passé, elle extirpa de belle manière de ce pays l'hérésie.

— Elle y contribua seulement. Et c'était une autre époque… Parlons plutôt de cette confuse affaire qui nécessite mon concours. Mais avant, pourrais-je connaître ton nom, mon frère ?

— Frère Jocelyn de Caussade, *messer* ! Je suis ici suite à la demande de monseigneur l'évêque à qui on a fait connaître un étrange évènement. Intrigué par le côté démoniaque, ses premières constatations lui ont fait choisir notre tribunal plutôt qu'un autre pour enquêter.

— Le diable ferait-il recette en notre cité ?

— C'est ce que je tente de trouver. Je cherche, j'enquête.

— Mais encore ?

— Voilà les faits, *messer*, voilà les faits… Un homme, qui faisait commerce de poudres à teinter les tissus, mort de la *bossa*, a été retrouvé la bouche pleine d'un morceau de vélin. Papier, qui semble-t-il, l'a étouffé. Sachant qu'il était en phase terminale de la maladie, deux hypothèses s'imposent. Soit il a voulu soustraire à la vue ledit papier, et trop faible s'est étouffé lui-même en le mâchant, soit on le lui a fait ingurgiter de force. Dans les deux cas, c'est forcément suspect !

— Sans doute, mais en quoi est-ce démoniaque ?

— Un familier, fatigué d'entendre gémir un chien sur le palier de son voisin, faute de réponse à ses appels, s'est risqué en curieux à forcer sa porte. À l'odeur émanant de l'appartement, il a tout de suite compris. Découvrant le cadavre gisant au bas de son lit, il a demandé le secours du bourreau et déclenché l'affaire. Le prêtre appelé pour l'extrême-onction a constaté, méfiant, que le cadavre était froid, que les yeux étaient grands ouverts et les cheveux en broussaille. Apeuré, ce qui l'a intrigué, c'est que du sang vermeil coulait encore de sa bouche. Prudent, il a demandé que l'on nettoie le visage pour qu'il officie. Aux dires des témoins, la bave ou les humeurs qui coulèrent de ses lèvres, alors que l'homme était mort depuis deux jours, dessinèrent sur son menton une forme étrange. Comme la couleur rouge ne semblait pas être du sang, le petit curé fit ouvrir grand la bouche, d'où l'on retira un de ces nouveaux vélins. Le papier déplié montrait un dessin, représentant un dragon déployant ses ailes et soufflant le feu. La salive et les régurgitations l'avaient imbibé et son encre diluée avait coloré la langue et la bouche du mort.

— Et le petit curé, sautant sur l'occasion, impressionné par la scène, s'en est allé voir l'évêque. L'inquisiteur interpellé, ayant d'autres chats à fouetter, t'a confié les préliminaires de l'enquête ?

— Exactement ! Et me voici ! Je n'ai point vu encore le corps que je ferai déterrer, mais mes premières investigations m'amènent à penser que l'homme est mort en s'étouffant lui-même.

— Élémentaire, mon cher… c'est aussi mon idée, cela semble évident.

— En effet, on ne se salit pas les mains en tuant un type à l'agonie. Non, je crois qu'il est mort en cherchant à nous cacher sa turpitude. Se voyant mourir, il espérait avaler ce témoignage qui l'incriminerait. Dans son sous-sol, j'ai retrouvé forge, cornues, soufre et autres poudres et surtout, par un couvre-chef particulier, la preuve qu'il s'adonnait à l'alchimie.

— Un physicien ?

— Oui, et même plus ! Cet homme invoquait Satan pour ses œuvres et il devait le faire par le moyen de ce dessin. Comme soufre, mortier et autres liquides étranges servent à fabriquer ou à transmuter les vils métaux en or, ce sont autant de preuves que j'ai pour étayer mes soupçons. Le côté démoniaque est avéré et son corps, sans doute corrompu, confirmera mes suspicions que je considère… comme irréfutables.

— En somme, l'enquête est close !

— Non point ! D'autres constatations s'imposent. Vous n'êtes pas sans savoir que cette cité est considérée comme lieu propice à la sorcellerie. Par le passé mes frères en Dieu y ont chassé le Malin avec succès. Mon enquête continue et mes hommes cherchent d'éventuels suspects autour des proches du défunt.

— Tu ne me mets point sur ta liste, j'espère ?

— Bien sûr que non ! J'ai d'ailleurs bien du mal à remonter ses amitiés. La seule qui savait et qui, aux dires des gens, fréquentait l'homme, c'était sa servante, ou plutôt devrais-je dire sa maîtresse. Folle, peut-être même possédée, elle est morte ce matin, atteinte elle aussi de la *bossa* sans que je n'aie entendu le son de sa voix. Son corps, que j'ai eu tout le loisir d'inspecter minutieusement, comportait, en dehors des bubons, des traces particulières. D'abord, une tache de vin au bas de la nuque, qui est signe maléfique. Ensuite, elle s'épilait le pubis et avait, sans doute pour souvent s'en servir, la fendace rouge et très enflammée, ce qui est contraire aux bonnes mœurs. Si ce n'était une coureuse de remparts ou une gouge*, c'était pour le moins une godinette*. De cette vuiseuse, j'ai relevé les contours de la marque du cou et vérifierai ce soir auprès du grand livre des stigmates sa signification. Mais le seul fait qu'elle vive au-dessus d'une forge et en compagnie, qui plus est, d'un chat noir, la rend nécessairement suspecte. Nul n'ignore que le travail des métaux tirés des entrailles de la Terre par le moyen du feu est proche des œuvres de l'enfer, et que les chats noirs sont animaux maléfiques et pervers.

— Ces indices, dis-je, même s'ils corroborent tes hypothèses, ne se sont pas preuves évidentes. L'homme est peut-être suspect… et encore ? Comme teinturier, il était normal pour lui d'avoir des poudres dans sa maison. Mais pour la femme, habiter au-dessus d'une forge et aimer le sexe et les chats ne fait pas d'elle un suppôt de Satan ! Ou alors, tu vas te mettre à dos, pour elle la confrérie des forges, et pour lui celle des teinturiers.

— Je ne dis pas que tous, par leurs métiers, sont suspects ! Je dis que des indices convergents laissent supposer la chose dans ce cas précis. Dans une cité et une région où sorciers, devins, invocateurs de démons sont légion et où nombre d'entre eux sont poursuivis, jugés et brûlés régulièrement, je me dois de présenter au tribunal le moindre des indices. La sainte Inquisition a pour devoir de protéger le peuple de Dieu contre les atteintes du mal. Il y va de notre salut à tous.

— Crois-tu que le châtiment céleste qui s'est abattu sur la ville n'est point assez sévère, pour encore en rajouter ?

— J'ai des témoignages récents qui au plus fort de la crise parlent de sorts, de sabbats nocturnes, de possessions, et de bacchanales par dizaines. Notre grand maître Bernardo Gui, Dieu le garde, parlait dans son manuel de l'inquisiteur, la *Practica*, de doctrines démoniaques. Ma tâche est de m'assurer de la teneur des faits et de leur ampleur, surtout en présence de substances chimiques.

— Je ne vois toujours pas en quoi je peux t'être utile, qu'ai-je à voir avec cette histoire ?

— J'y viens, *messer*... j'y viens ! Avant que je n'aille vérifier que la main du mécréant est bien rouge d'encre pour s'être lui-même mis le vélin dans la bouche, je recherche celui qui aurait pu dessiner et colorer l'image du dragon. Voyez-vous, *messer*, si l'encre s'est diluée si facilement, c'est qu'elle était fraîche ! C'est ce que j'ai appris auprès du scribe consulaire qui jure sur tous les saints que cela n'est point son œuvre et que d'autres que lui peuvent l'avoir fait. Outre les deux clercs de notaire, qui en utilisent régulièrement, le libraire de la Grand Rue, qui commerce avec les relieurs et autres copistes, se souvient parfaitement avoir vendu une fiole de cette couleur à votre scribe. Ou, je vous prie de m'excuser... au pied poudreux qui vous sert de scribe. Un témoin jure même qu'il aurait vu votre homme s'encanailler au Cochon-Dodu où le teinturier avait table mise. Pour faire bonne mesure, il affirme qu'après avoir été expulsé de la cité pour une sombre affaire, il s'y serait infiltré frauduleusement au nez et à la barbe du guet avant de se retrouver chez vous !

— De là à en faire un suspect notoire, il n'y a qu'un pas que tu franchis allègrement.

— Qui donc était en capacité, sinon lui ? Le travail est soigné et la mise en page créative, un vrai travail de professionnel.

— Je ne sais quoi répondre… nombreux sont ceux qui ont plume et encre à disposition. Es-tu sûr que l'encre ancienne baignant dans la salive ne se dilue pas au bout de quelques jours ?

— La question se pose, mais j'aimerais bien la poser moi-même à votre serviteur. Avec, il va sans dire, votre permission, bien sûr !

— Je te la donnerais volontiers, mais l'homme, ayant fini son travail, a pris congé voilà… trois ou quatre jours de ça.

— Le drôle ! Il aura eu vent de la chose et se sera enfui.

— Pourquoi l'aurait-il fait ? Ce n'est point crime que de dessiner un dragon !

— Aux yeux de l'Église, c'en est un ! Quand c'est considéré comme pratique d'augure ou d'idolâtre, l'inquisiteur a le droit de poursuite. Le culte des démons est interdit et le dragon en est une symbolisation. Saint Michel n'écrase-t-il point de sa lance le mal incarné ?

— Si fait ! Mais il est aussi dans la ville une figure emblématique et se retrouve sculpté sur les façades de nombreuses maisons neuves. N'as-tu jamais entendu parler du dragon de Mordagne qui vivrait dans le tréfonds de la cité, à la verticale du puits de la halle et qui écouterait en silence tout ce qui s'y dit ou qui s'y chuchote ?

— Je n'en ai point eu connaissance, mais cela corrobore, vous le dites vous-même par cette confidence, que cette cité sent le soufre. Oser, à la vue de tous, montrer les symboles du Mal, est une grave erreur. Erreur, que je vais condamner au plus vite !

— Cela n'est point confidence, mais une croyance populaire, faite pour effrayer les enfants... le soir à la veillée.

— N'empêche... Ne dit-on pas qu'il n'y a pas de fumée sans feu ?

Ce type était borné, et parler avec lui ne servait à rien. Il était temps de finir notre entretien.

— Je suis au regret d'avoir, dis-je, renvoyé le scribe si tôt, mais les portes libres, il était pressé de repartir sur les routes. À l'heure qu'il est, il doit être vers Albi, Gaillac ou Toulouse. C'est par là-bas qu'il m'a dit être attendu.

— Quel est son nom ?

— Il m'a donné celui de Martin, mais le scribe consulaire avec qui il a eu un différend le connaît. Méfie-toi qu'il ne t'ait chanté fadaises, celui-là !

J'ajoutai, perfide, en pensant égoïstement à mon recueil en attente :

— C'est un malin. Par sa position, il en a roulé plus d'un dans la farine, personne ne l'aime par ici.

— S'il sait quelque chose, je le saurai ! Comment est-il, ce Martin, qui chez vous a vécu tant de jours ?

— Gentil garçon… plutôt bien fait de sa personne. Rasé de près, le cheveu court, avec un vieil escritoire en bois teinté de grosses taches noires. Honnête avec ça. Il ne m'a rien volé. Il travaillait ici à mon ouvrage sur les batailles de ma jeunesse. Il dormait au-dessus de l'écurie dans la grange et restait réservé avec moi et mes gens. Je l'aurais bien gardé pour écrire quelques pages de plus, mais en pied poudreux qu'il était, les jambes le démangeaient trop pour rester longtemps. Sans la *bossa*, il serait parti depuis belle lurette.

— Il est bien parti, me dites-vous, il y a quatre jours ?

— Tu doutes de moi, tu veux fouiller ma maison ?

L'homme en noir resta silencieux, le regard dans le vague. Visiblement contrarié, il réfléchissait en triturant ses ongles.

— Non, *messer*, je vous crois ! Je pourpensais seulement qu'il me serait difficile de mettre la main sur ce gibier de potence. La vérité m'échappe et je déteste ça. Je me dois d'être irréprochable.

— Ta ténacité, que dis-je, ta pugnacité mérite éloge.

— Éloge, non point. Chasser le Malin est en soi une juste récompense, et débusquer la vérité, un plaisir sans égal.

— La vérité est parfois à désespérer.

— La tâche est immense, c'est vrai, mais je ne désespère pas de la vérité. Elle est à l'image de Dieu, elle est unique, elle s'impose. La trouver, la découvrir est moment exaltant et passionnant. C'est comme côtoyer la perfection.

— Il fut un temps où, comme toi, je poursuivais cette quête avec toute l'arrogance de ma jeunesse. Aujourd'hui, avec l'âge, je crois que pour qu'elle reste exaltante, la vérité, ou plus exactement les vérités se doivent de rester inaccessibles.

— C'est une façon de voir ! Je ne suis pas sûr qu'elle soit partagée par tous.

— Il est dit dans les Évangiles que même le Christ ne répondit pas à la question de Pilate au sujet de ce qu'était la vérité, alors un peu de compréhension et de tolérance ne ferait de mal à personne, ici-bas.

— Vos maîtres templiers, sans doute à cause de leur trop grande tolérance envers les infidèles, ont perdu la Terre sainte et leur âme avec. Ne l'oubliez pas ! La tolérance engendre les erreurs et mène parfois à l'hérésie. Prions pour que Dieu, lassé de nos turpitudes et de nos faiblesses, se tourne à nouveau vers nous.

— Prier ? Effectivement ! Surtout après le cataclysme qui s'est abattu sur nous. C'est la seule chose qui nous reste à faire. Espérer en des jours meilleurs et faire pénitence… voilà une vérité vraie, dis-je en me levant. Quant aux Templiers, qui n'étaient pas mes maîtres, mais mes seigneurs, laissons-les reposer en paix, veux-tu !

— Faire pénitence est plus que nécessaire, *messer*, dit-il en se levant à son tour, et là je partage entièrement votre opinion. Je vous quitte céans, un cadavre m'attend pour, dit-il ironiquement en se frottant les mains, qu'une vérité surgisse.

Inclinant le buste, il ajouta rapidement : « Santé et vie, *messer* » et s'en alla.

Tandis que quatre à quatre, il descendait l'escalier et claquait la porte, je songeai avec tristesse que l'esprit de cet homme, qui ne cessait de voir le mal partout, était celui d'un fanatique ; un vrai chien de Dieu. Se disant le gardien du troupeau des croyants, il n'était en fait qu'un de ses prédateurs des plus assidus.

Guillemette et Jacquou me rejoignirent. Du sous-sol où ils se tenaient, ils avaient tout entendu.

— Alors, maître ?

— Il recherche bien Garin, mais il n'a pas de preuves contre lui, seulement des soupçons. J'espère que mon stratagème a réussi, et que ses poursuites s'arrêteront ici.

— Avec sa mine austère, ses petits yeux et ses ongles de sorcier, avoua Guillemette, ce personnage me fait froid dans le dos.

— Il a bien la gueule de l'emploi ! Vous l'avez entendu ce salaud, parler de la servante, c'était répugnant, ajouta Jacquou… et ses insinuations sur les Templiers…

— Une façon détournée de m'impressionner et me faire comprendre que la vérité inquisitoriale est la seule qui compte à la fin. Depuis qu'ils officient, nombre d'innocents depuis leurs tombes doivent les maudire. Que ne fait-on pas au nom de Dieu ! Intouchables qu'ils sont, c'est, de toute façon, parler pour ne rien dire. Va. Rassure notre scribe. Jusqu'à nouvel ordre, il doit rester caché et ne point se montrer hors d'ici. On va bien voir qui, de ce fanatique ou de moi, à la fin, aura le dernier mot…

Vendôme, octobre 1307

Le château, situé sur un promontoire rocheux au-dessus de la cité, avait une enceinte imposante de laquelle émergeait sa tour maîtresse, dite tour de Poitiers. À l'intérieur, outre le donjon, on pouvait voir la collégiale Saint-Georges où se trouvaient les tombeaux des sires de Vendôme. La basse-cour du château était près de la ville, au pied de la colline. Sortant de celle-ci par la porte du Bié, je traversai sur un pont la rivière et sous le regard sourcilleux de trois gardes en faction, passé la poterne, je montai la rampe d'accès qui menait chez le seigneur du lieu. Dans le champ, plus bas, près de la rive, des hommes s'affairaient à construire des lices, à monter des tentes et à dresser des mâts.

La rampe était longue et raide et mon souffle court en approchant de la seconde enceinte. La sentinelle, à qui je demandai l'accès, me fit entrer dans la salle des gardes. Un chambellan averti s'approcha de moi.

— À votre service, dit-il en me dévisageant de la tête aux pieds, que puis-je pour vous ?

— Je voudrais, dis-je, m'entretenir avec dame Éléonore, épouse du seigneur Jean de Vendôme. J'arrive de Castres, pourrais-tu lui mander de me recevoir ?

L'homme, qui me détaillait et qui voyait en moi plus qu'un simple messager, me demanda :

— Pour quelles raisons dois-je vous annoncer ?

— Mes raisons sont personnelles, je dirais familiales. Je suis de la parenté de Sa Seigneurie.

— Rien à voir avec votre ordre ?

— Non ! Strictement personnelles.

— Bien ! Veuillez me suivre.

Nous traversâmes le baile* qui, dans l'imposante demeure, menait au donjon.

— Je vais informer ma maîtresse de votre venue, me dit-il au pied de l'escalier, veuillez patienter, je reviens !

Un moment plus tard, il m'invita à monter à sa suite.

La salle en haut de l'escalier était superbe. Vaste et bien éclairée, elle exposait, avec sa grande cheminée et son plafond aux poutres peintes et sculptées, un raffinement exquis. De grandes tapisseries pendaient aux murs et le sol dallé était recouvert d'une jonchée propre, odorante et finement coupée. À mon entrée dans la pièce, une petite levrette se mit à aboyer fortement. Effrayée de nous voir, elle se réfugia en couinant sous un tas de coussins disposés aux pieds de plusieurs femmes. Amusées de la scène, celles-ci se mirent à rire. Se levant d'un coussiège richement tapissé, la plus distinguée d'entre elles s'approcha. Plus âgée que moi d'une douzaine d'années, elle était parée d'un magnifique bliaud d'un bleu profond que mettaient en valeur sa chevelure nacrée et son teint pâle. La taille prise par une ceinture faite d'une chaîne en argent, elle portait sur ses épaules une pelisse d'hermine qui laissait voir un cou gracieux et un visage fin aux traits réguliers.

— Vous désirez me voir ? dit-elle d'une belle voix. Avancez, voulez-vous !

À me détailler, elle frissonna. Comme elle défaillait, à la recherche d'un appui, je lui tendis mes bras pour la soutenir.

— Vous… vous êtes Guillaume, n'est-ce pas ? se reprit-elle.

Mettant un genou à terre, ses mains dans les miennes, le cœur battant la chamade, je balbutiai, à la stupéfaction des curieux qui nous regardaient :

— Je suis en effet Guillaume… ma sœur !

— Mon Dieu… quel bonheur ! Merci, Seigneur, dit-elle en s'agenouillant à son tour devant moi.

Embrassant les paumes de ses mains, je sentis l'émotion me submerger. Émotion qui fut ressentie dans la pièce, pendant que pour nous le temps se figeait. L'esprit ailleurs, étrangers aux autres, nous étions quelque part entre le passé et le présent, les yeux dans les yeux, à nous découvrir et à nous recevoir.

— Je t'aurais reconnu au milieu de la foule, me dit-elle en se relevant après un long moment. Tu es le portrait craché de mon… de notre père. La même tête, les mêmes cheveux, la même stature. Quel bonheur tu me fais. Je t'ai cherché, sais-tu ? On m'avait dit ta mort sur les remparts d'Acre, et tu es là ! Vivant !

Elle se tourna rayonnante vers ses dames d'atour et vers les serviteurs qui, ameutés par le chambellan, emplissaient maintenant la salle, et ajouta :

— Voyez, voyez, vous tous, mon frère de sang m'est revenu… Je vous présente Guillaume, que je croyais disparu à jamais.

Par égard pour ma sœur, tous s'inclinèrent devant moi. Toute souriante, elle m'invita sur le coussiège en face du sien pour parler.

— Pourquoi m'a-t-on trompée ? Par quel miracle te voilà devant moi ? Parle… dis-moi tout !

— Pour des raisons, ma sœur… que Dieu seul dans son immense bonté connaît. Contrairement à ce que l'on a cru, je ne suis pas mort enseveli sous les murs d'Acre. Enterré vivant sous la Voûte, je fus sauvé et malheureusement amené en captivité au Caire. Dans la débâcle, nul ne s'est plus soucié de moi. Après, suite à mon évasion, je me suis retrouvé à Chypre où se trouvait le Temple et j'y suis resté en poste jusqu'à l'hiver dernier. Je chemine vers Paris et par Castres, où je vous cherchais, j'ai appris votre présence ici. J'ai donc décidé de me détourner de ma route pour vous venir voir.

— Quelle bonne idée tu as eue.

— Il le fallait, je vais me marier et je ne sais sous quel nom le faire ?

— Te marier ! Tu quittes l'habit ?

— Je ne l'ai jamais pris, madame ! On me l'a maintes fois proposé, mais j'ai toujours refusé. Le grand maître lui-même me voulait chez lui en sa mesnie, mais je vais à Paris décliner son offre pour rester en Fénolhèdes et m'y marier. Comme maître d'armes, ils m'autorisent la cotte noire, mais je ne suis ni frère ni initié, seulement soldat de la milice.

— Soldat ! Comment un Montfort peut-il n'être que soldat ?

— Il est doux de vous entendre me nommer ainsi, ma sœur, mais à part quelques personnes très âgées au Temple qui connaissent mon histoire, nul ne sait mon vrai nom. Votre parenté, en éliminant ma mère, a eu soin de faire disparaître le codicille me concernant. Sans cette preuve, mon parrain mort, je ne pouvais porter le nom illustre des Montfort. Aux yeux de tous, je ne suis que Guillaume de Champeaubois.

— Mon Dieu… quelle injustice !

— Il n'est pire chose en effet que d'être orphelin

de ses parents et surtout de son nom. Comme bâtard, l'Ordre me refusa le blanc des chevaliers, c'était soi-disant la règle, mais si pour les nantis, armés de pied en cap, celle-ci pouvait s'accommoder, à moi, on ne me proposa que le noir. Le prendre, c'était perdre à tout jamais mon nom, le vrai, et à mes yeux, le seul ! Cela… Je n'ai pu l'accepter. Par la suite, après mon retour de captivité, mes connaissances et mes faits d'armes parlèrent pour moi. On me voulait avec ou sans noblesse, commandeur et habillé de blanc. Mon retour en Occident participait de ce jeu, mais en Fénolhèdes les choses ont changé. J'ai rencontré Sébélie de Corbos, veuve du seigneur de Sorhnia, et nous allons nous unir devant Dieu.

— Si cela est bon pour toi, alors tant mieux… je n'ai, pour ma part, jamais trop aimé les moines hors de leurs couvents, et cela me rassure que tu n'en sois pas. Enfant, j'ai su que tu existais, mais nul ne devait prononcer ton nom chez nous sous peine d'être puni. Plus tard, à la mort de Jean en Calabre où il vivait, et qui, malgré trois mariages, n'a point eu de postérité, j'ai hérité de la seigneurie. Pour en avoir eu la gouvernance en l'absence de notre frère, j'avais connaissance du codicille à ton sujet. Il était rangé dans nos papiers. Aussi, quand son double paraphé de la main de ta mère m'a été, dans une liasse, rapporté d'Italie, j'ai demandé à mon secrétaire, un homme fort âgé qui connaissait nos secrets de famille, d'où mon frère tenait ce pli. Il m'expliqua la chose, ou du moins ce qu'il en savait.

— Ma sœur, ne vous croyez point obligée, je ne suis pas venu céans pour remuer les miasmes du passé, mais pour le seul plaisir de vous voir. En accusant votre parenté, je n'ai fait que rapporter les rumeurs de l'époque où je n'étais qu'un enfant.

— J'entends, mon frère, mais ton plaisir serait gâché sans cette confession... À la mort de ta mère, le frère d'un intendant de la mienne, homme sans foi ni loi, vint trouver Jean. Aux dires de mon secrétaire, il lui proposa rétribution sonnante et trébuchante contre le codicille qu'il disait avoir trouvé dans les ruines d'une maison à Vaour. Ma mère et Jean, jaloux qu'ils étaient de toi, s'en félicitèrent. Seulement, quelque temps après, apprenant le décès suspect de ta mère, ils ne surent quoi penser et firent rechercher celui qui, à l'évidence, les avait trompés. Deux ans plus tard, il fut retrouvé égorgé dans un bouge de la ville. Il fut dit, sans preuve aucune, qu'ivre et sans le sou il avait menacé son frère l'intendant d'aller raconter des choses sur le bâtard des Montfort. Celui-ci l'aurait, par peur, fait exécuter. Pour éviter un scandale qui pouvait entacher la famille, l'affaire fut enterrée. Mon secrétaire m'avoua qu'il ne croyait pas que Jean fut à l'origine de la chose, mais qu'il n'en pouvait point dire de même de madame ma mère. La jalousie était un trait de son caractère et son intendant, un serviteur zélé. Sachant cela, je fis des recherches pour te retrouver. Simon, mon second frère mourut avant la fin du siècle, et mes deux sœurs quelques mois avant mon frère aîné, en 1300. C'est à cette époque, après quelques vagues recherches, que j'ai appris ta disparition. Depuis cette année funeste, je me croyais la seule à porter le lion. Mais grâce au ciel, te voilà !

— Vos paroles me sont d'un grand réconfort et je regrette d'avoir à tort, depuis toujours, maudit notre frère Jean.

— Oublions tout cela... qui est le passé, et parlons plutôt d'avenir. Tu vas rester ici quelques jours n'est-ce pas ? Vendôme arrive incessamment, il voudra te voir et j'ai hâte qu'il te connaisse. Quant à ton nom ! La question ne se pose plus. Oublie Champeaubois définitivement. Je ferai chercher à mon retour à Castres ton codicille, je ne crois point l'avoir perdu, et te le rendrai. Mais pour l'heure, viens, dit-elle en se levant, que je te présente à mes enfants... à ta nouvelle famille.

On me présenta mes neveux et ma nièce. D'abord circonspects et intimidés par la surprise de voir inopinément débarquer chez eux un oncle inconnu, ils eurent tôt fait de m'accaparer. Des trois garçons, Bouchard à vingt ans était aussi grand que moi, c'était l'héritier en titre. Jeanne, l'aînée, mariée à Henri de Sully, baron de Chalus, avait deux filles et un fils de deux ans que l'on me présenta aussi.

— Voici Jean, mon second fils, me dit-elle rayonnante, il va sur ses dix-sept ans et il sera adoubé dans quelques jours, et enfin Pierre, mon petit dernier, qui a douze ans déjà.

C'était inouï. Ce moment restait étrangement irréel et je n'arrivais à en croire ni mes oreilles ni mes yeux.

— Dame Éléonore, votre accueil, au-delà de mes espérances, m'oblige… Je ne puis refuser l'invitation à rester. Pourtant… la bienveillance m'interdit, en l'absence de votre époux, de loger ici. Je vais donc vous quitter et reviendrai demain m'inviter, s'il y consent. Attendu au Temple de Paris, je ne gênerai point trop longtemps, mais suffisamment s'il vous agrée, pour vous parler de la femme que j'aime et de ma vie passée.

– Guillaume ! Il ferait beau voir que tu dormes ce soir ailleurs qu'au château. Maintenant que je t'ai, tu restes ! Vendôme se moque de ta bienveillance et me reprocherait de te savoir en ville et non chez lui. Reste. Umberto, mon intendant, te trouvera une chambre dans une tour et un habit moins sombre que celui que tu portes. Dès que possible, tu feras chercher tes effets et ta monture. Tournois, chasses et fêtes nous attendent en l'honneur de Jean, et tu te dois d'y assister. Tous nos vassaux et amis seront là ; je compte bien te présenter.

— Je m'incline, ma sœur, et ferai votre volonté sans plus barguigner.

Elle partit vaquer à ses affaires. En son absence, c'est Bouchard qui me fit visiter les lieux.

— Votre arme, pour un templier, est magnifique, monsieur mon oncle.

— Tout autant que votre mère, messire mon neveu ! Sachez tout de même que l'habit ne fait pas le moine. Je ne suis point fils du Temple, mais seulement à son service comme maître d'armes de sa milice.

— Tant mieux ! soupira-t-il, je vous préfère ainsi, les moines chez qui je fis mes écoles ne m'ont point laissé de très bons souvenirs, j'en ai la peau des fesses encore sensible. Venez, voulez-vous, montons la tour, voici Umberto qui nous fait signe.

— J'ai scrupule à m'incruster.

— Ma mère, où qu'elle soit, chez elle ou ici, gouverne en maîtresse. Mon père se contente de trôner, et c'est très bien ainsi.

La visite fut interrompue par le son plaintif d'un cor de chasse. Le jeune seigneur m'annonça l'arrivée en ville de son père et de son équipage et me quitta précipitamment. Un serviteur me mena jusqu'à la pièce que l'on me réservait en haut d'une tour, ensuite, il m'invita à rejoindre toute la famille à la poterne d'entrée.

Bannières au vent, une troupe d'une dizaine de cavaliers suivis de mules bâtées débouchèrent dans la cour centrale et descendirent de cheval. Quand le seigneur des lieux s'approcha de moi, je lui fus présenté par ma sœur. L'homme, que l'on m'avait dit enjoué et plaisant, me dévisagea d'un œil sombre. Sourire crispé, il ne s'attarda pas. Si l'accueil de ma sœur était inespéré, celui de Vendôme eut pour effet de refroidir soudainement mon enthousiasme.

Le repas qui suivit me permit de répondre à ses questions, et quand il comprit que je n'étais qu'au service du Temple et non frère de l'Ordre, son visage se détendit et le ton changea. Assailli de questions sur Acre, l'Égypte et mes campagnes de Grèce, nous parlâmes, en compagnie des garçons et du baron Sully, de guerres et de faits d'armes. Fatigués, la nuit bien avancée, il fut décidé en nous quittant de nous affronter le lendemain en guise d'entraînement aux joutes. Bien en vue sur le lit, un surcot aux armes des Vendôme m'invitait à quitter ma défroque de templier qui véritablement ne faisait pas recette ici.

Le lendemain, si mon arme attira l'œil, mon cheval, que j'avais le matin même monté avec mes effets au château, eut lui aussi un succès mérité. Mais après un périple de deux cent cinquante lieues* dans les cuisses et les jambes, j'eus beaucoup de peine à suivre le rythme imposé. Je dus, pour ne point être ridicule devant les dames et faire bonne figure, me contenter de m'inscrire au tir à l'arc. Personne ce jour-là, et nous étions une bonne trentaine, ne m'arriva à la cheville. Cela me valut des applaudissements nourris et sous les félicitations de tous, la couronne de laurier destinée au vainqueur. En fin d'après-midi, une messe solennelle fut célébrée en ville à Saint-Martin. C'est sous les pavois et les guirlandes de feuilles tressées, en compagnie des notables et des confréries, que les seigneurs de Vendôme, Jean en tête, furent fêtés par les habitants qui se pressaient en nombre dans les rues de la cité. Discret, je suivis le cortège en compagnie de ses nombreux vassaux.

Le lundi fut décrété jour de fête et dans la basse-cour ouverte à tous eurent lieu les joutes tant attendues. Venus de toute la région, pendant des heures, des combattants adroits ou malheureux se chargèrent à la lance mouchetée ou avec des épées de bois. Pour le plus grand plaisir des spectateurs hilares et bruyants, ils se donnèrent des coups et se firent des bosses. La fête, dont je faisais partie au milieu de la famille au grand complet, dura sans discontinuer jusqu'à la nuit. Mardi, pour ceux qui pouvaient encore se mouvoir, alors que le futur chevalier jeûnait en prière dans la chapelle du château, une chasse s'organisa dans les bois proches de la cité. De retour, je décidai de descendre en ville pour, en remerciement, faire l'achat d'un cadeau au futur adoubé. Ma sœur, à qui je demandais conseil, s'étonna de me voir riche.

— Tu as traversé le royaume avec ton argent sur toi ? me demanda-t-elle.

— J'ai quelques économies en effet, mais nous autres templiers, nous avons sur nous, quand on voyage, une lettre de change. Je peux, si le besoin s'en fait sentir, retirer jusqu'à la somme marquée dessus dans n'importe quelle maison de l'Ordre. J'ai dans l'idée qu'une paire de gants de combat bien matelassés seraient les bienvenus pour le damoiseau, j'ai vu les siens hier en piteux état. Sans trop vider ma bourse, cela me ferait plaisir à offrir.

— Tu en trouveras un grand choix près de l'abbaye, il y a là-bas un marchand d'armures réputé.

Comme je m'en allais, elle me rattrapa et ajouta :

— J'y pense... Vendôme, qui lui aussi utilise des lettres de change, m'a dit l'impossibilité de trouver du numéraire sur Paris. C'est une immense ville et l'argent s'y fait rare. Je ne serais pas étonnée qu'il en soit de même pour le Temple. Si j'étais toi, je retirerais le maximum ici, tant que c'est possible. La route vers la capitale est relativement sûre. Tu dormiras à Bréthencourt chez mon fils et je te donnerai une escorte. Suis mon conseil, j'ai du flair pour ces choses.

Si ma sœur le disait, c'est qu'elle avait sans doute raison, je suivis donc son conseil et dégageai la totalité de la somme. Ce qui fit de moi un homme riche... enfin un peu. De retour, je la lui confiai pour qu'elle la mette en son coffre avec mes lettres pour Paris que je ne pouvais garder tout le temps sur moi ou dans ma chambre.

Depuis la veille au soir, nous ne nous quittions plus. Sébélie était au centre de nos discussions et avec elle, mon entêtement à vouloir rester au Temple et à vivre dans une campagne retirée au bout du monde.

— Tu ferais mieux de venir habiter à Castres, chez moi, où je saurais t'employer et te doter, plutôt que de rester dans ce pays perdu. Un homme comme toi, c'est un cadeau du ciel ! Oublie ces oiseaux de malheur et deviens à part entière le seigneur que tu es !

— Cela ne se peut, ma sœur. Pour la même raison que je n'ai jamais trahi Montfort, je ne trahirai pas Champeaubois. Le Temple m'a nourri. Tout ce que je sais, je le lui dois. J'ai une dette envers lui, et puis vivre à Corbos est loin d'être désagréable et plus important que vous ne le croyez. De toute façon, je suis sans ressources. Ni champ, ni eau, ni bois, ni titre, pas même celui de chevalier. Je ne pourrai même pas participer demain à la collée*. Alors !

— Tu n'es point adoubé ?

— Pour l'être, il aurait fallu le codicille, un parrain et surtout un cheval et des armes, ce que je n'ai jamais eu à l'époque.

— Quelle idiote je fais de n'y avoir pensé !

Les yeux levés au ciel, elle ajouta :

— Mon Dieu, quelle injustice, décidément, il est temps que je prenne les choses en main et que je te rétablisse dans tes droits. Reste ici et attends. Je dois voir Vendôme au plus tôt.

À l'évidence, les choses m'échappaient de plus en plus. Pris dans les filets de deux femmes extraordinaires, ma vie se modelait malgré moi, et je passai en quelques mois du solitaire aigri et sans nom à l'amoureux transi et blasonné. Vendôme lui-même vint me chercher. Il m'enferma alors avec son fils dans la chapelle.

— Que la nuit soit propice à la réflexion. Que prières et contritions vous fassent humbles et propres. Que Dieu vous accompagne et que votre âme se purifie à son contact, car demain, devant tous, je vous frapperai en mémoire de cette nuit. Au petit jour notre chapelain vous entendra en confession. Préparez-vous. C'est la noblesse de son cœur et la pureté de son âme qui fait le chevalier et non son cheval ou ses armes, à demain !

S'il s'endormit contre moi, à la fin de la nuit, Jean, à la lumière des cierges, récita ses prières avec toute la ferveur requise et j'avoue en avoir fait de même en sa compagnie. Ce fut un moment fort dans ma vie, un moment de satisfaction, de revanche et de plénitude. La résonance totale entre mon passé et mon avenir.

Au petit matin, après la confession, nous fûmes dirigés vers l'estuve et rasés de près. Ensuite, habillés de vêtements propres, coiffés et parfumés, nous rejoignîmes la salle des gardes. Précédés de serviteurs portant nos effets et nos armes sur des coussins de velours, accompagnés de notre parrain, qui n'était autre que le baron Sully, habillé de guerre et portant gantelets de fer et heaume luisant, nous traversâmes les coursives sous le triple « Hourrah » des soldats en livrées et celui, bannières au vent, des vassaux en habits de fer. Dans la chapelle, Vendôme et Bouchard, entourés de toute la famille, armés eux aussi de pied en cap, nous attendaient, l'armure recouverte du surcot armorié au lion d'azur, qui ressemblait en une autre couleur à celui des Montfort. Sur les bas-côtés, intimes et dames d'atour, intendants, chambellans et autres serviteurs de haut rang se pressaient sagement dans des stalles. Debout au fond de la petite nef, baillis, échevins, notables et personnages importants de la ville s'inclinèrent à notre entrée. On nous installa devant l'autel, à deux pas d'un *botafumeiro* d'où s'échappait une forte odeur d'encens. L'officiant fit claquer ses mains, et entonna le credo... La messe commença.

— Moi... Jean le cinquième, comte de Vendôme, seigneur de Castres, de Beynes, de Bréthencourt, et de la Ferté-Alais, en présence de toute ma maison, de gentes dames et beaux messieurs, de mes vassaux et des maîtres de ville et sous les parrainages de Sully, baron de Chalus, pour toi, mon fils Jean, et par l'entremise de Bouchard mon aîné, pour mon beau-frère Guillaume, je vous reçois tous les deux, sis devant l'autel de ma chapelle en ce onzième jour d'octobre. Sous le patronage de mon chapelain Guilbert qui officie, d'Éléonore mon épouse, ainsi que sous la bienveillance de notre Seigneur qui nous voit, solennellement, je vous reçois pour faire de vous, par l'adoubement, de preux chevaliers !

— Ainsi soit-il ! ajouta le prêtre.

« Amen ! » répondit l'assemblée.

— Avancez et mettez genou à terre, nous dit-il.

— Guillaume ! Fils attesté de feu Philippe de Montfort, comte de Squillace, seigneur de Castres et d'autres lieux et père de ma douce Éléonore... devant mon fils qui pose à l'instant, à sénestre, sa main sur ton épaule, je te reçois ! Connu aussi sous le nom du sire de Champeaubois, pour ta bravoure et les blessures en combat qui parlent pour toi, pour ta piété et ton savoir, rectifiant en ce jour une injustice, je te reçois et devant tous, je pose cette épée sur ton épaule et de par ma volonté, je te fais chevalier.

— Ainsi soit-il ! répliqua le prêtre.

« Amen ! » reprit l'assemblée.

Reprenant pour son fils le même cérémonial, à la fin, après le *Pater Noster* et la bénédiction du prélat, il nous fit monter sur une estrade et on nous habilla. D'abord, de la cotte de mailles, des éperons, d'un surcot à nos armes, du baudrier et de l'épée. Puis, il retira son gant, s'approcha de son fils d'abord et de moi ensuite, et sourire aux lèvres, nous donna d'un vigoureux coup la collée sous les hourras et les vivats de l'assemblée.

Invité à sortir, je traversai les rangs où tous paradaient dans leurs plus beaux atours et je partis chercher mon cadeau pour Jean. Pendant que je m'éloignais, imitant le père, ses compagnons déjà chevaliers lui donnèrent à leur tour la collée et le félicitèrent en faisant de lui le roi de la fête. La fierté dans mon cœur et le lion d'argent que ma sœur avait fait broder pour la première fois sur ma poitrine, je n'avais plus peur de rien en montant, léger comme une plume, l'escalier de la tour.

Le soleil était de la fête et Jean me remercia pour mon cadeau. Ma sœur aussi, pour une petite croix en émail achetée à Limoges, qui était destinée à Sébélie, et que je lui donnai par exquise politesse en guise de gratitude pour son amitié et sa grande tendresse. Un gigantesque repas suivit l'assemblée où pendant une bonne heure Vendôme, assisté d'Éléonore et en présence de Bouchard, reçut chacun de ses vassaux et renouvela l'hommage de l'un d'entre eux. Deux salles furent nécessaires pour attabler les invités ; sans plus attendre, serviteurs et commis disposèrent les plats et les mets. Sur la table seigneuriale, où paradait la famille, posés sur un magnifique doublier* brodé finement de motifs entrelacés qui se répétaient sur la longière*, les plats en grès ou en étain, recouverts de linges pour en garder la chaleur, s'étalaient en dégageant des fumets appétissants.

Pour la première fois de ma vie, je mangeais dans le faste et l'opulence. Étourdi, rassasié de plats trop bons et trop riches, j'eus bien du mal à goûter les desserts que l'on servait à la fin du banquet. Riz aux amandes et au miel, dragées faites de graines de coriandre et de genièvre, pain d'épice, gaufres et même croûtes dorées*, que j'adorais particulièrement, ne purent passer qu'avec l'aide de malvoisie* et de cidre doux de pressoir. La tête cotonneuse, le ventre lourd, le pas hésitant, il me fallut sortir un moment sur la terrasse pour respirer le vent frais et reprendre une assise ferme et respectable.

Attentive à mon bien-être, Éléonore me rejoignit.

— Quel bel homme tu fais ! Si Sébélie n'avait ravi ton cœur, mes dames d'atour se le disputeraient.

— C'est un fait, lui dis-je. Mon succès auprès des femmes m'a conforté dans l'idée qu'une vie de moine chaste serait au-dessus de mes forces. Mais si Champeaubois était parfois frivole, Montfort à son âge convole en justes noces. C'est pourquoi, ma sœur, demain je vous quitterai pour le Temple de Paris. Raymond, dont je vous ai parlé, me doit bénédiction. J'ose penser qu'il me la donnera plus sûrement grâce à vous en voyant mes armes et mes couleurs et en me sachant sous votre protection.

— Tu pars déjà ?

— Il le faut ! Plus vite à Paris, plus vite de retour à Corbos. J'ai hâte de parler de votre accueil et de la tendresse que vous me témoignez. De vous, mais aussi de vos enfants qui promettent et de Vendôme qui est digne de vous.

— Es-tu obligé de rejoindre si vite l'enclos du Temple ?

— J'y suis attendu et ne saurai me défiler, il y va de mon avenir.

— L'Ordre est de plus en plus mal vu dans le royaume et, dit-on, par le roi lui-même. Tu devrais remettre ton départ. Nous devrions en parler avec Vendôme et te trouver un avenir plus conforme à ta naissance. Reste avec nous quelques jours encore.

— Le grand chapitre est prévu dans moins de deux semaines et je dois, avant qu'il n'ait lieu, remettre à qui de droit les missives que je vous ai confiées. Il n'est malheureusement que temps de vous quitter.

— Alors pars ! dit-elle dépitée. Fol que tu es ! Tu passeras me voir avant ton départ, je préparerais un codicille, tes missives, ton argent et Vendôme te donnera l'escorte promise ; à demain !

Je fus attristé de la voir fâchée de mon départ. Comme invité, il est désagréable de contrarier la maîtresse de maison. Cette impolitesse eut pour effet d'assombrir le reste de ma soirée. Contrairement à mon attitude, d'ordinaire réservée, ne voulant plus fâcher personne, j'acceptai l'invitation pressante de Bouchard, du chambellan et de ses nombreux amis à faire la fête. La soirée se termina fort tard dans un estaminet de la ville, réservé pour l'occasion, où je bus et surtout où l'on me fit boire plus que de coutume.

Au réveil, la tête serrée dans un étau, la démarche hasardeuse et la bouche pâteuse, ne trouvant plus mes vêtements ni mon sac, je voulus sortir de la chambre et appeler un serviteur quand je trouvai porte de bois. Étonné, je ne pus que constater mon enfermement. La clenche de la serrure sans doute cassée, je ne pouvais sortir. La petite fenêtre trop haute au-dessus de la falaise ne me laissait que la possibilité de crier mon désespoir. Ce que je fis en pure perte. Fatigué et malade du vin de la veille, à la fin, je me rendormis. Quelques heures plus tard, personne ne s'inquiétant de moi, je compris que j'étais prisonnier. Alors que je me morfondais, la porte s'ouvrit et Vendôme entra, laissant deux hommes en faction dans l'escalier.

— Qu'ai-je fait qui me vaut pareil traitement ? dis-je, la bouche méprisante.

— Rien qui ne soit de ton fait, répondit-il sur le même ton. Si ce n'est ceci !

Me tendant un parchemin à lire, il ajouta :

— Ce jour, partout dans le royaume, les sénéchaux décachettent pareille missive. Depuis des semaines, les chevaucheurs du roi ont dans le plus grand secret acheminé cet ordre. Demain, vendredi treizième du mois, au petit jour, tous tes frères du Temple, du plus petit serviteur jusqu'au grand maître, seront arrêtés !

À cette annonce, je crus que le ciel s'abattait sur ma tête. Devant ma stupéfaction, Vendôme ajouta :

— Lis… Je n'invente rien !

C'était bien un ordre de mission royal, daté du mois dernier. Le sceau en attestait. C'était long et recherché. Je lisais, les mains tremblantes, le texte auquel on avait joint un mémento pratique sur la manière de procéder pour l'arrestation.

« *Une chose amère, une chose déplorable, une chose horrible à penser, terrible à entendre, un crime détestable, un forfait exécrable, un acte abominable, une infamie affreuse, une chose tout à fait inhumaine, bien plus, étrangère à toute humanité a, grâce au rapport de plusieurs personnes dignes de foi, retenti à nos oreilles, non sans nous frapper d'une grande stupeur et nous faire frémir d'une violente horreur. En pesant sa gravité, une douleur immense grandit en nous, d'autant plus cruellement qu'il n'y a pas de doute. Que l'énormité du crime déborde jusqu'à être une offense pour la majesté divine et une honte pour l'humanité. Un pernicieux exemple du Mal et un scandale universel. La gent dont il s'agit, en l'occurrence les Templiers, est comparable aux bêtes de somme. Dépourvue de raison, bien plus, dépassant leur déraison par la bestialité étonnante, elle s'expose à tous ses crimes souverainement abominables qu'abhorre…* »

— C'est un tissu de mensonges, une vilenie. C'est abject et monstrueux ! dis-je.

— C'est signé du roi !

Il lut alors, d'une voix forte, la missive en entier :

« … *Ils souillent la terre de leurs saletés, corrompent la pureté de l'air et déterminent la confusion de notre foi. Par leurs œuvres détestables, ils oublient la volonté spirituelle qui présida à l'institution de leur ordre et de la dignité dont ils étaient comptables en tant que fils de saint Bernard. Ils se sont dans leur folie coupés véritablement de Dieu…* »

— Par saint Georges ! Cela est une insulte. Jamais le Temple ne s'est coupé de Dieu.

« … *Ils osent contrevenir à la loi divine et ne craignent pas d'offenser la loi humaine. En accord avec notre saint-père Clément le cinquième, il est décidé de trouver le moyen d'éclaircir définitivement la rumeur persistante, qui condamne l'Ordre tout entier.* »

— Même le saint-père donne son aval à une enquête. S'il accepte celle-ci, c'est que les choses dites ont un fond de vérité. Jamais le roi n'aurait donné un tel ordre sans preuves accablantes.

— Mais que nous reproche-t-on ?

— L'accusation porte essentiellement sur votre mode de réception. Il est dit que vous reniez trois fois le Christ : « *Ter abnegant* » ; que vous crachez sur la croix : « *Ter in facium spuint ejus* » ; que vous vous baisez le cul, le nombril et la bouche et cela finit par « *concubinium vicio* », qu'il est inutile de te traduire. L'ordre se termine ainsi : « … *considérant la gravité de l'affaire, tous les membres de l'Ordre sans exception aucune, doivent au matin du treize octobre être arrêtés et déférés aux autorités tandis que leurs biens seront mis sous séquestre... à Maubuisson l'Abbaye, le quatorze septembre de l'an de grâce mil trois cent sept.* » Et c'est adressé « à nos aimés et féaux, baillis de nos sénéchaussées sur tout le royaume ». Et scellé de par le cachet royal.

Après un long silence, je réalisai le pourquoi de mon enfermement.

— Je suis donc votre prisonnier et je vais demain être déféré ?

Le cœur envahi par la haine, j'ajoutai :

— Vous donnez foi à cette parodie, à cette trahison... Jamais je n'ai vu, ni entendu parler de choses pareilles dans l'Ordre. Si cela avait été le cas, je n'y serais pas resté. Je vous croyais...

— Non ! Plus un mot que tu pourrais regretter ! Écoute-moi, Guillaume. Même avec la plus grande volonté, tous nos baillis demain à l'aube ne pourront arrêter tous les templiers. Je doute d'ailleurs que tous soient fautifs. Dans la lettre, la condamnation n'est que suggérée, mais le ton étant donné, rien ne peut plus arrêter la machine à broyer. Ceux qui portent l'habit seront emprisonnés. Et toi... comme par hasard, non seulement tu ne le portes plus depuis des jours, mais en tant que non initié et simple milicien, libre de ton avenir au sein de l'Ordre, tu viens de le quitter en devenant sur ma demande expresse... mon vassal.

— Mais !

— Il n'y a pas de « mais ». Cela est dûment attesté par ce pli qui date de trois jours, et qui est signé de la main de ta sœur qui te prend à son service et que j'ai paraphé, sous ton acceptation. Signe à ton tour et la chose est dite ! Il ferait beau voir que mon bailli n'en atteste pas et qu'il mette ma parole en doute !

— C'est folie, vous allez vous attirer les foudres du roi !

— Le roi n'a cure de toi ! Il lorgne sur les richesses du Temple, et personne ne se souciera d'un simple soldat. De plus, avec le lion que tu portes maintenant sur ton surcot, tu es intouchable !

Abasourdi, anéanti, je restai muet. Je voulus tout de même m'indigner encore une fois de l'énormité.

— Non ! Maintenant, mon frère, reprit-il plus bas, en posant avec sollicitude son bras sur mon épaule, c'est de ta future femme que tu dois t'occuper.

C'est son image en compagnie d'Azmet qui s'inscrivit en moi. Elle m'implorait de retrouver Raymond. L'ampleur de la tragédie, la gravité de la situation, me firent reprendre mes esprits.

— Il me faut avertir Raymond, dis-je, en me levant subitement de ma couche.

— Assieds-toi ! Il est trop tard pour lui, même en crevant ton cheval sous toi, tu ne pourrais atteindre Paris en si peu de temps.

— Cela vaut peut-être le coup d'être tenté, dis-je.

— Cinquante-cinq lieues, c'est trop ! De toute

façon, ta sœur m'a interdit de te laisser faire n'importe quoi. C'est sur son ordre que tu es retenu ici.

Je compris qu'elle savait pour l'arrestation et pourquoi hier encore, elle essayait de me convaincre de rester avec elle.

— Vous saviez, n'est-ce pas, vous saviez depuis longtemps et vous n'avez rien fait pour m'avertir ?

— Arrête de t'emporter et de faire le « chieur ». C'est moi qui le lui ai dit le soir de mon arrivée de la capitale. Ne vois-tu pas que tout ça, c'est pour ton bonheur ? Elle vient à peine de te retrouver et ne veut pas te perdre. As-tu pensé à Sébélie ? Tu la vois pleurer son frère et son promis, emprisonnés tous deux à vie ?

L'argument imparable m'acheva et j'acquiesçai tristement.

— Vous avez raison, pardonnez-moi ! Je vous dois certainement liberté et peut-être vie sauve. Que dois-je faire ?

— Ton père et le mien sont morts devant Tunis, cela fait de toi doublement mon frère, et tu demandes ce que tu dois faire ! Te démener pour arriver à tes fins et épouser ta promise... voilà ce que tu dois faire et nous allons t'y aider au mieux.

— Je dois voir Raymond, insistai-je, il est proche du roi, il sera peut-être mis hors de cause. J'ai besoin de son consentement pour épouser Sébélie et pour adopter Amaury. Même pour rien, même en pure perte, je dois monter à Paris.

— Pour l'heure, tu es consigné dans cette pièce et mes hommes veilleront à te surveiller. Ta sœur va venir te voir et vous allez étudier la meilleure façon de rencontrer ce Raymond de malheur. Et si possible sans que nul ne soupçonne qui tu étais.

Ironique, avant de passer la porte, il ajouta :

— Cet enfermement te sera doux, je t'envoie quelques agapes des restes d'hier soir qui te feront, avec le ventre plein, retrouver le sourire et l'espoir… Sache qu'il y a de par chez nous un proverbe qui dit : « Il pleut toujours sur les mouillés », moi, je te préfère au sec, et en cela, j'exécute à la lettre l'ordre du roi.

Sur ce bon mot, il prit congé de moi. Ma sœur toute douce vint en fin d'après-midi me voir. Je lui expliquai combien était inique et calomnieux cet ordre d'arrestation. Elle rétorqua que le mal était fait, et que sans l'aide du saint-père l'Ordre serait dans de mauvais draps. L'enquête et le procès qui ne manqueraient pas de suivre sépareraient sans doute l'ivraie du bon grain. Les choses se régleraient d'elles-mêmes, mais il fallait s'attendre à une perte sévère d'influence, qui laisserait l'Ordre dans un état précaire et pitoyable.

— Le malaise était palpable et le grand chapitre était prévu pour y remédier, dis-je. Les choses allaient bientôt changer !

— C'est pour cela que Philippe devait agir maintenant. En bon politique, il l'a fait et vous terrasse en coupant l'herbe sous vos pieds. Et surtout, après les juifs et les Lombards, il va récupérer votre or.

— Cet homme est le Diable !

— De tous les rois de la chrétienté, c'est de loin le plus habile et le plus intelligent. Il s'est entouré de conseillers avisés et règne en maître. Ni le roi d'Angleterre ni les papes précédents n'ont fait le poids, et comme Clément V lui doit sa tiare, tes amis sont en danger. Quand Vendôme, arrivé de Paris, missive en poche, t'a vu en habit, il t'a cru sergent et initié et a failli te chasser sur-le-champ. Ensuite, voyant sa méprise, il a décidé de m'écouter et nous t'avons gardé au château pour te contrôler et te faire quitter cet habit trop compromettant. Crédule comme un innocent, je n'ai point eu de mal à te faire croire à la fable des numéraires. Si tu es riche aujourd'hui, pauvre niais, de quelque trois cents livres*, c'est grâce à moi ! Ta lettre de change demain ne vaudra plus rien et le roi que tu voles ne s'en portera pas plus mal. Sébélie m'en remerciera, j'en suis sûre !

— Vous êtes, ma sœur, incroyable et pire que ce maudit roi ! Vous ne laissez jamais rien au hasard ?

— Disons que le hasard n'est pas fait pour les chiens, il s'utilise. Ne t'a-t-il point sauvé, en te faisant me chercher ?

— Si fait ! Je le reconnais, mais il m'éloigne de Raymond et d'un avenir que je croyais tout tracé.

— Ne désespère point ! Avec ou sans consentement, Sébélie sera tienne.

— Sans la protection de la commanderie, elle est en danger. Plus vite je suis à Paris, plus vite je la retrouve. Laissez-moi partir ! Je vous supplie de me laisser partir au plus tôt.

— La nuit porte conseil et je vais y réfléchir, à demain… mon petit frère !

La mienne, de nuit, fut agitée et les visages de mes compagnons d'armes qui ne savaient leur destin hanta mes rêves, ou plutôt devrais-je dire mes cauchemars. Personne, ce vendredi funeste, ne vint frapper à la porte du château pour moi et je fus admis à la table seigneuriale comme si rien ne s'était passé. Les derniers invités quittèrent Vendôme et rejoignirent leurs terres sans connaître la nouvelle qui n'alimenta les conversations que le lendemain. La stupeur régna dans les esprits, tant la chose était énorme et soudaine. Les quelques voix qui s'élevèrent ne furent rapidement qu'un murmure à l'énoncé des reproches formulés à l'encontre de ces orgueilleux et riches personnages. Les jours suivants, chacun très vite se désintéressa de l'affaire, d'autant que les Templiers s'étaient laissés prendre sans velléité ni révolte. Surpris, ils furent emprisonnés sans se rebeller ou presque. Le roi pouvait se féliciter et remercier le sire de Nogaret qui avait mené de main de maître cette rafle unique dans l'histoire.

Mon départ, après ma signature au bas du parchemin, fut fixé au surlendemain. Quittant Vendôme pour Bréthencourt qui se trouvait sur la route de la capitale, je fis le voyage en compagnie de Bouchard et de ses hommes qui repartaient là-bas. Vendôme et Éléonore m'incitèrent à la prudence et me voulaient revoir à mon retour. Ce que je promis d'autant plus facilement qu'après avoir brûlé mon ordre de mission, les lettres et les missives de mes maîtres, je ne prenais avec moi que la lettre de Sébélie pour son frère et celle, codée, d'Azmet pour le grand maître, en laissant dans leur coffre un petit pactole que je comptais bien récupérer.

L'Ami fut très heureux de me retrouver et ne fit aucune différence à me voir sous le manteau des Montfort au col de laine doublé d'hermine à la place de celui de l'Ordre. L'étape nous mena de Châteaudun jusqu'à Bonneval où nous dormîmes à l'auberge, puis le lendemain à Bréthencourt qui nous vit, fourbus et fatigués, pénétrer le château à la nuit tombée.

La soirée fut gaie et enjouée. Chacun retrouva ses habitudes et sa couche. Crevé, je dormis cette nuit-là sans ne plus faire de cauchemars. Au petit jour, l'héritier des Vendôme tout ensommeillé m'indiqua la route à suivre. Sans s'attarder, il prit rapidement congé de moi, pour, me dit-il, « satisfaire une douce personne qui restait sur sa faim ». Je franchis donc seul les seize dernières lieues de mon long voyage et, par Antony où il y avait un pont, et plus loin par le village de Montrouge, j'atteignis les faubourgs parisiens.

Bouchard m'avait donné une adresse. Celle d'une auberge située près de l'église Saint-Gervais, proche de la place de Grève. Il me fallait passer sur l'autre rive de la Seine pour accéder chez cet aubergiste qui, m'avait-on expliqué, se mettrait en quatre en me voyant arborer mon lion. D'origine italienne, la famille de l'épouse du tenancier avait quitté son pays natal à la suite de mon père Philippe. Ses parents disparus pendant le trajet, elle avait pour les Montfort qui l'avaient aidée une fraternelle reconnaissance. Seul et désemparé dans cette Babylone inconnue, cette âme compatissante allait être pour moi la bienvenue. Le temps m'était compté et en approchant des murailles, je songeais que j'étais fol d'être venu jusqu'ici et que sans doute ma démarche incertaine et trop aléatoire resterait vaine. Du tréfonds de ma mémoire, depuis le lointain Larzac, le conseil d'un de mes maîtres s'inscrivit dans mon esprit. « Pour qu'une bataille se gagne, encore faut-il l'engager ! » C'est avec cette idée en tête qu'à la vêprée j'arrivai enfin à Paris.

Cordes, novembre 1348

Novembre à peine entamé, bravant les intempéries, chaudement vêtu, j'étais descendu depuis la maison jusqu'au-dessous de l'église pour accueillir mon intendant et sa famille. Les portes ouvertes et l'épidémie en forte régression, mon bon Robert avait décidé de revenir vivre avec sa famille dans la cité. J'attendais donc en haut de la rue le retour des membres de ma maison. Quand enfin, de loin, je les vis arriver tout habillés de sombre, à leur triste mine, je compris que la mort depuis peu les avait, eux aussi, souillés de sa noire empreinte.

Jeannot, qui avait grandi d'un bon pied, venait en tête en tenant mon cheval par la bride. La charrette que menaient les mulets, conduite par mon intendant, suivait derrière. Dame Alicia et Bertrande, sa benjamine, assises sur la banquette et voilées de deuil, descendirent m'embrasser. Nos retrouvailles furent émouvantes. Dans le silence et la stupeur que j'affichais, elles m'apprirent la mort d'Aigline. La chose me chagrina beaucoup, et mes larmes se mêlèrent à celle de mon bon Robert que j'étreignis fortement.

— Alors que la maladie s'éteint partout, par malchance, elle est morte en trois jours d'une fluxion au ventre et d'une forte fièvre. Nous l'avons couchée en terre hier matin, me dit-il, la voix cassée de chagrin.

Inquiet de ne point voir son aîné Matthieu, il m'avoua qu'il lui avait acheté une pratique dans le village de Penne. Son fils, tout en continuant un temps à travailler pour moi, s'y était installé comme artisan la semaine passée. Là-bas aussi la *bossa* avait sévèrement sévi, et la veuve du charpentier trépassé, qui ne laissait pas insensible le fils de mon intendant, pour survivre avec son petit avait dû vendre l'atelier.

— Ainsi va la vie, mon ami. Les uns s'en vont, les autres arrivent et le malheur des uns fait parfois le bonheur des autres.

Tristes et silencieux, nous regagnâmes lentement la maison. Alicia fut agréablement surprise de la voir propre et bien rangée. Je la rassurai en lui disant tout le bien que je pensais de Guillemette.

— Votre Jacquou a trouvé une perle. Elle devrait vous convenir, elle vous ressemble. Il vous la présentera tantôt dans les règles. Pour l'heure, avec son parent, un certain Adhémar Fabre, elle s'occupe à remettre en marche la teinturerie, qu'il voudrait qu'elle reprenne à son compte. Sans être une dot, la chose est intéressante et mérite de votre part une visite au teinturier du Fourmiguier.

— J'entends bien, messire, et j'ai confiance en mon fils. Je le sais la tête sur les épaules, mais j'ai cru comprendre que c'était une Fort, la sœur de l'homme aux grenouilles, et cela m'inquiète un peu.

— Tranquillisez-vous ma chère Alicia, Guillemette n'est point une sorcière ; le seul que l'inquisiteur recherche, c'est mon scribe Garin.

Tous avaient entendu parler de Garin sans jamais l'avoir vu. L'intendant et sa famille avaient donc vaguement suivi les péripéties qui nous occupaient sans en connaître le dénouement. En quelques mots, je racontais à tous nos démêlés avec l'Inquisition. À peine finissais-je mon récit qu'un Jacquou martial en tenue militaire et le sourire aux lèvres entra. En voyant les vêtements de deuil et les tristes figures, sa joie se figea. Alors que son père baissait la tête et que sa sœur en pleurs venait se réfugier dans ses bras, il comprit qu'un malheur était arrivé. Alicia s'approcha de lui et ne prononça qu'un mot :« Aigline ». Frappé lui aussi de stupeur, mon bon Jacquou vacilla. La nouvelle de la mort de sa petite sœur le laissa les bras ballants, désemparé, anéanti et sans force.

Par respect pour leur intimité, je les quittai bientôt. D'abord près de la cheminée pour me réchauffer les os, avant que, décontenancé par les lamentations, je ne décide de rejoindre le scribe dans sa soupente. Quelques moments plus tard, les affaires rangées, chacun ayant repris le dessus, je le présentai à tous. Habitué qu'il était par son métier à trouver les mots, il partagea la peine qui nous frappait et s'employa à l'adoucir. Guillemette arriva avec la nuit, alors que la timpane sonnait l'heure du repos. Timide et réservée, ne sachant que dire, si ce n'est qu'elle venait de perdre elle aussi sa mère et qu'elle en connaissait le chagrin à vivre, elle apporta son réconfort et demanda à partager la peine de son homme et de sa parentèle.

Dame Alicia, prenant les mains de la jeune femme, l'embrassa tendrement :

— Notre douce Aigline n'est plus, et dans le même temps, voilà que Dieu dans sa grande bonté nous donne une autre fille. Qu'il en soit fait ainsi et que chacun se réjouisse de votre bonheur.

La gravité du discours fit place aux embrassades et aux légers sourires. Nul ce soir-là n'ayant grand appétit, la porée* fut à peine entamée. La table desservie, pendant que les femmes vaquaient à nettoyer, Jacquou nous fit part des dernières nouvelles qu'il avait glanées çà et là. L'exhumation du négociant de poudres s'était faite comme prévu. Les sbires de l'inquisiteur, dégoûtés de la sale besogne, avaient déterré le cadavre du marchand de poudres et le dominicain, le nez protégé d'un tissu parfumé, avait fait d'assez loin les constatations nécessaires. La main droite colorée d'encre ne laissant planer aucun doute sur la tentative du bonhomme d'avaler le morceau de papier, la thèse d'un éventuel meurtrier s'évanouissait définitivement.

— Eh bien voilà, les charges tombent d'elles-mêmes !

— Attendez, mon maître, ce n'est pas fini ! L'inquisiteur, sans doute pour ne pas perdre la face, a décrété qu'il avait suffisamment de preuves pour affirmer que le couple se livrait à des pratiques hérétiques. L'alchimie, dûment réprouvée par l'Église et à laquelle se livrait l'homme, et la marque de la turpitude sur le corps de la femme en attestaient. Par conséquent, après l'assentiment de ses maîtres et l'accord du tribunal inquisitorial, les deux cadavres seront publiquement brûlés, leurs biens propres saisis et leurs cendres dispersées au vent.

— Le chien !

— En outre, mon cher Garin, ta disparition ayant été confirmée par le guet, les sbires du matamore ont interrogé d'une façon plus que brutale d'autres candidats potentiels. Le scribe consulaire se promène avec une persure* sous l'œil gauche, qui le rend plus beau que d'habitude, et l'imprimeur, molesté lui aussi, a vu sa maison fouillée de fond en comble. Les consuls, qui après la *bossa* s'échinent à remettre de l'ordre en ville, commencent à trouver le dominicain dérangeant. D'autant que sa dernière trouvaille est particulièrement outrancière.

— Qu'a-t-il trouvé encore, pour nous « emmerder » ? demanda Garin.

— Figurez-vous que chez le libraire, il a trouvé des esquisses représentant des dragons en grand nombre. Menacé de torture, le pauvre commerçant, garrotté et roué de coups, a avoué les avoir achetés pour leur beauté au maître sculpteur d'une maison de la Grand Rue.

— Nombre de dragons, dis-je, sont sculptés sur nos demeures, je l'ai fait moi-même constater à ce Jocelyn de Caussade.

— Eh bien, celui-ci les a confisqués et va les brûler avec les cadavres. Il a même affirmé en pleine église hier qu'avec les salamandres, ce sont des symboles patents d'alchimie et qu'il va obliger les propriétaires à détruire ces mauvaises sculptures sous peine d'être traduits devant le tribunal de Toulouse. « Il est déjà navrant, a-t-il dit, d'y voir des personnages étranges et ambigus, qui n'hésitent pas à choquer les mœurs en montrant leur sexe ou leur grotesque. Je soupçonne fort que derrière ces belles façades se cachent des philosophes se croyant au-dessus des lois et avec lesquels le teinturier hérétique devait certainement s'acoquiner ». Il a achevé sa diatribe, rempli de fiel et de haine, en rappelant qu'il était heureux que l'Inquisition pourchasse allègrement ces idolâtres, car il n'y avait rien de plus ignoble et de plus méprisable, selon lui, que l'*Ars Mathematica** qui par ses pratiques sataniques permettait à certains de s'enrichir illégalement.

— Le moins que l'on puisse dire, c'est qu'il n'y va pas avec le dos de la cuillère. S'il continue comme ça, répliqua Robert, il va se faire des ennemis et vérifier malgré lui si le dragon est bien au fond du puits de la halle.

— La crémation est prévue demain sur la Bride à côté des machines de siège, juste au-dessus de chez nous.

— Ce type nous fera « chier » jusqu'au bout ! lança le scribe.

— Enfin… nous dit Jacquou, sous la pression des consuls, qui lui ont fait savoir qu'une des maisons incriminées appartenait à une famille de la parenté du pape Jean XXII, qui en son temps l'avait fait construire pour lui, il a relâché le libraire et parle, soudain prudent, d'en rester là.

— Mon cher Garin, tes problèmes s'envoleront avec la fumée déplaisante que l'on nous promet pour demain !

— Mon maître, tant que cet homme sera ici, je ne serai pas rassuré.

— Il m'étonnerait fort qu'il reste longtemps, tous s'écartent maintenant de lui et de ses tourmenteurs, ajouta Jacquou en remettant une bûche dans l'âtre.

Comme je m'endormais debout, aidé de Petit-Jean, je pris congé de tous et regagnai mon lit. J'y partis attristé par la mort d'Aigline, mais aussi satisfait d'avoir, par mon habile indication sur le statuaire de Cordes, fait chuter l'homme en noir. Si quelqu'un connaissait l'histoire de la maison des familiers de Jacques Duèse, auteur de trois ouvrages sur l'alchimie avant de devenir pape et qu'il ne publie une bulle condamnant ceux qui « *la pratiquaient mal* », c'était bien moi ! Elle était notoirement connue, cette maison aux dragons. Je la connaissais aussi bien que je connaissais ces *Domini Canes*, qui mordant à pleines dents, tels des molosses, ne lâchent plus le morceau, incapables de voir la volée de bois vert qui les menace. Pour s'être imprudemment avancé en terre inconnue et devant la cité entière, impliqué l'ancien pape, l'homme en noir serait rapidement rappelé en son foyer et la poussière du temps recouvrirait bientôt, en les effaçant, les pas de mon ami Garin.

Comme de bien entendu, et à ma très grande satisfaction, c'était moi, qui à la fin, avais eu le dernier mot !

Troisième partie

Paris, le 17 octobre 1307

Plus on s'approchait de l'enceinte, plus la route qui menait à la porte Saint-Jacques fourmillait de chariots, de bêtes de somme et de charrettes à bras. Cela formait une longue file bruyante et mouvante et une cohue indescriptible où chacun patiemment attendait son tour. La foule piétinait dans la poussière en suivant le bon vouloir des hommes du guet qui sous la herse canalisaient le flot ininterrompu. Bourgeois, nobles et prélats, reconnaissables à leurs vêtements de couleur, étaient à la même enseigne que les nombreux manants et autres portefaix qui, dans leurs habits crasseux et ternes, se pressaient contre la chaîne que maintenaient des gardes aux ordres d'un sergent. Quelques-uns étaient fouillés, certains chargés de marchandises dirigés vers l'octroi, d'autres encore, comme moi quand ce fut mon tour, libérés sans un mot d'un geste vague de la main vers la rue qui s'ouvrait.

À peine dégagé de la nasse, voilà que j'étais à nouveau englouti par le flot. Laissant sur la gauche l'église Saint-Jacques, je m'engageai au pas lent de ma monture en direction du quartier des universités. Croisements, ruelles et places se succédaient tout le long du trajet. Envahis d'escholiers rieurs et pleins d'entrain, les troquets s'alignaient de plus en plus nombreux de part et d'autre de la rue. Paris m'impressionnait, chaque quartier, chaque paroisse était une ville dans la ville. Avec ses rues marchandes, ses odeurs de graisse rance, ses échoppes, ses estaminets, ses immeubles, ses églises en grand nombre et ses venelles étroites et sordides, la ville, où j'allais bientôt me perdre, se déclinait en une mosaïque immense. Sans ressembler au Caire et à ses souks, tout conspirait ici pour troubler le repos.

Dans ce ramassis cosmopolite d'échoppes et d'ateliers, encombrant les trottoirs dans un funeste concert de cris et d'interpellations, la cohorte populaire des petits métiers se mélangeait au monde interlope, multicolore et bruyant de la foule. Fourmillant sans cesse, tous s'accaparaient l'espace en s'arrangeant de la vie. De cette multitude d'humains naissait la cité et de l'importance de celle-ci, sa renommée ; de son roi, la capitale du pays et de son or, le pouvoir. Telle était cette créature gigantesque, où quelque part dans un endroit inconnu de moi, j'avais rendez-vous avec un homme que je n'avais jamais vu et qui, ne connaissant même pas mon existence, détenait mon avenir entre ses mains.

Passé le Petit Châtelet et ensuite le pont à péage, j'atteignis l'île de la Cité que je traversai jusqu'à l'autre rive. Par un grand pont en bois bordé de moulins, j'arrivai place de Grève en bordure du grand port de la ville. De l'autre côté du fleuve, la cloche de l'une des tours de Notre-Dame sonna l'heure du repos. Avec ses pontons de bois où mouillaient barques, barges et barcasses, le port était important. Carrioles à bras, fardiers et tombereaux fuyaient avant que la nuit ne tombe sur les abords du fleuve. La foule, elle aussi, libérait la place où l'on se dépêchait de plier les étals du marché aux légumes. Seuls, sur la rive maintenant désertée, quelques pêcheurs montraient encore aux derniers chalands leurs ultimes prises de la journée, en bradant leurs carpes, anguilles, rotengles ou brochets qui frétillaient au fond de leurs paniers.

Laissant de côté l'énorme pilori, où deux malandrins couverts d'épluchures immondes insultaient les enfants qui les tourmentaient, je m'approchai au fond de la place des célèbres maisons à piliers qui, construites bellement avec plusieurs étages en pignon, étaient résidences d'échevins et de riches bourgeois. Ne sachant plus où aller, cherchant des yeux quelqu'un qui m'indiquerait ma route, un porteur d'eau, palanche à l'épaule, se proposa :

— Un seau d'eau, messire ?

Comme je le dévisageais du haut de ma monture, il ajouta, ironique, en retirant son bonnet :

— Pour votre cheval, s'entend ! Il est magnifique, monseigneur, et devrait boire mon eau avant qu'il ne vide à lui seul la Seine, tant il a soif.

Je lui tendis une piécette qu'il fit disparaître en un clin d'œil, et pendant que mon cheval buvait son eau, je lui demandai ma route et celle de Saint-Gervais.

— L'église Saint-Gervais ? Vous y êtes, messire, enfin… pratiquement. Elle est à deux pas d'ici. Avec la nuit qui tombe, ma journée se termine, je vais vous y mener, j'habite tout à côté !

Mon cheval ayant fini de boire, l'homme ajouta :

— À votre accent, je vous crois du Sud et à vos bagages et à la poussière de vos habits, en voyage, n'est-ce pas ?

— Que t'importe, maraud ! Contente-toi de me mener, veux-tu !

— Il m'importe, monseigneur, que votre générosité m'oblige et que si vous cherchez à vous loger et à manger ce soir, je vous sais une auberge hôtelière qui dans ce quartier est la seule à convenir à un homme de votre naissance.

Pas démonté du tout, il ajouta :

— Un cheval comme le vôtre ne peut être mis entre n'importe quelles mains.

— J'ai plaisir à l'entendre et t'en sais gré, mais je vais à l'auberge de Bellegarde.

— C'est là que je vous mène, celle-là même, messire, dont je parlais.

— Alors, cela est bien, l'ami, je te suis !

— Bellegarde est un bon choix. Je vois que sa renommée est arrivée jusqu'à vous. On y mange très bien et ses lits sont doux et moelleux à souhait. Vous verrez, messire, mon maître vous plaira. Il est comme vous du Sud et la spécialité de sa maison, ce sont les célèbres *pasta.* Une recette rare qui vient de Sicile. Voilà, on est arrivés, c'est là ! Je vais avertir de votre venue.

Proche de l'église, à l'angle de deux rues et légèrement en retrait de la place qui donnait sur le parvis, où un colporteur malgré la nuit vendait encore des médailles de pèlerins et des lacets de cuir, l'auberge de Bellegarde, éclairée par deux lanternes, semblait accueillante. Par la porte entrouverte que venait de franchir le porteur d'eau, je sentis l'odeur appétissante d'un rôti à la broche qui vint me chatouiller les narines. Mon ventre vide depuis trop longtemps se mit soudain à émettre d'étranges gargouillis. Ne pouvant résister plus longtemps, je mis pied à terre et j'entrepris de détacher mon paquetage en attendant que l'hôtelier, entouré de torche-pots, ne vienne m'accueillir. À la vue de l'écu des Vendôme, un sourire éclaira son visage. Complaisant, il donna des ordres pour que l'on prenne les fontes de ma selle et mon paquetage. De retour, le porteur d'eau s'empressa auprès de mon cheval pour le mener à l'écurie. Après avoir attrapé, d'une main toujours aussi leste, ma seconde pièce au vol, il m'assura s'occuper comme il convenait de ma monture.

— Ma demeure et mes gens, se crut obligé de dire l'aubergiste, sont à votre entière disposition.

En maintenant pour moi la porte de la salle grande ouverte, il ajouta :

— J'ai pour nom Claudius Pili et tout au long de votre séjour chez moi, je suis, messire, votre obligé !

— Guillaume de Montfort, frère de la comtesse de Vendôme, dis-je à mon tour. Je suis le fils de Philippe, que votre épouse connaissait. Je sais par ma sœur le plaisir que ma famille a à loger chez vous quand elle monte à Paris. Tous m'ont conseillé votre maison.

— C'est un honneur qui me touche et ma femme va être enchantée de vous connaître. Je vais vous préparer ma meilleure chambre. En attendant, je vous conseille cette table discrète, pour être en retrait elle vous éloignera des importuns.

Il fit prendre mon manteau. Son épouse avertie et invitée à nous rejoindre me fit révérence et m'assura, intimidée, que j'étais la parfaite image du souvenir qu'elle avait du comte Philippe. Elle s'empressa de mettre le couvert. Il n'y eut pas de *pasta* au menu ce soir-là, mais la part de chapon aux oignons savamment disposé sur un lit de champignons émincés, et arrosé d'une bière légère, ainsi que le gâteau à la crème fourré de pistaches qui suivit suffirent pleinement à mon bien-être.

Le repas terminé, j'eus le loisir de découvrir la salle. Propre et bien tenue, elle détonnait au milieu de ce quartier populaire par son agencement et son raffinement. Pratiquement remplie à mon arrivée, elle était maintenant déserte. Le maître de maison, inquiet de mon plaisir, s'installa près de moi. Comme je le rassurais sur sa cuisine, la tenue de son établissement et celle de son rabatteur, il m'indiqua que depuis l'expulsion des juifs l'an passé et des Lombards, grands amateurs de pâtes de la ville de Trabia*, les affaires tournaient moins bien. Fataliste, il ajouta :

— Mes pâtes sont très appréciées à Paris. Je compte vous les faire goûter si vous restez encore quelques jours chez moi.

— J'en aurai sûrement l'occasion, lui dis-je, j'ai le malheur de devoir retrouver un templier, et à part l'enclos du Temple, je ne sais où le chercher.

L'homme, subitement inquiet, répondit gravement.

— Dans les geôles du roi, messire ! C'est là qu'ils sont tous depuis vendredi passé.

— Tous, déjà !

— Tous ! Ils les transfèrent de l'enclos, qui est

ville du Temple, par petits groupes, chaque jour vers des lieux extérieurs à Paris.

— Mais encore !

— C'est tout ce que je sais... Depuis, messire, que j'ai osé dire tout haut et sans doute trop fort qu'expulser en masse les innocents au même titre que les mécréants était une injustice. On m'a conseillé, pour ne pas avoir d'ennuis, de fermer ma goule. Je ne me mêle donc plus des affaires du roi et vous conseille d'en faire autant. Ces Templiers de malheur, contrairement aux juifs ou aux Lombards, qui jadis mangeaient mes pâtes, ont des choses à se reprocher et ce n'est pas moi qui les regretterai.

Sans doute parce qu'ils n'avaient jamais mangé dans son établissement, l'aubergiste n'avait aucune compassion pour mes frères. Contrairement aux autres, il les mettait tous dans un même sac... celui de l'opprobre.

— L'homme que je recherche est proche du roi et certainement pas traité de la même façon que ses frères. Je n'ai aucune idée de ce qui lui est arrivé...

Soucieux, après un long silence, le tenancier me raconta comment les choses s'étaient passées.

— Les hommes de notre sire ont, vendredi dernier aux premières lueurs de l'aube, sous les ordres de Nogaret, notre nouveau garde des Sceaux, investi la Villeneuve et l'enclos. Leurs locataires, chapelains, sergents à cotte noire, chevaliers, commandeurs, maîtres de provinces aux blancs manteaux et le grand maître, qui la veille, en compagnie du monarque avait assisté aux funérailles de Catherine de Courthenay, ont été arrêtés au nom du roi. Pour faire bonne mesure, Guillaume Humbert de Parisis, ancien Grand Inquisiteur et aujourd'hui confesseur de notre sire Philippe, était de la partie. Il menait, avec le capitaine des gardes royaux Raynal de Roye, une forte troupe. Il est question… de cent trente-huit arrestations avec Jacques de Molay. Il paraîtrait que la manœuvre audacieuse se serait préparée dans le secret et avec, dit-on, l'aval du saint-père. Partout dans le royaume, le même jour et sans aucune révolte, les templiers furent cueillis au saut du lit. Faits comme des rats, ils ne se sont même pas défendus !

— Ils ne le pouvaient, les règles de l'Ordre l'interdisent.

— N'empêche ! dit-il en haussant les épaules, l'enclos depuis est sous étroite surveillance et si j'étais vous… j'éviterais le quartier.

— J'entends bien… mais j'ai une promesse à tenir, un homme à trouver et je n'ai pas fait tout ce chemin pour repartir bredouille. Je ne quitterai Paris que mission faite.

— Cela vous regarde, messire de Montfort, mais je vous vois mal embarqué.

— C'est ma crainte en effet. Les seules pistes que j'ai sont la maison du roi, l'enclos du Temple et un estaminet à Saint-Landry que le templier fréquentait peut-être…

— Comment est-il, votre homme ? Il est connu, il a un nom ?

— C'est un chevalier. Il a pour nom Raymond de Corbos. Je le sais en amitié avec le roi, mais je ne le connais point et ne l'ai jamais vu.

— Drôle d'ami qu'un homme qui vous est inconnu… Autant chercher une aiguille dans une meule de foin !

Son épouse, qui depuis un bout de temps nous écoutait, se permit de nous interrompre.

— L'Effronté pourrait vous guider dans vos recherches, me dit-elle, il connaît Paris comme sa poche, qu'en penses-tu, Claudius ?

— J'en pense que c'est une bonne idée, ma mie, une excellente idée !

La tête tournée vers moi, il ajouta :

— L'Effronté, c'est le nom du porteur d'eau qui vous mena ici. Je lui fournis l'eau de mon puits, je le loge et le nourris en compensation de menus services. Comme crieur, il racole pour moi sur la place de Grève. Il aide le palefrenier et donne la main pour les gros travaux. Contre quelques pièces, il vous sera un excellent guide. Il est débrouillard et c'est un bon garçon.

Sur ces précieux conseils et ces paroles rassurantes, après les avoir remerciés, je partis en confiance me coucher.

Le lendemain, après un déjeuner particulièrement

copieux, tandis qu'un barbier d'une main experte me retaillait la barbe, le porteur d'eau se présenta sur le pas de la porte.

— Maître Pili m'envoie, messire, je suis à vous pour la journée.

Il avait troqué ses habits de porteur d'eau pour une tunique et portait une cale* délavée ainsi qu'une cape élimée qui montrait quelques faiblesses par endroits. Le nez en trompette, les pommettes arrondies, souriant, la tête inclinée sur le côté, il me regardait comme un chien regarde son maître en attendant sagement son os.

— J'ai besoin de toi pour me guider dans la ville, lui dis-je, ton prix sera le mien !

— Une journée de travail, messire, douze mailles parisiennes*, l'équivalent d'un demi-sou, payable à la cloche.

— Cela me convient, dis-je en me débarrassant du drap qui recouvrait mon habit et en ajoutant au ceinturon le baudrier de mon épée et celui de ma dague.

— Allons, partons de ce pas vers le Temple.

Dehors, c'était déjà l'agitation. En direction de Grève, les échoppes ouvraient leurs volets et les nombreux commerçants reconstruisaient leurs étals. Valets et palefreniers sortaient les chevaux pour l'abreuvoir. Partout dans les rues, c'étaient les rires des portefaix qui se saluaient, les cris des journaliers en quête de travail et les hurlements des charretiers qui menaient d'un train d'enfer leurs attelages. Ajoutés aux grondements assourdissants des roues cerclées sur le pavé, tout cela créait un tintamarre difficile à supporter. Excédés par le bruit infernal de la ville, c'est soulagés que nous atteignîmes l'enceinte délimitant la cité.

— La porte dite « du Temple » messire, nous quittons Paris en direction de la Villeneuve et de l'enclos.

Quelque temps plus tard, ce fut enfin le Temple et son enceinte de murailles formidables. Onc on ne vit plus belle commanderie. Cet immense domaine, intégralement protégé par de hauts murs crénelés, flanqué de tours, de contreforts et d'échauguettes était en fait une citadelle imprenable. Son seul accès sur l'extérieur, défendu par une énorme porte fortifiée de tours, était protégé par un pont-levis. Au-delà des murs, les toits d'une multitude de bâtiments laissaient voir le clocher d'une église, une puissante tour de trois étages et un incroyable donjon rectangulaire de plus de trente-quatre toises* de hauteur.

— Extraordinaire, n'est-il pas vrai !

— C'est à la fois plus beau et plus grand que je ne l'avais imaginé.

— Et d'ici, on voit pas tout ! Je peux vous dire que l'enclos est à lui tout seul une vraie ville.

— Chypre ou la Voûte d'Acre, à côté de ça, font pâle figure.

— On a dit le roi jaloux d'un si beau domaine,

ajouta le porteur d'eau. Lui qui y est resté enfermé quelques jours pendant les dernières émeutes, il en aurait, en comparaison de son palais, ressenti du dépit, et en serait venu à s'en venger.

— On le dit riche de l'argent des juifs et de celui des Lombards ?

— On le dit aussi sans un sou ! Mais qu'importe… pour nous autres Parisiens cela ne changera rien. En spéculant sur le blé, les blancs-manteaux ont affamé le peuple, ils se pavanaient entourés de leurs esclaves noirs, et par leurs richesses amassées, ils se sont éloignés de nous. Personne ne lèvera le petit doigt pour les sortir du pétrin où ils sont. En protégeant le roi contre les émeutiers et les Parisiens, ils se sont coupés de la ville. Grand bien leur fasse, les voilà Gros-Jean comme devant et bien mal payés de leur peine. Mais voyez, messire, le pont-levis s'abaisse, approchons !

En effet, le pont rabattu, la herse ouverte, un cordon de soldats se déploya devant la porte. Précédé et entouré de quelques cavaliers, un chariot sortit de l'enceinte. Reliés entre eux par des cordes, les mains attachées derrière le dos, une dizaine de prisonniers hagards, qui avaient grand mal à rester debout, passèrent devant nous sans un mot. Devant pareil spectacle, mon cœur me fit mal. Alors que quelques badauds jetaient en se moquant insultes, quolibets et cailloux à leur passage, l'Effronté près de moi resta de marbre.

— Tu ne te joins pas à eux ? dis-je d'un air méprisant.

— Tout porteur d'eau que je suis, messire, j'ai pour habitude de ne point frapper un homme à terre... et ceux-ci sont déjà morts !

Le bruit des roues sur le tablier du pont nous avertit d'un nouveau manège. Un second chariot de prisonniers sortait à son tour. Empêché par un troupeau de moutons, qui prenait maintenant toute la route, il s'arrêta devant nous. Profitant de l'incident, j'eus la présence d'esprit de demander à l'un des enchaînés s'il avait des nouvelles de Raymond de Corbos, chevalier du Temple.

— Je ne sais où il est, et si je le savais, me dit-il avec ire et courroux, de la fureur dans la voix, je lui cracherais dessus, traître qu'il est !

— Comment peux-tu dire cela ? répondis-je, interloqué.

Son voisin répliqua pour lui :

— Il nous a vendus au roi et a fait notre malheur.

— Cela est improbable et ne se peut, vous vous trompez de croire pareille fadaise.

— Vraiment ! Alors pourquoi est-il le seul d'entre nous que l'on ait libéré ?

La rue dégagée, le chariot reprenait sa route. Se hissant sur la ridelle, l'homme, les yeux pleins de haine, me cracha dessus en m'injuriant. Stupéfait et sonné, debout, je l'entendis dire, tandis qu'il disparaissait dans la poussière et le bruit :

— Malheur aux félons, comme Judas, ils seront damnés, maudits et damnés… damnés jusqu'au dernier.

Il fallut que l'Effronté s'y reprenne à deux fois pour me sortir de ma torpeur.

— La herse se baisse, messire, nous n'avons plus rien à faire ici, venez, allons, venez… Venez, vous dis-je !

Si Raymond était libre, c'était en soi une bonne nouvelle, mais celle-ci m'épouvantait. En faisant croître mon inquiétude et mon désarroi, elle me laissait sans force. Devant le pont qui fermait définitivement l'accès, les petits groupes, habitués à chaque jour mendier les aumônes et les reliefs des repas généreusement distribués par les templiers, et qui tout à l'heure les conspuaient, se disloquèrent lentement dans le silence et la frustration.

— Tu disais qu'ils affamaient le peuple, j'ai bien peur que leur disparition n'améliore pas la condition de ceux-là… Ce n'est point le roi qui prendra à son compte le devoir d'écuelle et qui leur remplira gratuitement la panse !

Empli de sombres pensées, le retour en ville se fit silencieux.

— Aurais-tu une idée où je pourrais trouver ce Raymond de malheur ?

— Nenni, messire, Paris est vaste et très peuplé. Si le templier a dit vrai, alors il nous faut chercher votre homme chez le roi ou ses amis.

— Il travaillait en relation avec ses conseillers, mais je ne les connais point et ne sais où les trouver.

— Il n'y a que deux endroits possibles, le Louvre et la maison royale. Peut-être le connaît-on au palais ?

— C'est une piste à suivre. Allons de ce pas à ce palais dont tu me parles.

— Je vous y mène, et si nous ne l'y trouvons pas, mon maître qui connaît le prévôt des marchands Étienne Barbette, maître de la monnaie et Grand argentier, pourra vous faire délivrer par son entremise un sauf-conduit. Vous serez ainsi reçu par un chambellan de notre sire. C'est le diable si personne ne vous renseigne. Allons, restez confiant... Au besoin, je rameuterai les porteurs d'eau ou la Cour des Miracles et nous verrons !

L'Effronté portait bien son nom. Il n'avait peur de rien. Plein de ressources, il allait de l'avant et m'entraînait dans son audace.

— Il me revient en mémoire une adresse... Une auberge ou un estaminet, *Le Tonneau en Perce*. Il le fréquentait pour y faire des aumônes.

— Des auberges, messire, il y en a plus de quatre cent cinquante à Paris. Alors !

— C'est vers Saint-Landry, tout près du port.

— Il y en a au moins trois dans ce coin, et s'il y a un tonneau, je le verrais plutôt percé qu'en perce. Le coin n'est plus ce qu'il était. Les bateliers ont déserté les lieux au profit de Grève, et le quartier n'a plus très bonne réputation. S'il le faut, je vous y mènerai, mais à la nuitée, car ces bouges n'ouvrent que passé l'allumeur*.

Ragaillardis par ces paroles, après avoir longé les murailles, par Saint-Nicolas-des-Champs et Bourg-l'Abbé, nous gagnâmes la ville et la route de Saint-Denis. La porte franchie, ce fut à nouveau la cohue et la foule innombrable et bruyante. Le lacis des rues était tel que sans mon guide, je me serais perdu cent fois. Plus nous approchions du fleuve et plus la foule grandissante se refermait sur nous et courait en tous sens. Le tocsin de Sainte-Catherine annonça un incendie sans que personne dans le quartier ne s'émeuve autrement. Mon compagnon, ignorant l'alarme et le danger proche, me proposa de suivre la Seine jusqu'au Louvre. Les deux ponts-levis fermés et l'accès à la forteresse où rien malheureusement ne bougeait me dissuadèrent de m'éterniser longtemps.

— J'ai bien peur que personne ne nous renseigne ici !

— Je ne vois plus que le palais du roi, messire.

Indécis, il ajouta :

— Si j'osais, je vous proposerais une petite halte. Marcher est ma pratique, mais je n'ai point d'eau céans pour me rincer le gosier, et mon ventre, qui n'a point souvenance de son dernier repas, m'indique l'heure de manger.

Trop alléchante pour l'éviter, le porteur d'eau m'invita à franchir le porche d'une maison où embaumait l'odeur chaude du pain cuit.

— *Le Cygne Vert*, messire, c'est une boulange connue pour la diversité de ses pains, nous y serons vite et bien servis. Venez... me dit-il. Ici, on mange debout !

Une heure plus tard, repus, les idées claires, nous atteignîmes le Grand Châtelet et par son grand pont l'île de la Cité. Construit à la jonction de la rue de la Barillerie et de la cour du roi, face à la rue de la Draperie, l'édifice royal était entouré d'une enceinte aux nombreuses tours et montrait, comme dans un écrin, la plus belle construction du royaume. Avec sa flèche et ses deux niveaux, la Sainte-Chapelle était une merveille d'architecture. Un lieu chargé d'émotion. Pourtant... en regardant les constructions magnifiques qui l'entouraient, j'eus comme une impression malfaisante, un sentiment délétère, un malaise qui vous fait frissonner le corps. À ce moment précis et avec certitude, il me vint à l'esprit qu'un mal rôdant sur ce palais recouvrait d'un linceul noir ces augustes murailles. Ici vivait Philippe, l'ennemi implacable de l'Ordre et de mes frères à la croix. Celui-là même que l'on disait, par son allure et sa prestance « le Bel » et qui tel un despote gouvernait le royaume d'une main de fer.

— On le dit bel homme ?

— Qui ça ? s'interrogea le porteur d'eau.

— Notre roi... Philippe le quatrième.

— Pour sûr qu'il est bel homme, il est grand comme vous, le visage altier, les traits nobles et pâles, il a les cheveux blonds, mi-longs et de grands yeux bleus. À trente-neuf ans, il est veuf depuis deux ans de Jeanne de Navarre.

— Cela, je le sais ! C'est d'ailleurs une des raisons de son courroux contre les Templiers. Juste après qu'il le fut, il a demandé au pape d'intervenir auprès des deux ordres pour que les Hospitaliers et les Templiers s'unissent. Chose faite, il s'arrogerait le droit en célibataire de prendre le manteau et d'en devenir le maître unique. Les Hospitaliers tergiversèrent, mais Jacques de Molay, à qui le roi devait de l'argent en quantité, refusa le marché. Tout cela était à l'ordre du jour du grand chapitre qui devait se tenir céans. Le clan des tièdes parlait d'accepter, à la mort de Jacques, le roi ou un de ses fils, mais la grande majorité l'excluait complètement. Philippe devait le savoir et il a tranché radicalement le problème.

— « Si ce n'est moi, ce n'est personne » !

— Exactement... mais toi qui le côtoies, parle-moi encore de lui et de sa maisonnée.

— Il a trois fils et une fille, messire. L'aîné Louis, qui est roi de Navarre par sa mère, est surnommé le Hutin, car mesquin et colérique. Son cadet Philippe est comte de Poitiers, à quinze ans, c'est le plus aimable des trois. Le dernier, Charles, n'a que douze ans. Comte de la Marche, il a le physique de son père. Mais… la préférée du roi, c'est sa fille Isabelle. Pour sa beauté d'abord, mais surtout pour son caractère et son intelligence, c'est elle qui est sa véritable héritière. Cette damoiselle est une vraie louve et avec elle, ça va saigner !

— Comment sais-tu tout cela, maraud que tu es ?

— Ah, messire, on ne cache rien à la rue. Paris, quoi qu'on en dise, n'est qu'un grand village. Tout s'y sait un jour… La porte du palais est ici, qu'est-ce qu'on fait maintenant ?

Au-delà d'une poterne grande ouverte, qu'un cordon d'hommes en livrée royale gardait, c'était la cour du Mai* avec son escalier imposant qu'une foule de bourgeois empruntait pour accéder à la galerie Mercière.

— Le roi vient de la faire construire. Les travaux sont presque finis, les ouvriers vident les lieux.

— C'est imposant !

— Colossal, vous voulez dire ! C'est l'intendant Marigny qui a fait édifier les bâtiments. En bas, au rez-de-chaussée, c'est une salle immense avec cuisine et salle des gardes. Il paraîtrait que la galerie à l'étage, qui est déjà utilisée, serait la salle la plus grande réalisée au monde. À l'intérieur, les fournisseurs de la cour, pelletiers, drapiers, orfèvres y tiennent échoppes ou boutiques.

— Je comprends mieux pourquoi Philippe cherche à tout prix de l'argent.

— Vous devriez aller voir ! Vous, on vous laissera passer. Moi, avec mes habits gâtés, on me refoulera. Je vous attendrai ici.

Le porche et ensuite la cour franchis librement, je montai, sous le regard sourcilleux de plusieurs gardes, l'escalier dit du Grand Degré. En haut de celui-ci, le portail monumental, digne d'une église avec sa double baie et son arc brisé, montrait un tympan trilobé. Les statues richement peintes du roi au centre, de son fils aîné et de Marigny, en occupaient les niches à dais. Passé la porte, un grand vestibule – la fameuse galerie Mercière – encombré d'étals de toutes sortes menait soit chez le roi par un couloir barré d'une solide balustrade et gardé par des soldats, soit sur le côté, par un escalier de trois marches que j'empruntai, vers une très grande salle. Le bruit de mes pas sur le sol dallé et lisse fut bientôt assourdi par les bruissements des conversations qui résonnaient sous les voûtes de l'immense galerie. Il y avait là le plus bel endroit de négoce qui soit. Broderies, passementeries, bijoux, dentelles et soieries s'étalaient à profusion. Velours et draperies chatoyants rivalisaient plus précieux les uns que les autres sur des comptoirs de bois polis, cirés et lustrés. Bourgeoises, servantes ou dames de cour flânaient. Rayonnantes et attentives, elles palpaient les étoffes et en déambulant autour des inventaires, discutaient entre elles de la dernière mode. Aux murs, au-dessus de nous, un grand nombre de statues grandeur nature représentaient Pharamond et tous les rois qui s'étaient succédé après lui sur le trône de France. Ils étaient symbolisés les uns les bras levés en signe de victoire, les autres la tête baissée par honte d'avoir failli. Loin au-dessus d'eux, légère et voûtée de bois, la toiture en carène de bateau renversée dressait ses deux nefs à une hauteur impressionnante. Temple du commerce, de l'opulence et de la beauté, la salle souveraine, comble de disciples, rayonnait comme une cathédrale. Au milieu des étals, sous son dais de pierres ornementées, un étrange escalier, que certains pour sortir empruntaient et que je suivis, descendait vers la salle d'armes que des journaliers finissaient de déblayer. Montés sur leurs échafaudages, des peintres s'activaient à colorer les nombreux piliers trapus qui soutenaient une multitude d'admirables voûtes. Par sa normalité et la forêt de ses puissantes colonnes, cet extraordinaire vaisseau de pierre était magnifique et à mon goût, plus impressionnant encore que la salle précédente.

Je m'apprêtais à sortir quand des bribes de conversations arrivèrent jusqu'à moi. Mon attention se fixa sur un petit groupe d'hommes qui parlait du Temple. L'un d'eux, richement habillé et accompagné de deux sergents armoriés d'or et d'azur aux couleurs royales, ordonnait la réquisition des chariots de la cour. Un maître hachier*, entouré de ses commis, qui venaient épuisés et en sueur de les charger, refusait de les céder.

— Le maître des Sceaux, le sire de Nogaret, disait l'homme au bel habit, sur ordre du roi doit faire transférer des prisonniers de l'enclos vers la province et faire acheminer tous leurs biens ici, au trésor du Palais. Vos tombereaux nous sont donc nécessaires pendant les jours prochains. Pour déménager votre bois et vos affaires, vous utiliserez des carrioles à bras, des ânes ou des mulets.

— Mes ordres à moi, que je tiens de l'intendant Marigny, sont de déblayer la place au plus tôt. Avec des carrioles à bras, j'en ai pour des semaines !

Le ton montait et les ouvriers se firent menaçants. Le sergent s'interposa et avec ses hommes les repoussa sans ménagement contre le bâtiment où j'étais. L'artisan, subitement esseulé, manifesta plus mollement sa désapprobation à laquelle, à la fin, il lui fut répondu :

— Si l'intendant Marigny y trouve à redire, tu n'auras qu'à me l'envoyer.

Phrase magique, qui débloqua la situation et libéra les susceptibilités.

— Gardes, ordonna le conseiller, qu'avant la nuit ces fardiers soient au Temple… Exécution.

Il s'apprêtait à partir quand le sergent du guet l'apostropha :

— Messire de Presles, que fait-on de l'homme du Temple que le roi a gracié ? Il ne cesse de demander audience et veut à tout prix être reçu.

— Qu'on le refoule... par la force s'il le faut. Le roi, trop bon qu'il fût, n'a que faire de lui ! L'ère des moines chevaliers est finie. Voici venir celle des rois, des empires et des états. Qu'il aille se faire pendre ailleurs.

Agacé, l'homme ajouta :

— S'il résiste, menacez-le de la geôle et frappez-le fort !

À ses mots, mes pensées allèrent vers Raymond. L'homme visé ne pouvait être que lui. Il me suffisait donc d'attendre qu'il se manifeste à nouveau. J'en avertis le porteur d'eau qui faisait les cent pas de l'autre côté de la rue.

L'après-midi se passa à attendre sans que rien ne vienne troubler la quiétude des lieux, aucune altercation ne vint perturber la place royale. La cloche sonna la fin de la journée, la galerie marchande se vida et les portes du palais à la fin se fermèrent.

— Si vous voulez passer à Saint-Landry, il faudrait, messire, ne plus nous attarder. La nuit tombe vite et les rues ne sont pas sûres.

Convenant de la chose, nous partîmes.

Par les rues de la Lanterne, celle de la Juiverie et la rue Neuve-Notre-Dame, nous traversâmes l'Île jusqu'au parvis de la cathédrale. Engoncée dans un amas de maisons et de masures qui faisait d'elle une géante, elle m'apparut tout au bout de la rue. Joyau de la chrétienté, sa silhouette massive disparaissait dans les brumes nocturnes. Seule sa rosace qui brillait encore accrochait les derniers rayons du soleil.

La nuit étendait maintenant sa noirceur et à mesure que nous progressions, la ville changeait. Les rues pavées autour de la cathédrale avaient fait place à des ruelles sordides et infectes. Devant Saint-Pierre-aux-Bœufs, avachis à même le sol, mendiants et malheureux se faisaient servir par deux moines courageux un bol de soupe et un pain de pauvre*. Plus loin, des enfants en haillons, malgré le froid, fouillaient un tas de détritus.

— Que font-ils seuls, la nuit, dans les rues ? demandai-je.

— Ils survivent, messire. Orphelins pour la plupart, ils survivent comme ils peuvent. Ils ont tout simplement faim. La pauvreté est terrible à Paris… surtout l'hiver. Certains, les plus grands, pour tout repas n'ont qu'un quignon de pain sec ramolli dans une soupe d'eau claire. Pour calmer la faim des petits, il n'est pas rare de leur faire sucer un chiffon trempé dans de la vinasse, quand ce n'est pas, comme seul repas de la journée, de les laisser purement et simplement sucer la morve qui leur coule du nez. La charrette des morts n'est pas avare avec eux.

— C'est inhumain ! Comment tolère-t-on pareille injustice ?

— Justice est un mot qui n'existe pas ici. Si Dieu vient d'abandonner vos amis du Temple, c'est peut-être une injustice. Mais voyez-vous, messire, il y a très longtemps qu'il a abandonné les miséreux de Paris. Et si lui les a abandonnés, alors je ne vois personne… pour les sauver !

Maintes fois avalées par les brumes du fleuve proche, des ombres furtives et menaçantes nous avaient frôlés. Par un mot étrange ou par une façon de frapper dans ses mains, mon guide les avait chaque fois rejetées au néant. Après quelques hésitations, mon compagnon trouva enfin l'estaminet du Tonneau-en-Perce.

— Nous y sommes ! me dit-il, inquiet.

Non loin de la Seine, en retrait de la rue qui donnait sur un quai vide et en bordure d'un entrepôt, une maison encore belle montrait une façade éclairée. L'endroit semblait désert. Une torche enduite de poix me permit de lire, non sans peine, une enseigne de bois délavée. On y distinguait, assis sur un tonneau, un joyeux drille armé d'un maillet. Nul doute, nous étions bien arrivés. Le remugle incommodant d'une odeur de suif et de jonchée moisie me fit hésiter à entrer.

— Votre dague, messire ! Je vous la rendrai… tout à l'heure.

Je tendis mon arme à l'Effronté, qui la mit bien en vue à sa ceinture avant de s'engouffrer devant moi dans l'estaminet.

À n'en pas douter, c'était bien là un de ces bouges

sordides. Un rendez-vous de truands de tout poil où les hommes du roi ne devaient jamais mettre le nez. Il était impensable de trouver mon Raymond dans un pareil endroit. Néanmoins, lancé dans l'aventure, je ne devais négliger aucune piste et le temps maintenant me pressait. Une bouffée de chaleur rancie par la sueur et des odeurs de fumée grasse nous sautèrent au visage, et alors que nous descendions l'escalier, les conversations à notre arrivée cessèrent. Si on nous dévisagea d'une façon inquiétante, par un de ses tours de passe-passe mystérieux, l'Effronté dérida l'atmosphère, et la dizaine de mariniers attablés près de trois belles sauvageonnes vaquèrent à nouveau à leurs discussions. Dans la salle, le tenancier, derrière son comptoir occupé à ranger des brocs et des pots en étain, prit le temps, en s'essuyant les mains à un tablier douteux, de s'approcher de nous. Obséquieux, il nous invita à nous asseoir à une table proche de la cheminée.

— C'est ma meilleure table, monseigneur, et pour vous, dit-il patelin, ce sera mon meilleur vin.

Puis reprenant plus bas, circonspect, il demanda :

— Que me vaut l'honneur d'une si noble visite ?

— N'aie crainte ! Sers-nous donc ton vin et attable-toi ici avec nous. Mon maître, dit l'Effronté, cherche une connaissance… un pays à toi, que tu connais.

Intrigué, l'homme essuya machinalement la table du revers de son tablier et s'éloignant, pensif, s'affaira derrière le comptoir à remplir un pichet. Sous l'œil malicieux et les manières provocantes d'une des trois femmes qui se laissait peloter par un marinier, le tenancier revint nous servir sa meilleure cuvée. Dubitatif, l'homme, qui me dévisageait sans cesse, de plus en plus intrigué, se dit prêt à m'écouter. En signe de bonne volonté je posai au centre de la table une pièce neuve d'une livre. Je vis alors son regard s'éclairer et poindre cette once de cupidité qui délie plus facilement les langues que ne le fait la torture. Sans plus attendre, il m'invita à parler.

— Je cherche un homme que tu connais, dis-je à mi-voix. Il est à Paris depuis quelques années et s'appelle Raymond. Il fréquentait, pour en porter l'habit, le Temple de Paris. Je le sais libre et je dois le voir et le vite trouver.

À ma demande, son sourire s'effaça et il se redressa lourdement.

— J'ai bien peur de ne pouvoir vous aider, messire, je n'ai point pays qui soit templier. Je ne connais point de Raymond et je doute que quelqu'un en connaisse un ici. Ma maison, même misérable, ne reçoit que des gens du monde normal et je n'ai rien à voir avec ces « sodomites » notoires.

— Il est, comme toi, natif du Fénolhèdes, sur les Marches d'Espagne, dis-je.

— Non, non ! Vous vous trompez, messire… moi je suis de Neaufle, à quelques lieues de Paris. À voir vos mines, croyez, dit-il en reluquant la pièce, que je le regrette bien !

Dépité et déçu, je tendis la main. D'un geste vif, il arrêta mon bras.

— Je ne suis propriétaire de ce bien que depuis trois ans, messire. Peut-être… sans doute y a-t-il confusion sur la personne. Que je sache, l'homme qui m'a vendu cette pratique parlait la langue d'hoc* et son accent pourrait être celui des Marches d'Espagne. C'est lui qui devrait vous renseigner.

Mielleux, il ajouta :

— Il doit le bien connaître, lui… votre Raymond.

— L'adresse, vite ! Et l'argent est à toi.

— Certes, messire, j'entends bien, mais… laissez-moi le temps de réveiller ma mémoire.

Il avala cul sec son godet et ajouta, dans un claquement de langue :

— Ce petit vin est un régal, dommage que le tonneau se vide si vite. C'est justement un des derniers de mon prédécesseur. Un certain Vidal, enfin, il me semble.

Devant mon impatience, il s'empressa d'expliquer :

— Si mes souvenirs sont bons, l'Occitan, voyant le port décliner, sur les injonctions de sa femme a déménagé sur la rive gauche, en face de la Cité. Ils vivent de leurs rentes, rue, rue… Ha ! Ma mémoire, messire, n'est plus ce qu'elle était… peut-être avec un autre métal semblable à celui-ci ?

Je lui montrai mon arme :

— J'ai bien encore du métal sur moi, mais je doute qu'après en avoir goûté, tu aies encore un reste de mémoire. L'adresse ! Et réfléchis bien avant de répondre... je ne voudrais pas avoir à revenir.

Le visage du tenancier changea de couleur. Déstabilisé un temps, rapidement il reprit ses esprits et balbutia :

— Votre homme habite rue de la Huchette, près du pont du Petit Châtelet. Avec sa femme, ils sont retirés des affaires et vivent au Soleil-Pourpre. Lui, c'est un avaleur*, il s'occupe encore de transport et me livre cet excellent vin de Suresnes.

— Ton vin est bon, l'ami, n'en change pas, dis-je en finissant mon godet et en sortant une piécette que l'homme, sourire aux lèvres, attrapa au vol.

— Trop bon et trop cher pour en laisser dans le pichet, ajouta le porteur d'eau.

Comme je me levais pour partir, un marinier, qui sans nous entendre vraiment avait vu les pièces changer de poche, s'approcha nonchalant. L'individu, un bandeau sur la tête et un couteau à la main, qui faisait mine de curer ses ongles crasseux, prit à témoin ses acolytes et m'interpella :

— Sa Seigneurie semble généreuse, si je peux avec mes amis vous rendre quelques menus services, n'hésitez pas, nous serions heureux de partager votre bourse.

Voyant les autres bateliers au fond de la salle se lever et s'approcher, j'eus la présence d'esprit de répondre, alors que l'Effronté, dague en main s'interposait :

— Le maître tenancier m'a donné le renseignement que je cherchais, je ne doute pas… riche qu'il est céans, qu'il vous paye sa tournée. Maintenant… dis-je en sortant la moitié de ma lame de son fourreau, si l'un d'entre vous sait où se cachent les hérétiques du Temple, comme lieutenant de messire de Nogaret, je veux bien l'entendre et même le recevoir au Châtelet. Une prime pour chaque prisonnier en fuite sera la récompense. Les fourches* pour ceux qui trahissent le roi.

Je ne sais ce qui les impressionna le plus de mes mensonges ou de mon aplomb mais tous, le matamore en premier, sans plus s'occuper de nous reprirent leurs places en quémandant au patron sa tournée. L'arme à la main, mon compagnon me fit gravir en hâte l'escalier sur la rue.

Tard dans la nuit, passablement essoufflés, nous atteignîmes Bellegarde.

— On s'en est bien tirés, messire, mais je ne vous savais pas à Nogaret, me dit-il, dans un éclat de rire.

— Il vaut mieux un mensonge ou une grimace, et même perdre tout son or, plutôt que de verser une goutte de sang. Crois-moi ! Je sais de quoi je parle.

— C'est égal ! Ce soir, vous avez fait fort.

Le buste incliné, après m'avoir rendu ma dague, il ajouta :

— Je vous souhaite le bonsoir, messire.

Il me tournait déjà le dos quand je le rappelai.

— Où cours-tu si vite, n'oublies-tu rien ?

— Pas que je sache, messire, vous avez des ordres pour demain ?

— Oui ! Prends ceci, lui dis-je, en lui tendant deux pièces identiques à celle de tout à l'heure.

Et devant son regard ébahi, j'ajoutai :

— À la première heure demain, tu iras t'acheter des braies et des houseaux* neufs. Et en passant devant la Seine, tu t'y laveras les pieds. Tu pues et cela m'indispose fort. L'adjoint du lieutenant de Nogaret, dis-je en riant, se doit d'être irréprochable !

— Corne de bouc, pour moi, tout ça ? Messire… c'est trop ! En travaillant plusieurs semaines, je n'en gagne qu'une. Je peux pas accepter.

— Détrompe-toi, dis-je. Sans toi, je n'avais aucune chance de m'en sortir. Cache tes scrupules et considère cela comme une avance sur la suite. Garde-les.

— Merci, messire ! Je suis votre homme, je vous jure que nous le retrouverons… votre Raymond.

— L'Effronté ?

— Oui, messire !

— C'est comment, ton nom ? Enfin, je veux dire, ton vrai nom.

— Martin, messire, Pierre Martin, je suis de Bougival, un village à deux pas d'ici.

— Alors Martin, mon ami, à demain matin !

Paris, le 19 octobre 1307

C'est à l'écurie où je veillais au bien-être de ma monture que le lendemain je retrouvai Martin. Il me fallut y regarder à deux fois pour le reconnaître. On dit que l'habit ne fait pas le moine, mais il faut croire qu'un homme bien habillé en vaut deux ! Visage rasé de près, cheveux bouclés, habillé de neuf, l'homme n'était plus le même.

— Il n'est que temps ! dis-je, sourire aux lèvres en le voyant ainsi. Partons, veux-tu !

L'air grave et important, il me conseilla de couper par les petites rues jusqu'à la Seine et m'invita à monter par l'embarcadère du Port-aux-Bois dans une barque qui faisait la navette avec le Petit Châtelet.

— Nous gagnerons du temps en évitant la foule, dit-il en réglant lui-même la course.

Habilement menée, l'embarcation laissa sur sa gauche l'île Notre-Dame où paissaient des troupeaux de vaches et contourna l'extrémité de l'île de la Cité. La cathédrale vue du fleuve par cette matinée ensoleillée m'apparut alors pleinement. Avec son architecture audacieuse ceinte de contreforts et d'arcboutants qui s'élevaient d'un seul jet vers la voûte, elle semblait, à l'opposé de sa façade plus massive, d'une élégance et d'une beauté aériennes. L'ensemble des membrures, par leur perfection et leur complexité, évoquait d'une façon frappante des voiles gonflées par le vent. Surgissant des eaux de la Seine, elle ressemblait à une nef prodigieuse. Animée d'une vie propre, elle était tout simplement majestueuse.

Rapidement emportés par le courant, nous débarquâmes au pied du Petit Pont. Rue de la Huchette, le Soleil-Pourpre nous ouvrit sa porte et un commis bienveillant, à notre demande, nous mena de l'autre côté de la rue, dans un entrepôt où deux charrons, les mains enduites de graisse, tentaient, sous l'œil avisé d'un grand gaillard, d'enfiler une roue de fardier sur son essieu. Maître Vidal, car c'était bien lui, était découplé. Aussi grand que moi, les cheveux gris coupés en brosse, le menton carré et la voix forte, il en imposait par son allure de gladiateur et sa poigne vigoureuse. Après les présentations, sans tourner autour du pot, je lui parlai de Sébélie, de moi et de Raymond que je cherchais désespérément.

— Venez, messire de Montfort, venez ! Ne restons pas là, nous serons mieux autour d'une bonne bière pour parler.

Dans l'auberge vide à cette heure, il nous invita, avec son accent bourru et rocailleux du Sud, à nous asseoir.

— Ici, dit-il, c'est chez moi, nous serons au calme pour parler *dé moun païs*, de chez nous ! Ainsi, vous connaissez la dame de Sorhnia et son fils Amaury. C'est elle qui vous a dit où me trouver ?

— Oui ! Enfin… non ! C'est un peu plus compliqué. Nous venons de Saint-Landry…

Il me fallut un long moment et une seconde chope pour lui raconter les dernières nouvelles en provenance de Corbos. De mon désir d'épouser Sébélie et d'adopter son fils que je chérissais. De lui dire mon ancien emploi à la milice du Temple et de parler de l'illustre famille à laquelle j'appartenais et surtout, plus que tout, de ma difficulté à retrouver dans Paris le templier esseulé. Ému de mon histoire, l'homme se leva et avoua à ma grande satisfaction :

— Pour avoir travaillé jadis sur les terres de son père et son oncle, je connais bien Raymond. Il me savait à Paris, aussi est-il venu me voir au Tonneau-en-Perce puis ici, à l'auberge, plusieurs fois.

— Je le sais libre et gracié, dis-je. Il me faut le voir à tout prix pour avoir son accord et pour lui remettre une missive de sa sœur. Savez-vous où il est ?

— Certes, jusqu'à tantôt ! Mais il est encore parti

ce matin en maugréant qu'il voulait voir le roi et qu'aujourd'hui, « il saurait le trouver ». Il m'inquiète fort. Il est comme fou !

— Je me doute de l'endroit où il est.

Je fis signe à Martin que nous partions.

Il ne nous fallut pas longtemps pour faire le trajet jusqu'au palais, ni pour y trouver, une jambe brisée et le visage tuméfié, l'homme que je cherchais. Il était non loin de la poterne Saint-Michel, recroquevillé dans un recoin de la muraille où on l'avait jeté. Privé de son manteau et de sa bourse qu'on lui avait volée, pratiquement inconscient, il gisait au milieu de feuillets de vélins et de parchemins que le vent éparpillait.

Je réduisis tant bien que mal la fracture de sa jambe, pendant que Martin louait une carriole à bras et rassemblait ses écrits. Je lui dis en quelques mots qui j'étais. La douleur et mon insistance à lui parler en occitan lui firent reprendre connaissance. Nous le ramenâmes chez maître Vidal, hagard, pétri de douleur et mal en point.

Dame Nicole, l'épouse du charretier, qui prêtait au templier depuis son éviction de l'enclos une de ses soupentes, l'installa chez elle pour s'en occuper personnellement. Depuis toujours, cette femme pleine de retenue, guérisseuse à ses heures, consacrait son temps aux miséreux des bords de Seine usés par la vie. Fidèle à sa vocation, une fois de plus, elle se dévouait.

— À part sa jambe, une dent cassée, la lèvre fendue et quelques persures sur le corps, dues aux coups, il va bien, nous dit-elle, soins réguliers, immobilisation et repos en viendront à bout. Je l'ai drogué et il dort. Il vous remercie de l'avoir secouru et il accepte de vous entendre demain à son réveil. Pour l'heure, Vidal et moi vous invitons au Soleil-Pourpre. Ici, le poisson est succulent !

Nous nous installâmes dans l'arrière-salle de l'auberge. Enjoué, je passai tout le temps du repas, excellent par ailleurs, à parler de Sébélie, d'Amaury, de la commanderie, du Carbonibus et même de cargolade. À me réjouir de la surprenante rapidité et du soulagement d'avoir enfin retrouvé le frère de ma bien-aimée. Satisfaits de la tournure des choses, après qu'il eut refusé poliment mon écot, en début d'après-midi, nous prîmes congé du maître des lieux. Le reste de la journée me permit, avec l'aide de mon guide qui connaissait fabriques et boutiquiers, d'acheter quelques babioles pour Amaury, une guimpe* assortie à un manteau doublé de soie pour ma promise et une magnifique bague. Comme je lui faisais remarquer combien tout à coup Paris, à mes yeux, était beau, le porteur d'eau m'avoua simplement :

— Paris, messire, est la plus belle ville du monde et pour les riches, un pays de Cocagne*.

Fier de mes achats, que je payai sans barguigner

avec l'argent du Temple ou du roi – allez savoir ! –, nous regagnâmes par le bord de Seine, les bras chargés de paquets, l'auberge italienne où m'attendaient, cuites à point et spécialement préparées pour moi, les célèbres pâtes de maître Pili.

Cordes, novembre 1348

Quand quelques jours après, vers la fin du mois, nous apprîmes le départ de l'enquêteur et de ses hommes de main, le sourire revint définitivement dans la maison. La charrette des morts enfin remisée, la ville retrouvait son animation coutumière. Certes, plus rien ne serait comme avant, mais les survivants émergeaient de l'enfer et retrouvaient jour après jour le goût de vivre. Certains satisfaits d'un héritage impromptu, la plupart simplement heureux d'en avoir réchappé miraculeusement. Tous, quels qu'ils soient, marqués et choqués profondément par cette peur que le fléau avait laissée.

La découverte de la mort, et surtout de l'impuissance face à cet ennemi implacable et sournois, avait chassé des esprits l'idée inconsciente que l'on se faisait du trépas. Plus que jamais, l'inscription gravée sur les frontons de nos cimetières : « *Nous avons été ce que vous êtes, vous serez ce que nous sommes* », prenait toute sa signification. La piété religieuse s'en trouva décuplée. D'abstraite, la mort était devenue concrète et incarnée, elle était cadavre puant. Elle s'inscrivait dans toutes les mémoires et ne pouvait plus s'ignorer. Bouleversé par les récents événements, chacun pour veiller au salut de son âme rejoignait le cortège des fidèles dévots. Pour s'assurer un passage vers l'au-delà, les gens s'assemblaient en de nombreuses confréries. Au retour d'une de ces réunions, dont on m'avait fait bienfaiteur, je trouvai ma maison en grand remue-ménage.

Dame Alicia, sa fille et Guillemette qui faisait maintenant partie de la famille avaient entrepris une grande lessive. Alors que nous vaquions Garin et moi à la rédaction de mon recueil, soudain, des cris venus du sous-sol attirèrent notre attention. Guillemette, affolée, remontait l'escalier de la cave en jurant avoir vu quelqu'un bouger dans le cuveau.

— Il y a un homme ou un fantôme dans la cuve, dit-elle, dans le noir j'ai vu bouger ses jambes.

Empressés, nous descendîmes voir.

En bas, écroulé de rire, affalé au bord du récipient de pierre, Petit-Jean se tenait les côtes.

— Maître, dit-il en gloussant, s'il y a un fantôme ici, c'est celui de vos chausses. Venez voir !

À la lumière de la lampe qu'il tenait à la main, un paquet de vêtements sales d'où émergeaient mes chausses se mit à bouger. Soulevant délicatement celles-ci du bout des doigts, un crapaud de belle dimension apparut dans la lumière. L'amphibien apeuré émit un coassement lugubre qui fut amplifié par la voûte de pierre. Libéré de sa prison, il fit un saut prodigieux qui le propulsa dans la cave et par la porte ouverte, en trois bonds, dans le jardin. Nos rires attirèrent les femmes qui, informées, s'esclaffèrent à leur tour.

— Plutôt qu'un fantôme, c'était un vrai monstre, dis-je les larmes aux yeux.

— Le monstre de Mordagne, la *mal beste*, ajouta Garin, en mimant l'animal devant une Guillemette confuse… *Croa, croa, croa* !

— Ne vous gaussez pas, dit-elle vexée, mon frère… a eu bien des démêlés avec l'Inquisition pour avoir dans notre jardinet élevé de simples grenouilles.

Garin, qui venait pratiquement d'en réchapper, la supplia de nous conter l'affaire.

— C'est une histoire qui fit, nous dit-elle, grand bruit dans la cité. Il y a quatre ans de cela, Bertrand, mon frère, a été dénoncé par nos voisins de l'époque. Excédés par le bruit que faisaient les grenouilles, ceux-ci, au lieu de venir nous en parler, sont directement partis se plaindre aux autorités. Anodin et sans conséquence, l'incident prit des proportions inattendues. Mon frère est un gentil garçon, naïf et à certains moments un peu benêt, mais il adore les animaux. Tout petit, il s'ingéniait déjà à sauver les oiseaux tombés du nid, à rapporter à la maison des grillons et des cigales. Curieux, il était passionné par les petites bêtes. Voilà qu'un jour il nous ramène des têtards et qu'il leur confectionne une mare. C'était plaisir à le voir faire. Après les têtards, ce furent les grenouilles et avec elles… les ennuis ! Si ses intentions étaient pures, il n'en était pas de même de celles des gens de la cité. Ils se demandaient ce qu'il pouvait bien faire de ces sales bestioles visqueuses qui, comme les serpents, ont le sang froid. Ne dit-on pas que les sorciers s'en servent pour fabriquer poudres, onguents et autres mixtures ? D'autres ajoutaient, pour l'enfoncer un peu plus, qu'il en faisait sans doute l'élevage pour récupérer le puissant poison qu'elles ont sur la peau… Certains de ses camarades expliquèrent partout et à qui voulait l'entendre qu'il s'était battu comme un chiffonnier contre eux pour protéger des fourmis, et qu'il les avait ramenées chez lui pour certainement les manger. Ce qui était faux, bien entendu ! Jamais mon frère n'a fait de mal à une fourmi, pas même à une mouche. Tous ses compains, ce jour-là, se moquèrent de lui. Il leur répondit qu'il aurait été bien fâché qu'un autre que lui les découvre et les lui prenne, car elles procurent bonheur et prospérité à ceux qui les détiennent. C'est ainsi que les mœurs suspectes de mon frère arrivèrent jusqu'aux oreilles de l'Inquisition et qu'une enquête fut diligentée. Interrogés, certains dans le quartier qui le connaissaient le défendirent, d'autres, comme je viens de vous le dire, l'accablèrent. Il fut arrêté et questionné.

— Entendu, ou questionné ? Questionné, c'est tourmenté ! dit Garin.

— Non, ils ne l'ont pas torturé, mais, pour sûr, ils l'ont secoué...

— Qu'ont-ils voulu savoir au juste ?

— Ils l'ont questionné sur sa foi et comme il répondait bien, ils lui ont posé des questions sur l'*Ars Mathematica.* Ils voulaient savoir s'il pratiquait la magie et la sorcellerie et s'il connaissait des alchimistes ou des empoisonneurs. Toutes choses qui lui étaient étrangères et dont il se défendit. Ils le déshabillèrent pour vérifier sur son corps qu'aucune anomalie malsaine n'existait et l'abandonnèrent dans une basse geôle plus d'un mois durant. À la fin, devant les supplications des uns et des autres, il fut libéré après un étrange procès. Ils nous l'ont rendu dans un état lamentable et proche de la folie. Ma mère en fut malade. Voir notre nom traîné dans la boue et les gens se détourner à notre contact, c'était intolérable et injuste. À la fin, lassées, nous avons vendu notre maison, payé nos dettes et nous avons loué l'étage d'où vous m'avez déménagée. Mon frère, rétabli, préféra quitter la ville. Ma mère, elle, ne s'en est jamais remise et a vécu en recluse jusqu'à sa mort.

Quelques heures plus tard, alors que nous terminions le travail de la journée et en repensant à tout cela, j'en fis la confidence à mon scribe.

— Vois-tu, mon ami ! L'ignorance et la bêtise régissent notre époque et limitent nos libertés. Nos croyances dépassent la raison et favorisent, pour certains, cette forme d'absolu qu'est l'intolérance. Malades, infirmes ou étrangers, personnages hors normes sont sujets à persécutions. Certains, les aveugles ou par exemple et plus sûrement les lépreux, portent leur infirmité comme un signe extérieur de péché. Maudits par Dieu, ils sont rendus responsables de tous les maux. Les juifs, à cause de leur religion, sont expulsés de nos terres et d'autres, comme jadis mes frères templiers, accusés à tort de sodomie, sont déclarés hérétiques. Ou, comme ce pauvre Bertrand Fort, qui à force de trop aimer les bêtes, a été, sans ménagement, jeté à l'opprobre et fit le malheur de sa mère.

— Je sais tout cela, messire, je le sais d'autant mieux qu'en pied poudreux que je suis, je dois le vivre tous les jours. Partout où je vais, je suis l'étranger et c'est vers moi que comme l'inquisiteur tantôt on se tourne en premier. Je les connais bien, les regards soupçonneux en oblique, les questions qui en sont sans en être. Les doigts qui, de loin, vous montrent. C'est mon quotidien, c'est ma vie !

— Et pourtant tu l'aimes cette vie suspicieuse d'itinérant et de vagabond.

— Oh oui. Oh que oui ! C'est d'ailleurs sans

doute pour cela que je l'aime tant. En me laissant spectateur et en marge des bien-pensants, elle me donne droit à un privilège... un seul ! Une des plus belles choses au monde... la liberté ! Vivre pour moi, messire, c'est avant tout être libre et indépendant.

— C'est payé cher parfois et bien hasardeux. Ne crois-tu pas ?

— Pour l'instant, la chance me sourit, alors je m'esquive, je louvoie, je tergiverse. Sans doute quelque part je triche avec la vie, mais rester libre de son destin ... c'est si bon !

— Tu n'auras peut-être pas toujours, comme tantôt, la chance avec toi. Si tu veux mon conseil, tu devrais construire ton avenir avec un peu plus de rigueur. Ta liberté, que tu crois maîtriser, est en fait à la merci des autres. Quant à ton destin, quoi que tu fasses, il est déjà écrit !

— *Inch'Allah**, comme on dit avec fatalité. De la naissance à la mort, nous avons tous, comme le Christ, notre croix à porter, et... et votre recueil à finir, messire ! ajouta ironiquement le scribe, sans doute fatigué de m'entendre pérorer.

✠

Paris, le 20 octobre 1307

Indubitablement, il y avait un air de famille, même avec le visage amoché. L'homme étendu sur sa couche était bien le frère de Sébélie. Raymond, le templier de Corbos, m'invita à m'asseoir près de lui. Son physique n'en faisait pas un combattant, mais je compris instantanément à cette façon élégante de bouger les mains, cette manière pleine de retenue de s'exprimer, que j'avais devant moi un homme d'une rare intelligence. Ce n'était pas par hasard s'il avait été l'homme de liaison entre le Temple et le roi, ni si on avait parlé de lui pour occuper un poste important dans la hiérarchie de l'Ordre. Raymond, à n'en point douter, en avait la carrure.

— Je ne sais par où commencer, mon frère. Permettez-moi de vous nommer encore ainsi, car même si l'Ordre est prisonnier du roi, il existe toujours et il m'importe d'en garder souvenance et respect. Même sous cet habit, dis-je en montrant le lion, je suis et je serai toujours un des siens. Avant de vous donner à lire le pli de votre sœur, qui se désespère de vous, il me faut vous dire qui je suis et d'où je viens. Ensuite, nous parlerons d'elle, de son fils et de ma venue à Paris pour vous voir et aussi d'un certain gardien, dénommé Azmet.

Sans jamais m'interrompre, le frère de Sébélie m'écouta raconter ma vie, de mon enfance à ma captivité, jusqu'à mon retour de Chypre, de la proposition des maîtres à me donner l'habit, de mon arrivée à Corbos et de ma blessure. Je ne lui cachai rien du grand maître qui me voulait chez lui, jusqu'à ma rencontre avec sa sœur qui me voulait à elle, de ma sœur Éléonore et de son mari Vendôme qui m'avaient adoubé et me voulaient aussi. D'Azmet, qui avec l'accord de sire Jacques, m'instituerait, plus tard et avant Amaury, comme le futur gardien du secret de Corbos.

— Et aussi, de mon envie à moi de vous voir, lui dis-je, pour vous demander votre avis et votre permission. Voici la lettre de Sébélie, et celle d'Azmet qui parle de moi et qui est destinée à sire Jacques de Molay.

Il prit le temps de lire la première et pour celle codée de la déchiffrer en s'aidant d'une bible, d'une mine de plomb et d'un vélin. Dans un long soupir, il froissa ses notes et replia soigneusement les deux missives.

— Jetez ceci au feu, voulez-vous, me dit-il, en me donnant la feuille froissée.

Comme je m'exécutai, il me tendit le pli de sa sœur et rangea l'autre dans sa bible.

— Si quelqu'un peut voir un jour le grand maître, c'est moi et moi seul ! Avec Azmet et l'autorisation de Jacques de Molay, c'est moi qui ai eu l'idée d'utiliser une cavité désaffectée et profonde pour cacher les archives du Temple. Importantes, elles ont été, à la chute de nos possessions d'outre-mer, rassemblées dans trois endroits différents sur le territoire. Après réflexion, nous avons imaginé un cheminement qui s'apparente à une longue chaîne. Une chaîne où chaque maillon ignore tout des autres.

— Je comprends mieux le culte du silence qui règne en maître à Corbos.

— Le premier maillon, reprit-il impassible, est choisi parmi les membres de l'Ordre. Il trie, classe les écrits, les recueils, les connaissances amassées, les codex, les traités, les missives des rois, des princes, de nos amis et de nos ennemis. Dans la discrétion, il recueille des objets innovants et rares et aussi des livres cachés ou de grand prix et tout autre secret qu'il juge important. Ces trois personnages, que l'on nomme « pourvoyeurs », les rassemblent et les dirigent, scellés dans des coffres, vers une commanderie. Et de commanderie en commanderie vers un lieu secret. Je suis l'un d'eux. À l'autre bout, leur sont associés trois gardiens, qu'ils ne connaissent pas, et qui par discrétion ne portent pas toujours l'habit. Ils forment le dernier maillon et sont seuls à localiser l'emplacement secret de la cache. Le seul, au-dessus de nous, l'ultime maillon, c'est Jacques, qui sait et connaît tout ! Il y a aussi, emmurées et dissimulées, quelques vieilles reliques, des *abacus*[*], des étendards ; entassées dans des caisses, les armes et les armures des maîtres qui se sont succédé depuis la création de l'Ordre, les lettres des saints-pères, celles de Bernard de Clairvaux et de bien d'autres qui nous ont aidés, ou nous ont combattu. Il y a, disposés sur des rayonnages, notre histoire pieusement conservée, quelques accords secrets et quelque or, argent et vermeil, en forme de ciboires et de croix. Rien d'extraordinaire ni de vraiment précieux si ce n'est notre mémoire et notre glorieux passé. Passé historique qui n'aura de valeur que dans mille ans et que par cupidité un roi nous envie.

— C'est pour ce soi-disant trésor que le roi a monté cette cabale ?

— Non ! Il n'a que faire de nos archives ou de nos reliques qu'il ignore totalement, non, c'est pour d'autres raisons qu'il nous martyrise, en tout premier lieu, pour notre puissance et nos écus. Voyez-vous, Guillaume, cet homme se veut le maître et ne tolère personne au-dessus de sa position de monarque. Toute son énergie, toute sa volonté, sont mises au service de son royaume. Tout son or à l'agrandir ou à le conserver. Il construit sa grande Galerie, son grand Louvre. Il contient ses adversaires, comme le roi d'Angleterre en Guyenne, dont il lorgne les possessions. Il veut marier habilement ses enfants en asseyant son pouvoir et sa domination, et s'endette à cette fin. Il fait la guerre en Flandre et rafle l'argent des Lombards et des juifs. Il n'hésite pas à ridiculiser Boniface en faisant gifler ce pape qui se voulait au-dessus des rois. À peine celui-ci mort, il s'en trouve un docile et à sa botte. Seulement… son intelligence lui fait comprendre que s'attaquer à la papauté n'est pas sans péril. Le Temple, qui pendant des décennies a œuvré sous les ordres des souverains pontifes et qui voyait sa destinée tout entière tournée vers l'Orient, est maintenant devenu un état dans son état. Une force non négligeable. Une puissance aux seuls ordres du souverain pontife. Une force dans le royaume qui pourrait un jour se souvenir de la gifle d'Anagni*. Une menace potentielle qu'il faut museler à tout prix.

— D'où sa volonté de devenir grand maître en réunissant les deux ordres.

— Évidemment… et d'affaiblir, mon cher ami, le chef de la chrétienté d'une main, pendant que de l'autre, faisant d'une pierre deux coups, il s'enrichit de leurs biens et évite de rembourser les dettes immenses qu'il a d'eux.

— Incroyable ! Je comprends pourquoi notre

sire a refusé le marché.

— Les choses en étaient là quand par ma faute, l'an passé, le roi, inquiet de sa sécurité au palais à l'occasion de manifestations hostiles dans la capitale, s'est vu sur mon conseil proposer par le grand maître de venir se réfugier avec sa famille dans l'enclos du Temple. Croyant montrer notre amabilité et dans l'espoir de calmer par là même son courroux envers nous, nous l'avons reçu avec faste. Sans le vouloir, nous l'avons de ce fait politiquement affaibli aux yeux des Parisiens. Contrarié et se sentant trahi, le peuple, en rébellion, le tança et le railla de le voir si faible et si péteux qu'il lui faille se cacher derrière les puissants Templiers plutôt que d'oser se montrer dans les rues. L'insulte, ressentie comme un affront, se greffa à sa jalousie de voir l'opulence de nos biens et la tenue irréprochable de notre domaine. L'émeute finie, les exaltés et leurs meneurs pendus, Philippe pendant des mois nous a battus froid et harcelait Clément à notre sujet. Il inondait de courriers dilatoires notre bon pape qui semble-t-il connaissait depuis longtemps tous ces mauvais bruits mais qui, prudent, ne voulait point les entendre. Le reste, nous le savons ! Nogaret, qui n'a pas cessé d'affirmer au roi la prééminence nécessaire d'une autorité royale sur l'Église de France, s'est mis en tête de faire de lui un pape en son royaume. Aidé de ses conseillers, il a utilisé des fables à dormir debout pour nous terrasser. Le roi vengeur, aigri, lassé d'attendre et avant que Clément V ne réagisse vraiment, a sous influence joué son ultime carte.

— La surprise fut totale.

— Mes contacts avec lui et ses conseillers étaient nombreux et cordiaux. Je le savais nerveux et impatient, mais je n'ai rien vu venir. Notre orgueil sans doute voilait cette fatalité. Il était mon ami. J'étais le plus à même de me douter de sa perversité, de savoir… et je n'ai rien vu ! Il a attendu que nous soyons en nombre pour le grand chapitre et il a même eu le culot, la veille de l'arrestation, d'inviter Jacques pour porter le cordon du poêle du cercueil de sa belle-sœur. Il nous a trompés. Il m'a berné sur toute la ligne… En me libérant, « par amitié », m'a dit Guillaume Humbert, son confesseur, « le roi vous montre sa clémence et vous veut voir loin de ces hérétiques. » Ce faisant, il me fait passer doublement pour un traître auprès de mes frères.

— Je sais ! À la sortie de l'enclos du Temple où je vous cherchais, à peine j'ai prononcé votre nom que des frères prisonniers m'ont craché dessus et vous ont maudit.

— Les uns me libèrent, certains me maudissent, les autres me frappent. Pourtant, je suis le seul templier libre à pouvoir agir. Puisque le roi m'interdit sa porte, j'irai voir Sa Sainteté Clément. Il ne peut rester insensible à notre sort !

— Il semblerait qu'il soit de connivence ! L'ordre

d'arrestation est...

— Un faux ! Non... je ne crois pas qu'il soit de la manigance, il s'est fait berner lui aussi. Néanmoins, c'est le seul qui peut encore nous sauver, c'est lui que je dois voir au plus tôt.

— Poitiers est loin ! Et avec votre jambe...

— Mes notes, mes doléances, où sont mes écrits ?

Tout à coup inquiet, Raymond, grimaçant de douleur, chercha désespérément des yeux ses feuillets.

— Je les ai récupérés près de vous, devant le palais. Les voilà ! dis-je, en les lui tendant.

— Je vais, dit-il en les prenant, écrire un manifeste, chercher les arguments possibles à une réconciliation, trouver des éléments irréfutables pour contrecarrer Nogaret et les siens et montrer à mes frères que je ne suis pas un traître.

— « *De quelque côté que soit le tort, il tombe toujours sur le mort !* » Rentrez plutôt à Corbos, suivez le conseil du roi, ne vous mêlez plus de ça.

— Et perdre mon honneur... Jamais ! Je vivrai avec le Temple, ou je mourrai avec lui.

À voir ses yeux, sa bouche amère et les articulations de ses mains blanchir, je compris qu'il ne renoncerait pas.

— Avant de vous lancer dans pareille aventure, reposez-vous. Si procès il y a, il ne se fera pas avant des mois. Chacun va fourbir ses armes. Aiguisez les vôtres et remettez-vous. Dans le monde des clercs et le secret des sombres études, nulle vérité n'existe sans son contraire. Vous allez avoir besoin de toutes vos forces.

— Sages paroles, que je suivrai. Je suis si fatigué... vous êtes bon, me dit-il, un moment plus tard. Sébélie a eu bien raison de vous choisir. Vous la voulez pour femme ?

— Je la veux comme elle me veut et avec elle, Amaury, qui a besoin d'un père. Je n'ai point de fief, mais j'ai la protection des Vendôme. J'agrandirai le Carbonibus que je rachèterai à votre frère et je serai le gardien des archives à la mort d'Azmet, avant de céder ma place à Amaury, si tel... est votre désir.

— Azmet t'a choisi, Sébélie t'a choisi, le grand maître sur mon conseil te choisira. Tu recevras en temps voulu une missive codée que tu remettras à Azmet. Il te donnera le moyen de la comprendre. Plus tard, quand il le jugera utile, par le truchement de la bague qui est l'insigne du gardien, il t'indiquera les moyens de retrouver après sa mort l'entrée de la mine. À ton tour, quand tu estimeras le moment opportun, tu feras pareil pour Amaury. Vois-tu, nul, si ce n'est le seul gardien en titre, ne doit connaître l'emplacement exact de la cache pour des raisons élémentaires de sécurité.

— Et si je meurs subitement ?

— Le grand maître alors intervient.

— Et s'il ne le peut ?

— Alors, Dieu y pourvoira ! Sinon, ajouta-t-il

d'un geste las, notre passé sera perdu à jamais.

Le visage émacié et fiévreux, le geste incertain, Raymond passait de l'abattement à l'agitation extrême. Imbu d'une autorité qu'il se donnait lui-même, il se voyait tour à tour conseiller, avocat ou porte-parole d'une cause qui n'avait, ou n'aurait bientôt plus, aucun défenseur. Sa quête, je la voyais, depuis mon départ de Vendôme et suite aux diverses discussions à l'occasion de mes rencontres, de plus en plus improbable. La messe était dite et le Temple en morceaux. Qui donc oserait en ramasser les débris ? Par égard pour lui et devant son désarroi, je fis une dernière tentative.

— Retournez à Corbos et soyez le futur gardien, ou bien... rejoignez nos frères de Majorque, de Catalogne, d'Angleterre et des autres provinces hors du royaume qui ne sont pas concernées. La lutte aux côtés de Saguàrda est encore possible.

— Non, Guillaume ! Je suis un paria, personne ne voudra d'un impur. C'est seul que je dois défendre mon honneur et regagner l'estime de mes frères, ensuite je ferai pour le mieux !

Fatigué qu'il était, les traits tirés, je le quittai sur la pointe des pieds. En franchissant la porte, je l'entendis dire :

— Guillaume ! Tu as ma bénédiction. Reste en dehors de toute cette agitation et avec Sébélie et Amaury, soyez heureux ! Protège-les et quoi qu'il arrive, sois d'abord le gardien de leur vie. À demain !

Je le revis le lendemain pour lui faire mes adieux. Il avait pris soin d'écrire une longue lettre pour sa sœur et m'invita à la faire lire à Azmet.

— Il y trouvera dans les premières lignes mes ordres à ton sujet, me dit-il, laconique.

Ouvrant le col de son habit, il sortit une petite croix d'ivoire d'un lacet de cuir qui pendait à son cou.

— Pour Amaury, en souvenir de moi.

Ensuite, il me serra longuement la main et sans un mot, me renvoya. Je ne devais plus jamais de ma vie le revoir !

Quatre semaines plus tard, le 22 novembre, par sa bulle *Pastoralis praeeminentiae*, le pape ordonnait l'arrestation de tous les templiers où qu'ils soient de par le monde. Béquille à la main, en habit de chevalier du Temple et à la vue de tous, Raymond fut arrêté devant les portes du Louvre en essayant encore une fois de voir le roi. Les hommes qui le prirent, excédés de l'outrage et de son entêtement, étaient aux ordres d'Alain de Pareilles, capitaine des archers. À nouveau roué de coups pour son impudence à se montrer en habit templier, il fut mis au cachot pendant plusieurs semaines. Interrogé par l'Inquisition, il fut, contre toute attente, à nouveau libéré. Au mois d'août 1308, on parla de lui à Chinon, où était détenu sire Jacques, et à Poitiers où il fut reçu par un conseiller du saint-père. Puis l'année suivante à Clermont en juin 1309, à l'ouverture de la première commission diocésaine pour le jugement des templiers de cette région. Découragé, malade, ayant échoué dans toutes ses tentatives, aussi bien auprès du pape que du roi, il remonta sur Paris et essaya de se mettre en rapport avec le grand maître détenu dans sa prison du Temple. Il apparaît avec les défenseurs de l'Ordre, Renaud de Provins et Pierre de Bologne, le 14 mars 1310, quand ils se réunissent pour la première fois, puis le 27, dans le verger de l'évêché de Paris. À partir de cette date, on n'a plus de nouvelles de lui.

Certains disent qu'il s'était permis en public d'insulter l'évêque de Sens, Philippe de Marigny, qui comme on le sait n'était autre que le frère d'Enguerrand, le nouveau ministre du Conseil du roi. Le prélat ne refusant rien au monarque impatient, qui venait de le faire nommer, se transporta de Sens à Paris, pour, dit-on, accélérer et fondre entre elles les procédures. C'est en faisant condamner à tort nos frères considérés comme relaps que Raymond, indigné, l'aurait traité « d'ignoble salopard, vendu au scélérat qui commande le royaume ». Deux jours plus tard, le 12 mai, livré au bras séculier, cinquante-quatre templiers furent brûlés près de la porte Saint-Antoine. D'après maître Vidal, mon ami le charretier qui était venu assister à la chose, un corps dépassait des fagots quand ils furent liés sur le bûcher. Une autre version des faits, moins brutale, nous laisse penser qu'il serait monté de lui-même et sans obligation au supplice, par amour pour ses frères et en rémission des fautes qu'il croyait avoir commises contre eux.

Sébélie, fortement affectée, pleura toutes les larmes de son corps. Pour ma part, je n'en fus pas autrement étonné, c'était bien dans la manière du personnage. Comme lui, quelques autres frères furent brûlés à Carcassonne et à Tarbes, mais le plus grand nombre, plus de quatre cents, finirent leur vie en prison, ou tout du moins y restèrent longtemps après avoir été questionnés et tourmentés. Affaiblis par la faim, les fers aux pieds et dans de mauvaises geôles, pour éviter les mutilations et d'horribles souffrances, comme le chevalet, les brodequins, l'estrapade ou les charbons ardents, ils avouèrent tout ce que l'on voulait bien leur faire dire. Confirmant ainsi les mensonges éhontés du sieur Florian d'Esquieu, bourgeois de Béziers, qui par on-dit tenait d'un templier renégat, connu dans une cellule qu'ils partageaient, les prétendues pratiques obscènes et hérétiques.

Ce Florian en quête d'argent avait d'abord demandé audience aux souverains de Majorque et de Catalogne. Il leur avait craché son venin en pure perte. La ficelle un peu trop grosse pour être prise au sérieux, il avait été débouté. Faire renier le Christ et cracher sur la croix était, pour des moines en devenir, difficile à croire. Baiser le cul des maîtres, un outrage inconséquent, que l'on trouvait dans toutes les armées. Quant aux relations charnelles entre hommes, elles restaient à prouver et ne pouvaient être considérées, si jamais elles existaient, comme coutumes dans l'Ordre. L'affaire arriva un jour aux oreilles du roi de France et de ses acolytes. Nogaret et son âme damnée Guillaume de Plaisians en firent le profit que l'on sait. Parlant de cet homme comme d'une personne digne de foi, Philippe le Bel en fit l'un des artisans de sa victoire et, pour le remercier, lui octroya certains revenus, comme ceux de la commanderie de Montricoux-en-Quercy près de Vaour. C'était, pour moi qui connaissais l'endroit, le comble de la muflerie.

Grâce aux résultats de la torture, l'hérésie fut démontrée et le Temple fut dissout par Clément V, le 22 mars 1312 à l'issue du concile de Vienne.

Pour l'épilogue de l'histoire, il fallut attendre le 18 mars 1314, à la tombée de la nuit, sur l'île aux Juifs à Paris. C'est là, face au Louvre et devant le monarque et sa cour, que Jacques de Molay et Geoffroy de Charnay, son lieutenant, furent brûlés pour s'être rétractés et avoir crié bien fort l'iniquité du procès et la pureté de l'Ordre. Les dernières paroles du grand maître des Templiers, criées à la foule venue en nombre se régaler du spectacle, furent prémonitoires :

— *Dieu sait qui ici a tort et qui a péché. Malheur et malédiction pour ceux qui nous ont injustement condamnés. Sachez que ceux qui nous furent contraires auront à souffrir avant longtemps.*

Le roi en fut contrarié.

— *J'ai fait une erreur,* dit-il à son entourage qui, incommodé par l'odeur de chair carbonisée, se retirait ; *j'aurais dû, avant de le brûler, lui faire couper sa langue, à ce vieux fou.*

Mais c'est son frère Charles, qui eut le vrai mot de la fin :

— *Avec les Templiers*, dit-il, *c'est la vraie chevalerie qui est morte ce soir !*

Courbous, novembre 1307

Le dimanche 12 novembre, trois semaines après avoir quitté Paris et mes amis de Bellegarde et du Soleil-Pourpre, avec une escorte de trois hommes j'arrivai enfin en vue de Corbos. Plus je m'approchais et plus mon inquiétude grandissait. Tout le long de la route, j'avais aperçu certaines commanderies gardées par des soldats et d'autres tout simplement pillées et abandonnées. Le Fénolhèdes étant à Philippe, je me disais, soucieux, que certainement un même sort avait été réservé à mes amis et je tremblais pour eux. Cette incertitude qui m'oppressait, additionnée à l'inquiétude de savoir Sébélie seule et sans défense, me rongeait les sangs et me rendait nerveux et irritable.

Cette inquiétude devint un vrai supplice quand, au détour de la route, j'aperçus une colonne de fumée qui s'élevait du plateau. De grosses volutes noires montant dans le ciel s'échappaient des bâtiments. Elles salissaient l'azur et empuantissaient l'air. La commanderie brûlait, ou plus exactement, les ruines de l'altière commanderie templière finissaient de se consumer. Alors qu'au bas de la colline, nous traversions au grand galop le gué du ruisseau de Coumoubeille, le son aigrelet d'une trompe retentit. Quelques marauds sortis des ruines s'égaillèrent à notre vue dans les vignes et les frondaisons proches. Arme au poing, nous franchîmes le portail grand ouvert.

La basse-cour n'était qu'un amas de pierres et de poutres calcinées. Le toit du *scriptorium*, en projetant des pans de murs entiers jusqu'à devant la forge et l'abreuvoir, en s'écroulant avait détruit l'hôtellerie. Le toit de la grange aux dîmes avait totalement disparu. Les grosses poutres de la charpente, en tombant, avaient défoncé le plancher où l'on apercevait par des trous béants la litière de l'écurie. Litière qui brûlait encore, en dégageant une fumée âcre qui piquait aux yeux. Tout n'était que ruine et désolation. Effrayés par le ronflement du feu qui dévorait ce qui restait de la bibliothèque et par les escarbilles de vélins incandescents qui sous l'effet de la chaleur retombaient en pluie sur nous, les chevaux furent prestement attachés dans la forge. Arc en main, flèche encochée, j'ordonnai à mes hommes de me suivre. Le vieux donjon définitivement affalé, du haut de ses ruines, je découvris la cour intérieure.

Dans l'enclos, l'herboristerie et son toit de chaume avaient partiellement brûlé, mais les autres bâtiments, bien que pillés, étaient intacts. La chapelle, le logis du maître et la salle capitulaire du chapitre avaient résisté à la tragédie. Tout à côté, le réfectoire et le dortoir encore en feu n'existaient plus.

Par la porte entrouverte de la chapelle, j'aperçus une silhouette furtive qui à notre vue s'esquiva. Suivis de mes gardes, je franchis à mon tour l'auguste seuil, juste à temps pour voir déguerpir deux hommes par la porte donnant sur le cimetière. Les bras encombrés d'une croix de vermeil et d'une Vierge d'argent, ils s'enfuyaient à toutes jambes en sautant par-dessus les tombes. Ma première flèche toucha celui de droite dans le milieu du dos. Arrêté net dans sa course, il lâcha la croix et le ciboire qu'il tenait contre lui et s'affaissa. Dans un sursaut de désespoir, il se releva et voulut s'éloigner. Ma seconde flèche l'immobilisa définitivement. À son tour, le soldat qui me suivait décocha un trait de son arbalète qui se ficha dans les reins de celui de gauche. Emporté par l'élan, il fit encore quelques pas avant de s'écrouler lui aussi. Alors que je m'approchais, je vis, au poignet de l'homme que j'avais occis, une peau de renard à la queue argentée. Celle-là même qui avait effrayé mon cheval sur le pont de Roquabert. Retournant du pied le corps inerte, je reconnus le voleur à sa broigne crasseuse.

— J'ai achevé l'autre, messire. Il souffrait trop ! C'était un archer. Il portait ça sur lui, me dit-il, en me montrant une arbalète.

Sans pouvoir l'affirmer, j'eus la conviction que de mon embuscade, le seul homme encore vivant était le Rouzeau. Après avoir ramassé la Vierge en bois rehaussée d'argent et les autres objets de valeur, nous regagnâmes l'église.

— Messire, nous avons tout fouillé, m'indiqua le second de mes compagnons. Plus personne, si ce n'est un géant à la peau noire qui vous demande. Il est là, derrière le maître-autel, et… il est mal en point !

Dans la pénombre de l'église, masqué en partie par la table sanctifiée de l'autel, gisait, penché sur le côté, une pique enfoncée dans le ventre et un trait d'arbalète dans l'épaule, un homme qui gémissait de douleur. À ses pieds, un autre corps inerte, l'épaule fendue en deux, affalé au milieu des bancs renversés et des vases de fleurs cassés, trahissait d'une lutte farouche. Le blessé à la peau sombre, le corps poisseux de sang et qui souffrait le martyre, je le reconnus vite, ce n'était autre qu'Azmet.

— Azmet ! Mon ami, c'est moi… Guillaume. Apportez de la lumière, allumez des cierges, vite !

— Guillaume… Ah, Guillaume… Grâce au ciel, tu es enfin revenu, j'avais bien reconnu ta voix.

— Sébélie, Amaury, où sont-ils ?

— Au Carbonibus… Ils vont bien ! Rassure-toi,

ils vont bien. Ha, ha, aïe… Tu arrives un peu tard… Guillaume, dit-il, en essayant de bouger.

— Aidez-moi, vous autres, il faut lui retirer cette arme, et…

— Messire, il vaut mieux ne point l'enlever. La pique est profondément enfoncée dans le corps.

— Non, ne me touchez pas ! cria-t-il, en grimaçant. Il est trop tard pour moi… retirer le fer ne ferait qu'aggraver l'hémorragie et me serait fatal. Nous avons à parler tous les deux, tant que j'en ai la force. Le froid envahit mon corps et engourdit mes membres, je n'en ai plus pour longtemps.

— Qui a fait ça ?

— Ils étaient… une dizaine avec le Rouzeau.

— Ce porc… Je vais le tuer ! dis-je en rugissant.

— S'il te plaît… Guillaume, écoute-moi et ne m'interromps pas ! … les hommes du sénéchal aux ordres du roi… sont venus de Saint-Paul… Pendant des jours et des jours, après nous avoir surpris, ils ont vidé la commanderie de ses richesses. Ils ont tout pris… Il ne restait hier plus rien ou presque céans. Avec Phalip, Jorda, et les autres, nous avons organisé notre défense au Carbonibus et récupéré quelques bêtes dans les collines. Hier, en tout début d'après-midi, avec le dernier convoi, les soldats du roi qui nous laissaient tranquilles ont abandonné la place. Le Rouzeau devait le savoir, car très vite, trois de ses hommes armés d'arcs et d'arbalètes se sont postés près du manoir, pendant qu'avec les va-nu-pieds de Sorhnia, il pénétrait dans la commanderie déserte. Enragés de ne plus rien trouver de valeur, ils y ont mis le feu. Comme ils étaient nombreux, craignant pour Sébélie et les autres, impuissant et en rage, j'ai laissé faire. Après, attirés par la fumée, des curieux et d'autres pillards sont arrivés et les bagarres ont commencé. À la nuit, le Rouzeau avec le gros de sa troupe est parti en criant bien fort qu'il reviendrait un jour s'occuper de nous. Les autres ont passé la nuit à se soûler avec le fond de vin qui devait rester, et à se partager les quelques objets glanés çà et là.

« Tout à l'heure, en l'absence d'agitation particulière, armé de mon sabre, je me suis risqué à venir seul. C'est le bruit qui m'a attiré dans la chapelle, me dit-il dans une grimace, en me désignant l'homme au sol. Avec la pointe de son épée, ce salaud saccageait le tabernacle pour arracher la Vierge fixée dessus. Les hommes du sénéchal, par respect, n'avaient pas touché à la chapelle et lui… sans scrupule, cassait tout. Je l'ai surpris et nous nous sommes battus. J'ai eu vite raison de sa résistance et je l'ai tué… Ensuite, j'ai eu le tort de poser mon arme, écœuré que j'étais de l'avoir trucidé en un lieu sanctifié. Je remettais tant bien que mal les objets du culte dans leur armoire quand ils sont arrivés. L'archer m'a tiré dessus et sous l'impact, je suis tombé de l'escale où j'étais monté. La douleur m'a sonné. Le temps de me reprendre, l'autre m'a cloué au sol avec sa pique. Ils voulaient m'achever, mais une trompe a retenti. Affolés, ils ont pris ce qu'ils ont trouvé et me laissant là, ils se sont enfuis. »

— Ils ne sont pas allés bien loin. Sache, mon frère, que tu es vengé. Ils pourrissent maintenant en enfer, j'y ai veillé.

— Qu'Allah les accueille dans sa maison et qu'ils soient jugés en conséquence.

— Et nos frères ? Pierre, Jourdain, Jean, Thomas et Guilhaud, que sont-ils devenus ?

— Ils sont… ils sont tous morts…

— Morts ! Tous ! Mais, comment ? dis-je, stupéfait.

— Jourdain était à Centernach et s'apprêtait à rentrer. Assailli dans le noir, alors qu'il sortait son cheval de l'écurie, il s'est défendu en croyant avoir affaire à des voleurs. Pour avoir gravement blessé ses agresseurs, il s'est fait tuer par le nombre. Jean, lui, est mort d'une attaque, une fluxion au cerveau. Il n'a pas supporté la lecture de l'acte d'accusation. Il était comme fou, il criait et gesticulait si fort qu'ils l'ont attaché et roué de coups. Il est mort subitement, tout seul, dans la nuit. Pierre a tenté de s'enfuir, un carreau d'arbalète à la base du crâne l'a stoppé net. Thomas, qui connaissait bien les herbes, juste avant d'être emmené le lendemain et à l'insu de ce malheureux Guilhaud, a empoisonné leur dernier repas. Il redoutait d'être torturé et de parler de la cache et de leurs étranges activités. La veille, ils avaient fait savoir que j'étais affranchi. On m'a renvoyé avec tous les autres serviteurs.

« Le vendredi de notre arrestation, les occupants de l'hôtellerie et ceux de l'enfermerie ont été chassés. Les troupeaux et les chevaux sont partis dans un premier temps. Ensuite, deux clercs sont venus faire l'inventaire général et détaillé. Notre or, nos livres, les portulans, les recueils et tout ce qui avait de la valeur dans notre bibliothèque ont été transférés dans les malles vides et emportés sur des chariots. La forge et l'herboristerie saccagées, ils ont pris les tonneaux de vin, les enclumes, les massés, le moindre des outils et même démonté les soufflets. Toutes nos provisions, salées, séchées, confitures et confits, tout, tout y est passé méthodiquement. Ils avaient étudié et anticipé depuis longtemps notre arrestation et le dépeçage de notre maison. Les sacs de grains de la grange aux dîmes, les armes restantes, les poules, les oies, les cochons, le foin, tout, tout… Ils ont tout pris. Des jours entiers, les convois se sont succédé vers la vallée. Nos habits et notre étendard ont été brûlés au milieu de la cour devant les curieux. Pour montrer la bonté du roi, il a été permis aux serfs et aux vilains de se servir du miel des ruches et du vin nouveau qui n'a pu être pris des foudres, faute de tonneaux suffisants. Ha, quel malheur ! J'ai froid… j'ai mal, je suis si fatigué… ne me laisse pas ! dit-il en prenant ma main et en frissonnant longuement. Jour maudit que ce vendredi 13 ! »

— Tous nos frères, dis-je, sans exception ou presque, sire Jacques comme les autres, sont dans des geôles et tous nos biens dans le royaume, comme ici, pillés et volés. Seul Raymond que j'ai vu est libre, une jambe cassée. Il se démène et parle d'aller voir le pape. Il m'a donné Sébélie et je lui ai remis la lettre que tu sais.

— Renvoie tes hommes, veux-tu ! me dit-il en roulant des yeux et en grimaçant à nouveau de douleur.

— Que l'on nous laisse ! C'est un ordre. Surveillez les environs sans tuer personne. Allez et fermez les portes en sortant.

Une fois seuls, je lui montrai la lettre de Raymond pour sa sœur. Relevant certains mots, il me confirma que celui-ci donnait bien son accord pour que je sois le gardien.

— Jure, jure sur ce que tu as de plus secret que toute ta vie durant tu resteras le seul à savoir. Le grand maître ou son successeur, que tu reconnaîtras à sa bague, la même que celle-là, dit-il en me la donnant, et qui est maintenant tienne, décide des trésors cachés de la mine. Tu n'en es en aucun cas le propriétaire, mais seulement et uniquement le dépositaire et le gardien… Jure !

— Je te le jure ! Sur mon salut éternel et sur mon amour de Sébélie, de par mon amitié pour toi, pour Raymond et pour nos frères emprisonnés et comme donnat, à jamais et pour toujours fidèle au Temple immortel.

— Trois à savoir, trois à connaître, un à décider !

— Trois à savoir, trois à connaître, un à décider ! Par saint Georges, moi, Guillaume de Montfort, je le jure, dis-je en passant la bague à mon doigt.

— Champeaubois suffira !

— Champeaubois est mort avec le Temple. Vois !

Ouvrant mon manteau, je lui montrai les armes brodées sur mon surcot.

— Le lion n'est plus diffamé. J'ai retrouvé ma sœur et mon titre, et Vendôme mon beau-frère m'a fait chevalier.

— C'est bien pour toi et pour Sébélie… Elle aussi, je te la confie. Amaury sera après toi le gardien, et après lui son fils et le fils de son fils. Élève-le comme s'il était le tien et dis-lui un jour combien je l'aimais. Ne restez pas ici… vous ne seriez pas en sécurité. L'oubli et le temps sont les meilleures serrures de la mine aux secrets. Laisse le vent recouvrir le plateau de sa poussière et attends !

Un filet de sang glissa sur son menton. Un spasme le fit crier de douleur.

— Approche ton oreille, dit-il avec peine. La frise que j'ai restaurée, tu sais, celle que tu admirais tant sur l'abside de la chapelle de Saint-Laurent d'Arsa. Elle est le moyen de retrouver la porte murée de la mine. Si Raymond ne t'y mène un jour, alors il te faudra faire ainsi que je vais t'expliquer… Écoute-moi attentivement, me dit-il avec une voix sifflante et de plus en plus essoufflée.

Azmet, à l'agonie, m'indiqua par le code secret de la frise le chemin de la porte et me fit répéter plusieurs fois le moyen de mémoriser celui-ci. Assuré que j'avais compris, il me demanda de lui retirer l'arme de son ventre et me supplia de l'enterrer comme on enterre tout bon musulman. Répétant après lui en arabe les sourates du Coran qu'il psalmodiait entre ses lèvres, nous priâmes quelques instants jusqu'à ce que, vidé de son sang, il s'éteigne sereinement entre mes bras.

Mon ami Azmet, qui était prince du Nil et de religion musulmane, avait donné sa vie pour le Temple, l'ennemi par excellence de son peuple. Il était mort pour tenter de sauver du pillage un ciboire, une Vierge et une croix. Celui que tous prenaient, à cause de la couleur de sa peau, pour un sorcier, était en vérité un saint homme. C'était un être admirable d'intelligence et de simplicité. Par son savoir, ses compétences et son humanisme, il avait consacré tout son temps au service des autres. Mes compagnons, à ma demande, couchèrent son corps sur l'autel.

— Venez, dis-je des sanglots dans la gorge, nous reviendrons le chercher plus tard.

— Que faisons-nous pour celui-là et les deux autres dans le cimetière, messire ?

— Sortez-les de l'enclos consacré et jetez-les

au fossé. Ils n'ont pas leur place avec les justes. Le seul mérite de leur vie… sera à la fin de nourrir les corbeaux !

Nous quittâmes les ruines fumantes de ce qui avait été une des plus belles commanderies de France. Par un caprice du vent, alors que je montais en selle, une page à demi carbonisée d'un des livres que frère Jean affectionnait se plaqua sur mon surcot déjà taché du sang de mon ami. Une page d'un des traités d'Avicenne, un de ceux qu'il recopiait avec minutie. Un qu'il m'avait montré avec fierté. Un de ces traités qui parlait des bienfaits des tisanes et de certains poisons fortement dilués.

Les larmes encore aux yeux, le cœur dans un étau, je froissai rageusement le parchemin racorni. Éperonnant ma monture, prenant la tête du groupe, j'ordonnai :

— Soldats, que l'on sonne du cor. Nous allons chercher ma femme et mon fils !

À l'approche de l'enceinte du vieux manoir où rien ne bougeait, enlevant mon camail pour que l'on me reconnaisse, je criai du plus fort que je pouvais :

— Temple ! Temple ! Montfort et Champeaubois !

Depuis l'enceinte, des cris de joie retentirent et après un moment la porte s'ouvrit en grand. C'est un Amaury surexcité, suivi de tous les autres, qui nous accueillit. Phalip, Jorda et les familles des Écarts étaient ravis de mon retour. Au milieu du petit peuple du plateau, perdu parmi les femmes et plus belle que jamais, Sébélie me regardait en sanglotant. Soulevant mon fils du sol et repoussant mes amis, sans un mot, la gorge prise par l'émotion, je l'étreignis contre moi.

Il est doux de vivre de pareils moments. Ils sont pleins de certitude. Par leur immense puissance, ils nourrissent le cœur et l'âme d'une force sans pareille. Confortant votre amour, ils tissent des liens qui vous attachent à tout jamais à ceux qui partagent vos sentiments.

— Guillaume, enfin ! J'étais si inquiète.

— Dame Sébélie, je vous aime et ne vivrai plus jamais loin de vous.

— Ni nous deux, à vous attendre si longtemps, me répondit-elle.

— Raymond est vivant et libre, il accepte notre union, j'ai une lettre pour vous, eus-je le temps de dire, avant d'être happé à nouveau.

Accroché à moi, Amaury s'étonna de mon habit et de celui de mon escorte, qui lui était assorti.

— Père, vous n'êtes plus au Temple ?

Je lui montrai le lion sur ma poitrine et les trois soldats du doigt.

— Ils sont à ma sœur et au sire de Vendôme son mari, qui me les a confiés. Je suis maintenant, et assurément, sire Guillaume de Montfort !

À m'entendre, tous applaudirent.

— C'est merveilleux, Guillaume, vous voilà enfin à votre juste place ! Quand Azmet le saura, lui qui vous estime tant, il vous…

Des sanglots dans la voix, je lui coupai gravement la parole :

— Hélas, ma dame, nous avons trouvé Azmet dans la chapelle, là-bas ! Son sang tache mon habit. Il est, dis-je la voix cassée… mort entre mes bras. Tué par les hommes du Rouzeau.

— Que nous avons éliminés à notre tour, pour le venger, ajouta mon sergent.

La tête entre ses mains, Jorda s'écroula à genoux. Phalip, muet de stupeur, s'accrocha à Jeannot le bossu pour ne pas lui aussi fléchir. Miquel, le Bègue et Étienne, les servants, s'indignèrent de ne pas être allés avec lui. Les femmes se lamentèrent.

— Avec nous, il ne serait pas mort, ne cessaient de dire les hommes. Nous aurions dû le suivre.

— Il n'aurait pas voulu ! dit quelqu'un. Qui aurait gardé le Carbonibus ?

— Il me l'a dit lui-même avant de trépasser, dis-je, pour faire taire tout remords. Il se voulait seul, ne vous mortifiez pas ! Ça s'est joué à peu de chose, il n'a pas eu de chance.

— C'est injuste, ajouta Amaury, en pleurant à grosses larmes.

— C'est le point final d'une tragédie, murmura Sébélie.

— C'est un crime. Et foi de Montfort, j'ai dans mon carquois encore une flèche à tirer. Venez, entrons, j'ai des choses à vous conter et d'autres à vous dire. Ensuite, nous irons le chercher et nous le veillerons cette nuit. Demain, nous monterons son corps à Saint-Laurent où nous le mettrons en terre…

Plus loin au milieu du plateau, alors que le soleil se couchait derrière les collines de Mosset, un long panache de fumée zébrant le ciel de sa présence, tel un trait rageur sur une page blanche, ponctuait de sa noirceur non seulement cette tragédie, justement qualifiée par ma future épouse, mais aussi un pan entier de ma vie.

Le lendemain, mes hommes sur mon ordre branchèrent les trois voleurs à un chêne sur le bord de la route, non loin des ruines, avec un écriteau explicite : « *incendiaires et pilleurs d'église* ». Au pied de la chapelle d'Arsa, pendant que je déchiffrais discrètement les pierres de la frise, les hommes du plateau creusèrent tout près de l'abside une tombe profonde, où nous déposâmes le corps d'Azmet cousu dans un suaire. Je pris sur moi de rajouter, écrit en arabe sur une planche, son nom, ses titres et l'empreinte de gardien gravée sur la bague qu'il m'avait donnée. Déposée simplement à même le corps, elle resterait à jamais l'unique témoignage d'une existence particulière. Après un long moment de recueillement, la tombe fut recouverte pour en occulter l'emplacement, et Phalip et Jorda prirent soin de la faire disparaître à la vue.

Plus tard, resté seul au-dessus de celle-ci, à la manière des musulmans, comme je l'avais vu mille fois dans les rues du Caire, je me mis à genoux et lentement récitai les versets du Coran que je connaissais. Avec politesse et en guise d'adieu, à la manière orientale, je touchai de mes doigts ma bouche et mon front et terminai ma prière par les mots d'accueil que j'avais entendus de sa part, la première fois que je l'avais rencontré à l'enfermerie : « *Salam Aleykoum* seigneur Azmet, *Salam Aleykoum* ! »

Avec Sébélie et tous les autres, pour honorer la mémoire de mes frères templiers qui avaient préféré la mort à la prison et à la torture et pour leur rendre justice, nous les sortîmes du trou où, ensemble, ils avaient été jetés à la va-vite. Reposant par nos soins à leur juste place dans le cimetière, je fis fabriquer des croix sur leurs tombes et remis quelques pièces au prêtre de Sorhnia à qui je donnai les objets du culte sauvegardés. Il connaissait bien nos frères et il me promit de leur faire dire des messes. Pendant les jours qui suivirent, aidé de mes gens, je reconstruisis les toitures des Écarts qui avaient été endommagées par les exactions. Jorda réaménagea tant bien que mal son enfermerie et sur l'insistance de Sébélie, décida de prendre la place d'Azmet au Carbonibus et de vivre avec le vieil Othon et sa servante. Phalip et Bertrande s'installèrent dans le logis du maître qui n'avait pas trop souffert et, de bric et de broc, installèrent un nouveau dortoir. Vaillants et courageux, ils se mirent en tête d'ouvrir à nouveau l'hôtellerie. Étienne le chevrier récupéra les quelques bêtes cachées et en prévision de l'hiver, je leur fis acheter à tous, sur ma cassette personnelle, les provisions indispensables à leur survie.

À quelques jours de notre départ pour Castres, alors que nous débitions à la cognée des poutres calcinées pour en faire du bois de chauffe, trois hommes de la sénéchaussée, alertés par un bourgeois de Sorhnia, vinrent constater les dégâts. Le sire de Cominelli, capitaine des gardes et son adjoint Aguilard furent indignés de retrouver les biens du roi en ruine, ils enquêtèrent sur les circonstances de l'incendie et à ma vue et surtout à mes armoiries qu'ils reconnurent, transcrivirent scrupuleusement sur parchemin le récit que je leur fis. Ils ordonnèrent la mise en terre des trois pendus et acceptèrent pour le bien des gens de passage l'installation provisoire de l'hôtellerie et de l'enfermerie. Les serviteurs royaux partirent en promettant la mise en accusation du sire de Saïcha et la recherche de ses comparses, non sans nous faire savoir que Clément V avait ordonné l'arrestation de tous les templiers où qu'ils soient. Ce qui confirma ma conviction de la chute définitive de l'Ordre et de la connivence du pape, ou tout du moins de son abdication devant le roi.

J'étais partagé entre la visite de la mine dont j'avais déchiffré le chemin sur la frise et la poursuite du Rouzeau avant qu'il ne parte. L'hiver détrempait les chemins et le froid devenait vif ; mon retour vers Castres, où revenaient ma sœur et Vendôme pour fêter Noël, ne me laissait que peu de temps avant notre départ. La haine accumulée devant tous ces morts et les paroles d'Azmet m'invitant à la discrétion m'incitèrent, contre l'avis de Sébélie qui tremblait à l'idée de me perdre, à partir à la recherche du hors-la-loi pour assouvir ma faide*.

Il avait senti le danger, car mon retour n'était pas passé inaperçu. Les trois pendus et la grâce du roi pour Raymond avaient rapidement fait le tour de toutes les chaumières de la vallée. Avec maintenant une accusation sur la tête de pilleur et d'incendiaire, il comptait de plus en plus de détracteurs. Les mines et le chantier d'Arsa à l'arrêt, les familles de la vallée qui travaillaient comme journaliers pour la commanderie se retrouvaient sans ressource. Déstabilisée par la disparition des Templiers, la population déçue, à voir passer les nombreux convois sans y trouver bénéfice, se retourna contre le sire de Saïcha. Mécontents de lui, pour avoir sans profit entraîné certains malheureux dans une aventure qui maintenant se retournait contre eux, les va-t-en-guerre du village le boudaient et le battaient froid. L'homme, effrayé par la tournure des évènements et la perte de ses hommes de main, avait quitté les lieux un beau matin. Toujours à court d'argent, il laissait une fois de plus ses gens à la dérive. C'est pour cela qu'un de ses beaux-frères, qui ne supportait plus de voir sa sœur et ses neveux traités de la sorte, vint secrètement m'indiquer les endroits où je pouvais le trouver.

Coma, que les gens d'ici appelaient Coumes, était le premier hameau après le col de Roca Gelera et la frontière du royaume. Construite sur un aplomb qui dominait la vallée du Conflent, face au Canigou, sur un de ces sarradets d'où la vue s'étendait à l'infini, une dizaine de misérables constructions de pierres sèches, balayées par le vent, abritaient quelques familles pauvres qui survivaient du produit de leurs chèvres. C'est là, dans ce lieu désolé, que je le surpris. Il devait partir en direction de la ville qui se voyait au fond dans la vallée. Chaudement habillé, il montait un hongre à la robe sombre et tirait une mule bâtée. Surveillant de loin les masures, je l'avais reconnu à sa tignasse rousse et à sa dégaine et je lui avais tendu une embuscade. La route bloquée en contrebas du hameau, je lui avais proposé un combat singulier. Me croyant seul, il fit mine d'accepter. Alors que je mettais pied à terre avant lui et sortais ma lame, lâchant la mule, en pleutre qu'il était, il éperonna son cheval et voulut s'enfuir. Touché par mes hommes postés sur le sentier plus bas, désarçonné, il chuta lourdement. Deux traits d'arbalète dans le corps, le rouquin était encore vivant quand nous l'attachâmes en travers de sa selle pour le ramener avec nous. Il mourut de ses blessures, quelque part sur la route, entre le Roc Cornut et l'antique dolmen de Campourcino. Sa veuve, quand je lui ai rapporté sa dépouille, lui cracha dessus en guise d'épitaphe et ne dit mot. Les deux marmots qui regardaient leur père ficelé en travers de la selle ne pleurèrent pas. Laissant là les montures et leur chargement intact, nous partîmes sans plus nous attarder.

Début décembre, par une journée triste et brumeuse, c'est sous une pluie fine et persistante que nous quittâmes, Sébélie, Amaury et mon escorte, le plateau de Corbos. La veille, voulant une dernière fois nous recueillir à Saint-Laurent dans la chapelle où nous nous étions promis l'un à l'autre, je ne pus m'empêcher de faire admirer le travail remarquable d'Azmet à Amaury.

— Vois, mon fils, la finesse de l'ornementation. Tu devrais, toi qui excelles en dessin, avec cette mine de plomb et ce parchemin, relever dans l'ordre et pierre par pierre les motifs sculptés par notre regretté Azmet. Ainsi, nous pourrions, en mémoire de lui, reproduire pareille frise en notre future demeure.

Encouragé par sa mère qui l'aida, l'enfant, avec application, sans le savoir ni s'en douter, devint à son tour le gardien du secret de Corbos.

Quelques jours plus tard, en présence de ma sœur Éléonore de Montfort, de son époux le comte de Vendôme, de ses deux plus jeunes fils et devant certains notables réunis pour la circonstance, le prêtre de la paroisse de Roca Corba près de Castres, dans la chapelle du château familial, nous maria le jour de la Nativité.

C'était, il y a de cela… quarante et un ans !

Cordes, décembre 1348

— Votre vie, messire, lui ai-je dit en finissant mon travail et alors que nous étions seuls dans sa chambre, est une belle histoire et j'en ai bien du respect. J'ai eu grand plaisir à l'écrire et grande chance de vous rencontrer. Je mesure à la fin de l'ouvrage l'honneur qui m'est fait, et par la connaissance du secret dévoilé, la responsabilité qui m'incombe. Connaissance que je vais m'empresser d'oublier au plus vite, comme le prescrit l'éthique de ma pratique. Pourtant messire, lui demandai-je curieux, je ne peux rester sur ma faim ! Avez-vous franchi le seuil de la mine ?

À la question, le vieil homme répondit par un sourire et me montra sa main.

— Comme tu peux le voir, mon cher Garin, la seule bague que je porte à mon doigt, c'est celle des Montfort... Quelque temps après ces événements, les terres de la commanderie furent données par le roi au sire de Canet, seigneur du Fénolhèdes. Le reste des biens, plus tard, fut récupéré par l'ordre des Hospitaliers qui prit notre place. Faisant table rase des ruines, ils ne conservèrent qu'une partie de la chapelle et quelques bâtiments. J'ai ouï dire qu'une hôtellerie existe encore sur le plateau, mais je n'ai jamais plus entendu parler de mes amis. Othon étant mort l'année suivante, plus rien ne nous rattachait à ce pays. Ni moi ni mon épouse n'y sommes retournés. En 1310, comme je l'ai dit, Raymond a disparu et suivant la malédiction du grand maître, un à un, tous les protagonistes aussi…

« En 1314, quelques jours après la mort de Jacques de Molay, le surlendemain je crois, les toits du palais royal sur l'Île de la Cité se recouvrirent d'une nuée de corbeaux. Aux dires des Parisiens, qui n'avaient jamais vu cela, le ciel porta ce jour le deuil des Templiers. Chacun y vit un vrai présage de malheur. Avant que ne finisse l'année, comme l'avait prédit sire Jacques sur son bûcher, les responsables de la chute du Temple moururent tous.

« Après la mort de Guillaume de Nogaret en 1311, deux des principaux témoins de l'accusation, Gérard de Laverna et Bernard Palet furent, fait étrange, pendus sur ordre du roi quelques jours après la mort du grand maître. Le pape Clément les suivit le 20 avril d'une bizarre affection intestinale. Puis ce fut le tour du Grand Inquisiteur de France Guillaume de Parisis, qui finit poignardé. Enfin ! Le

29 novembre 1314, suite à une chute de cheval, ce fut le tour du roi Philippe. Les choses auraient dû en rester là, mais tout ne fut pas dit ! Lancée par le dernier grand maître de l'Ordre, la malédiction s'étendit sur tous les Capétiens directs. Fait sans précédent, les trois fils du Roi de fer disparurent à leur tour sans héritier direct. Suivant l'antique loi salienne, la couronne revint au cousin Valois. Ce qui fut, comme on le sait, la cause de la guerre avec l'Anglois. Celui-ci, à juste titre, petit-fils par sa mère du grand monarque et de fait son héritier légitime, la revendique encore. »

— Ce qui nous donne aujourd'hui bien des misères, ajoutai-je.

— Étrange destin, insista mon maître en se grattant la barbe, voilà un roi… certainement le plus grand que nous ayons eu, qui voulait faire de son pays le plus puissant de tous et qui a vu du fond de sa tombe tous ses plans s'écrouler. Dans ces conditions, alors que nous sommes en guerre, tu conviendras que le secret de mes frères reste encore oublié.

— Pourquoi, alors, écrire ce codex, si vous n'en êtes plus le gardien ?

— Trois à savoir, trois à connaître, un qui décide ! Tous ceux qui étaient concernés sont morts, sauf moi, et il n'y a plus hélas de grand maître. Par la force des choses, c'est donc moi qui décide. Tu es le seul à savoir que mon fils Amaury est le dernier gardien et que ce recueil lui est destiné. Mon cher Garin, pour que jamais ne se perde l'œuvre de mes frères et de mon ami Azmet, il est nécessaire, défiant les siècles, que le souvenir de leur sacrifice perdure dans la vérité... la mienne et non celle que le roi de fer voulait que l'on croie. Il faut que s'élève une voix pour crier au monde la pureté du Temple et que loin des abjections dont on l'a accablé, il existe bien les preuves cachées de sa grandeur passée.

Les larmes aux yeux, le visage auréolé de lumière, le vieil homme ajouta :

— Le jour viendra où un grand maître apparaîtra à nouveau. Ou bien, si cela ne se fait, un jour où les hommes, les rois et l'Église, reconnaissant leurs fautes, réhabiliteront mes frères. Alors, il sera temps d'ouvrir la mine et de faire éclater la vérité. Ce jour-là, tel un phénix, pour la plus grande gloire de Dieu, l'ordre du Temple renaîtra de ses cendres. Tous verront alors combien il fut utile et injustement condamné. Recueillons-nous, veux-tu. Et en pensant à mes frères disparus, prions !

En cette nuit de Noël 1348, messire Guillaume de Montfort, connu naguère sous le nom de Guillaume de Champeaubois, me fit promettre le secret. Me remémorant l'étrange destin de tous ceux que Dieu avait choisis pour œuvrer à la chose, il me rappela aussi la fin implacable de ceux qui s'étaient mis en travers de sa volonté. Tel un adoubement, il me frappa la joue gentiment et ajouta pour finir, avec une douceur et une certaine solennité :

— Guidé certainement par un ange qui te voulait chez moi et accepté par tous mes frères disparus, je ne doute pas que suite à ma bénédiction, Dieu devant ta fidélité et la constance de ton travail, n'étende à son tour sur toi… sa bienveillante main.

ÉPILOGUE

Je ne sais ce qu'il advint du vieil homme, du secret des Templiers, de son fils Amaury ou de ses descendants. Mais s'il y a une chose dont je suis sûr, c'est qu'étrangement, un soir, sous la pluie, je suis devenu à mon tour et malgré moi, en escaladant un mur, le témoin d'une époque révolue et depuis oubliée. Jamais je n'eus l'occasion de fouler de mes pas les chemins arides du Fénolhèdes. Pas plus d'ailleurs, fidèle à mon serment, de parler à quiconque de la mine abandonnée. En fait, tout cela est bien loin, c'était il y a longtemps. C'était à l'époque où insouciant de la vie, je n'étais qu'un pied poudreux. C'était avant que, bachelier et fatigué de marcher, succédant à mon beau-père, je ne devienne notaire à Arles. C'était avant que la peste n'apparaisse à nouveau en Provence et qu'au crépuscule d'une vie bien remplie, à cause d'elle, surgissant dans ma mémoire, les fantômes du passé ne viennent me hanter.

Certaines nuits, il me semble les voir dans mes rêves, tels des spectres mouvants s'échapper des pages de mon ouvrage. Les voir impatients, m'inviter à rejoindre auprès de mon maître ces chevaliers de Dieu que l'on disait du Temple. Lancés au grand galop de leurs destriers, ils chargent à l'assaut en hurlant à pleins poumons « Temple, Temple, Temple ». Héroïques, chevauchant côte à côte, ils sont, face à la menace, seuls à combattre. Non pour eux, mais, comme me le fit écrire mon maître à la dernière page de son recueil : « *Pour la plus grande gloire de Dieu* », qui est la devise des Templiers.

Non nobis, domine non nobis, sed nomini tuo da gloriam. Non pour nous Seigneur, non pour nous, mais pour ta plus grande gloire !

Que vous dire de plus que vous ne sachiez, si ce n'est que deux jours après Noël, je fis mes adieux à mes amis de Cordes… Mes souvenirs, en y pensant, s'éclairent dans ma tête. Ma bourse était bien pleine car le sire de Montfort avait été généreux. Ce fut donc l'esprit libre, le cœur léger et la conscience tranquille que ce matin-là, je descendis une dernière fois le grand escalier de la maison.

Si ma mémoire est bonne, dehors la nuit avait chassé les nuages et l'aube naissante donnait à l'air une douceur cristalline qui laissait augurer d'une belle journée. Un soleil tout neuf se levait derrière les collines et dans la ville encore endormie, seul le bruit incongru de mes bottes sur le pavé se mêlait aux gazouillis des oiseaux qui se répondaient. Un volet en grinçant s'ouvrit derrière moi. Un chat, sans doute dérangé, émit un miaulement rauque auquel, comme en écho, un coq répondit de sa voix éraillée. Le timbre clair d'une cloche sonna la septième heure. Au bas de la Grand Rue, le cliquetis du treuil de la herse du Portail peint annonça à ma satisfaction l'ouverture de l'enceinte. Plus bas, au fond de la rue Courbe, sur la deuxième muraille, l'horrible bruit des chaînes du pont-levis du Planol qui s'abaissait fut ponctué par le choc sourd du tablier de bois sur le rebord de pierre. Tout aussitôt, après son ouverture, le roulement d'un chariot tiré par son attelage fit entendre sous la voûte de pierre le bruit de ses roues cerclées et le cri guttural du conducteur qui encourageait ses bêtes à l'effort. Je m'engageai à mon tour, sous les yeux de deux gardes, dans la rampe pentue de l'accès.

— Où vas-tu si tôt, bonhomme ! m'interpella le plus grand, où vas-tu, avec cette boîte en bandoulière ?

— Je vais où l'on me cherche et où mon humeur me guide. Je vais par les petits sentiers et par les grandes routes, tracer de belles lettres pour le plaisir de tous. Je vais… par-devant moi, au seul gré de mes pas, visiter les villes et courir la campagne, dis-je, en arrondissant le bras d'une plaisante révérence.

— Mais encore, insista le soldat, sourire aux lèvres, le monde est grand !

— Je vais au-delà des collines, là où les filles sont

belles… vers le sud, pardi !

— C’est un bon choix, dit-il en me saluant, que la route te soit bonne… l’ami !

— Reviendras-tu un de ces jours nous voir ? ajouta l’autre garde.

J’ai le souvenir de lui avoir répondu :

— Si je retrouve la route, qui sait…

Alors que maladroitement, face au vent qui se levait, je remontais le col de mon habit, je l’entendis crier dans mon dos, avec cet accent bien de chez nous, qui chante et qui enchante :

— C’est facile, l’ami ! La route de Cordes… c’est celle qui mène au ciel !

À Thomas, le futur gardien.

Castres, Sournia et Cordes-sur-Ciel.

Glossaire des mots utilisés au Moyen Âge

Certaines phrases en italique, qui sont des expressions populaires, ne sont pas de l'auteur, mais d'illustres contemporains, comme par exemple F. Blanche.

Ars Mathematica : Art qui a trait à la magie.

Abacus : Bâton de commandement, bâton de maréchal.

Adadig : Ancien nom de la rivière Désix qui passe à Sournia.

Anagni : En Toscane, le sire de Nogaret, aux ordres de Philippe le Bel, gifle en public le pape Boniface VIII qu'il vient arrêter (affaire de la gifle d'Anagni). Protégé par la population de la ville, le pape fait avorter l'affaire.

Aigle : Ancien nom du fleuve des Pyrénées-Orientales, l'Agly.

Aiguillère : Carafe au long col, qui servait à verser l'eau au-dessus du cuveau, pour se laver les mains.

Albigés : Nom donné en languedocien au diocèse et à la région d'Albi (Tarn).

Alleux : Biens patrimoniaux. Terres indépendantes n'entraînant ni redevances ni droits à quiconque.

Allumeur : Le préposé à allumer, la nuit venue, les lanternes à huile, disposées chichement dans les rues, les places ou sur les portes des remparts.

Avaleur : Celui qui transporte les tonneaux de vin sur la Seine et qui livre les échoppes.

Avicenne : Philosophe, écrivain, médecin et scientifique iranien, 980-1037. Dénommé le Cheikh el-Raïs (Le Prince des savants).

Baile : Cour intérieure d'un château aménagé défensivement.

Béjaune : Personne dénuée de bon sens. Novice. Reste en retrait par manque de confiance.

Béricles : Nom donné aux premières lunettes de vue, faites en verre de béryl. Fin XIIIe.

Bolgette : Bourse de cuir fixée à la ceinture où les pièces de monnaie, triées, bougeaient dans leurs compartiments respectifs. À plus tard donné le nom de « budget ».

Broigne : Justaucorps de cuir souvent matelassé, couvert de pièces de métal ou d'anneaux de fer entrelacés. Cuirasse légère qui protège le torse.

Buffeter : Frapper un autre oiseau en plein vol.

Calame : Roseau taillé permettant d'écrire sur du papyrus et sur des parchemins.

Cale : Petite coiffe. Sorte de bonnet porté par tous les hommes de l'époque (calot).

Calel : Chandelle que l'on laissait allumée la nuit

dans la chambre ou le dortoir, pendant le sommeil. Cela, croyait-on, éloignait les esprits malfaisants !

Camai : Capuchon en mailles de fer recouvrant la tête, le cou et les épaules.

Capbreus : Documents cadastraux. Livres terriers. Résumé des biens fonciers du seigneur.

Carmagn : Nom occitan ou catalan donné au village de Caramany (Pyrénées-Orientales). Célèbre pour son vin.

Catimini : du grec *Katamênia* (menstrues). Périodes que l'on gardait discrètes, secrètes.

Cazaliers : Frères servants qui pratiquent un métier.

Centernach ou à tort Sant-Arnach : Ancien nom de la commanderie et du village actuel de Saint-Arnac (Pyrénées-Orientales).

Chenaille : Troupe de chiens sans foi ni loi. Vermine.

Chantre : Dans une cathédrale, responsable religieux qui chante et fait chanter dans les offices.

Cheveutaine : Se dit de la maison mère.

Clausurae : En latin, espace fermé entouré d'une enceinte (clôture).

Cocagne : Dérivé de « coques ». Ultime étape de la fabrication du pastel. Symbolise la richesse.

Codex : Livre manuscrit d'un format actuel, avec des pages en parchemin, sanglé de lacets, muni d'une couverture souvent en bois, pour aplanir les feuillets de son poids.

Collée ou paumée : Formidable coup de la paume de la main pendant l'adoubement. Donné sur la nuque du recevant, elle le fait chevalier.

Coquillards : Faux pèlerins, qui portent indûment la coquille de Saint-Jacques.

Corne d'Or : Crique de la mer et quartier commercial de Constantinople (Istanbul). Siège de la colonie génoise de Galata.

Coussiège : Banc de pierre aménagé dans l'embrasure d'une fenêtre et intégré à la maçonnerie (souvent par deux en vis-à-vis).

Croûtes dorées : Pain perdu.

Darde ou dard : Javelot empenné.

Donnat : Personne qui s'offrait à un monastère, pour un temps donné.

Dorsaux : Tentures ou tapisseries que l'on pendait aux murs pour se protéger de l'humidité.

Doublier : Nappe doublée en lin, avec des franges et souvent brodée, posée sur la table.

Dîme : Impôt. Redevance en argent ou en nature payée aux religieux (un dizième). Équivalent au champart, qui est l'impôt seigneurial (un sixième à un douzième).

Écart : Lieu réservé à des communautés spécifiques impures. Malades, lépreux (« mise à l'écart »).

Écu : Monnaie valant trois livres.

Escobarderie : Faire de faux discours et de fausses promesses.

Esplumoire ou escritoire : Petit meuble

portatif où l'on rangeait son matériel pour écrire (plumier).

Essarteurs : Bûcherons défricheurs. Ils entretiennent la forêt, en élaguant arbres et arbustes.

Faide : Vengeance privée, envenimée de haine.

Faudesteuil : Chaise en toile montée sur une armature en X et pouvant se plier.

Fénolhèdes : Pays des foins. Ancien nom du Fenouillèdes, une région du département des Pyrénées-Orientales.

Fourmiguier : Quartier de Cordes.

Fourches : Les fourches patibulaires. Gibet parisien octogonal, fait de plusieurs colonnes de pierre reliées par des poutres de bois où l'on pendait les mécréants.

Galée : Vaisseau très rapide à l'époque gréée à la latine et bordée. Transporte du fret.

Godinette : Jeune femme aux mœurs légères.

Gouge : Fille à soldats. Délurée, libertine et sans doute prostituée.

Grésigne : Forêt du nord-ouest du département du Tarn.

Groupains : Troupe de larrons ou de mécréants réunis pour faire de sales besognes.

Guet : du mot « gaïtar » tiré chez nous du mot « voir »

Gueules : De gueules = rouge. Une des cinq couleurs du blason en héraldique.

Guimpe : Toile ou étoffe légère, dont les

femmes se servent pour se couvrir le cou et la poitrine, qui se relève sur la coiffe ou la tête. Coiffe des nonnes.

Guisarme : Arme de la famille des hallebardes. Lame à double tranchant avec des crochets.

Hachier : Charpentier. Celui qui manie la hache et l'herminette pour équarrir les poutres.

Hanap : Pichet en étain avec couvercle articulé.

Harnois : Équipement de guerre d'un soldat ou d'un chevalier.

Hoc : en 1295, parce que pour dire « oui » dans le sud de son royaume, on disait le mot latin « *hoc* », Philippe le Bel désigna cette contrée *pays de langue d'hoc*.

Honors : Charge concédée. Dotation foncière permettant de l'exercer.

Hospitaliers : Ordre de Saint-Jean de Jérusalem. Militaires et concurrents des Templiers, ils hériteront des biens de ceux-ci à leur disparition, vers 1312.

Hourd : Échafaudage de bois. Galerie couverte qui ceinture en débord le haut d'une tour pour en assurer la défense.

Houseaux : Sortes de guêtres qui se fixaient aux chaussures. Bottines de toiles renforcées de lanières.

Inch'Allah : En arabe, « si Dieu le veut. »

Jane (la) : Porte fortifiée de Cordes.

Joglar : Jongleur. Interprète musical, habile. Souvent cocasse, qui amuse la galerie.

Jonchée : Tapis de branchages, de feuillages, de fleurs ou de paille pour recouvrir les dallages.

Lambel : Partie haute du blason, qui servait de brisure. On distinguait ainsi un fils de son père, ou un cadet de son aîné.

Laudes : Office du matin, de l'aurore. On y rend grâce pour le jour qui se lève.

Leus : Ancien nom du loup.

Leude : Impôt sur les transactions commerciales faites sur les places et les marchés.

Livre : Monnaie. La livre valait 20 sous ou 240 deniers.

Livre de corne : Abécédaire. Tablette en bois recouverte d'une fine pellicule de corne pour la protéger, où il était gravé aussi les neuf chiffres et parfois le Notre Père.

Longière : Serviette pour s'essuyer les mains, fixée à la nappe, et qui fait la périphérie de la table.

Lieues : Unité de mesure dite « de Paris ». 1 lieue = 10 000 pieds = 3, 248 km.

Mai : Cour du Mai. Cour qui s'ouvrait devant le palais royal où en mai, les clercs de basoche plantaient traditionnellement un arbre chargé de fleurs et d'écussons. Actuelle cour devant l'entrée du Palais de Justice de Paris.

Maille : Monnaie parisienne, qui valait une obole, soit un demi-denier. 1 24e du sou.

Malgonnais : Monnaie de Melgueil (Mauguio), utilisée dans le Sud de la France à l'époque.

Malvoisie : Vin blanc liquoreux ou demi-sec, très prisé au Moyen Âge.

Manses : Terres d'une douzaine d'hectares environ.

Mantel : Signe distinctif. Manteau blanc ou noir avec la croix rouge du Temple brodée sur l'épaule gauche.

Mas Déu : Mas Dieu, domaine voué à Dieu. Principale commanderie templière du Roussillon, à quelques kilomètres de Perpignan.

Massés : Lingots tirés des moules, après la fusion du fer.

Mathurins : Nom de religieux parisiens, qui s'est ensuite étendu à l'ordre des Trinitaires.

Médicastres : Mauvais médecins. Charlatans, ignorants et hâbleurs.

Mesnie : Ensemble de personnes vivant sous l'autorité du seigneur, qui forment sa maison.

Messer : Vieux mot, qui veut dire messire.

Mires : Nom donné aux médecins au Moyen Âge.

Mondificatif : Onguent pour nettoyer, déterger, assainir, pour empêcher le pourrissement des chairs.

Nef huissière : Bateau réservé au transport de grosses charges et particulièrement des chevaux. L'accès pour être sur la quille était colmaté d'étoupe avant le départ.

Oblat : Personne offerte à un monastère par ses

parents, pour y être élevée en vue du service de Dieu. Laïc ou religieux.

Ordre du Temple : Ordre monastique et militaire officiellement reconnu au concile de Naplouse le 23 janvier 1120, aboli le 22 mars 1312.

Pain de pauvre : Pain fait d'orge et de seigle peu tamisé.

Palimpseste : Parchemin gratté de son premier texte pour être employé à nouveau. Se dit d'une reproduction approximative, ou de l'adaptation d'une œuvre.

Persure : Terme désignant une blessure, une lésion, un gnon, une ecchymose.

Planol : Porte fortifiée de Cordes.

Porée : Purée de légumes faite avec des poireaux et agrémentée d'oignons, de lard salé, d'andouille ou de jambon, accommodée à la graisse de porc avec du lait.

Portail peint : Porte fortifiée de la première enceinte, au bout de la Grand Rue de Cordes. Une image peinte de la Vierge s'y voyait sans doute.

Portulan : Carte nautique servant à repérer les ports.

Quaregnon : Carré de vélin ou de papier.

Quintaine : Mannequin monté sur un pivot qui permet de s'entraîner à la joute.

Reitre : Soudard, brute épaisse, soldat sans vergogne.

Restrait : Lieu d'aisance. Latrines en débord

d'une muraille.

Rouad : Îlot face à la ville de Tortose, dans le Liban actuel, près de Tripoli.

Roumis : Nom donné aux chrétiens par les musulmans. Terme péjoratif pour « infidèles ».

Rue Chaude : Nom d'une rue de Cordes, entre la première et la deuxième enceinte, où se trouvaient les bains et les étuves « chaudes de ses vapeurs ».

Sacchi : Jeu d'échecs

Saint Vincent : Saint patron des vignerons. Martyre né à Saragosse et mort en 304. Transportées en 855 à Saint-Benoît à Castres, ses reliques vénérables attirèrent les pèlerins de Saint-Jacques.

Sant Miquel de Cuixà : Se prononce *coucha.* Abbaye célèbre à l'époque. Monastère bénédictin qui existe toujours au pied du Canigou.

Socques : Chaussures à semelles de bois.

Sommier : Bête de somme. Mule, mulet.

Sorhnia : Sournia. Village au nord d'Ille-sur-Têt et à l'est de Prades. Chef-lieu de canton des Pyrénées-Orientales. Village natal des parents de l'auteur.

Sou : Monnaie valant un vingtième de livre, douze deniers ou vingt-quatre mailles parisiennes

Tabula : Table ou établi où l'on pose l'échiquier pour jouer aux échecs.

Tenure : Terre concédée par le seigneur, qui en garde la propriété. Concession précaire.

Teutonique : Troisième ordre militaire chrétien (germanique). Implanté dans les pays de l'Est. Existe encore sous une forme exclusivement religieuse.

Toaille : Serviette pour le repas.

Toise : Mesure de longueur, distance entre le bout des doigts bras tendus, égale à 1 m 80.

Trabia : Ville de Sicile à côté de Palerme, où furent inventées les pâtes alimentaires européennes.

Tranchoir : Tranche de pain servant d'assiette. Imbibé du jus, il est donné après le repas aux mendiants ou aux chiens.

Troussequin : Partie postérieure et élevée de la selle, qui cale le bassin du cavalier.

Turcopoles : Archers montant des chevaux arabes, équipés légèrement et habillés à la turque.

Vaour : Vaur. Contraction de Vahor (ravin, fondrière, abîme). Village du Tarn où se trouvent encore les ruines restaurées de l'ancienne commanderie templière.

Ventrière : Sage-femme. Matrone, si elle est assermentée.

Vouivre : Nom parfois donné à un courant tellurique. Flux formant un réseau d'énergie souterraine, considéré aux temps anciens comme sacré, et sur lequel on bâtissait des pierres plantées, souvent remplacées à l'époque des premiers chrétiens par des chapelles et des églises.

Voûte (la) : Citadelle et maison mère de l'ordre à Saint-Jean-d'Acre.

Remerciements

Mes plus vifs remerciements vont à mes proches. À mon épouse Martine, qui sans cesse m'a vaillamment supporté dans mes longues journées de travail, et plus particulièrement à mes filles Séverine et Anne sans qui ce livre n'aurait pas vu le jour. Toute ma reconnaissance à Bernard et Mado Calvet mes amis, à Monique Mas, à Max Larroque et aussi à Patrice Marty qui m'ont encouragé. À mon éditeur et son équipe, qui m'a donné sa confiance et de précieux conseils pour amender mon texte. À certains de mes intimes qui se reconnaîtront au fil des pages. Enfin, à mon grand-père et à tous ces écrivains, qui au fil de ma vie ont peint mon jardin secret aux couleurs les plus belles.

Pour écrire ce roman, j'ai gardé en tête le très bel ouvrage de J.-G Jonin sur Cordes, L'échine du dragon, et celui de Mme Évelyne Brisou-Pellen, Le souffle de la salamandre, qui relate, toujours dans cette ville, une des aventures de son héros Garin Trousseboeuf, écrivain public. Je me suis également appuyé sur de nombreux livres et de multiples documents (dont certains sont issus de la revue annuelle du patrimoine de Sournia) qui, comme vous le constaterez, ont fertilement nourri mon imagination.

Ma gratitude pour vous, chers lecteurs, qui allez découvrir Guillaume et deux années de sa longue vie. J'espère que mon récit, qui se déroule dans des lieux chers à mon cœur, vous satisfera et vous donnera l'envie de rêver à ce monde, qui bien que révolu, reste encore présent dans notre quotidien. Cathédrales, bastides, citadelles et châteaux constellent notre beau pays. Ils sont les témoins de nos origines et illustrent magnifiquement notre glorieux passé.

Réveiller… tenter de réveiller le passé, n'est-ce pas faire acte d'allégeance à notre histoire ? Le faire revivre et le sortir de l'oubli, n'est-ce pas lui rendre toute sa vérité ? C'est la tâche de Guillaume et de Garin dans cette chronique. Ce fut la mienne assurément, et croyez-le bien… sans prétention aucune.

T.D.O Éditions, SARL

Composition, mise en page : TDO Éditions
ISBN : 978-2-36652-142-9

Dépôt légal Février 2015
Ré-impression Octobre 2019
Sur les presses de CPI France
n° D'impression : 2048049